ハヤカワ文庫 NV

〈NV1466〉

駆逐艦キーリング

〔新訳版〕

セシル・スコット・フォレスター

武藤陽生訳

早川書房

8519

THE GOOD SHEPHERD

by

C. S. Forester

1955

南西太平洋方面軍の潜水艦隊司令官を務めた
退役アメリカ海軍中将ラルフ・W・クリスティー、
ならびに、駆逐艦〈ホール〉の艦長を務めた
アメリカ海軍中佐J・D・P・ホダップに
感謝を捧げる。

この本に書かれた出来事はフィクションである。これまで、数えきれないほど多くの人がアメリカ海軍の士官、兵として職務をまっとうしてきた――そして現在もまっとうしている。そのため、同姓同名の人物を本書内に見出すこともあるかもしれないが、存命であるか否かを問わず、本書とはいっさい無関係である。

正艦首

0
10
20
30
40
50
60
70
80
90
100
110
120
130
140
150
160
170
180
190
200
210
220
230
240
250
260
270
280
290
300
310
320
330
340
350
NW
NE
W
E
SW
SE
S
艦　首
左(舷)艦首－
－右(舷)艦首
左(舷)正横－
－右(舷)正横
左(舷)後部－
－右(舷)後部
艦　尾

正艦尾

用語集

・**取舵、面舵**：取舵は艦が左に旋回するよう舵を切ること、面舵は艦が右に旋回するよう舵を切ること。通常は艦首尾線と一五度の角度になるよう舵を切る。「〇舵いっぱい」の場合は三〇度。

・**当て舵（〇舵に当て）**：艦の回頭の惰力を抑えるため、舵を反対方向に切ってすぐに戻す操舵法。

・**ようそろ**：「艦が今向いている方向を保て」の意味。

・**方位、針路**：真北（〇度）を基準とした数値で表わされる。アメリカ海軍では必要に応じて〇をひとつまたはふたつ追加し、三桁の数値で表わす。そのため、真北に進む場合は「針路〇〇〇度」となり、真東に進む場合は「針路〇九〇度」となる。艦が北東に向かっていて（針路〇四五度）、目標が「方位一三五度」に位置している場合、目標は艦の右真横（右舷正横）に位置していることになり、艦の針路が北西（三一五度）であれば、目標は艦のまうしろ（正艦尾）に位置していることになる。

・**交差方位法**：二本以上の方位線の交点から目標物や自艦の位置を特定する方法。

・**海里(カイリ)、ノット、ヤード**：海戦の記述には通常、カイリ（sea mile, nautical mile）が使われる。これは地球の全周を基準とした単位で、一カイリは千八百五十二メートル（約一・八キロ）に相当する。船舶の速度の単位であるノット（knot）は時速一カイリと定義される。これを把握しておくと、たとえば「十二ノット（時速十二カイリ）の艦が三カイリ離れた地点に到達するまでの所要時間は十五分」など、すばやく計算をおこなえるようになる（本書の主人公であるクラウスの計算の速さとも大いに関係がある）。原書ではカイリとノットの組み合わせが使用されているが、訳出上は読みやすさを考慮して、カイリをキロに、ヤードをメートルに換算し、表現としての自然さを損なわない範囲内で最も近い数字を採択した（なお、ノット表記はそのまま使用した）。

・**艦の速度**：停止（stop）→微速（one-third）→半速（two-third）→原速（Standard＝十二ノット）→全速（full）、いっぱい（flank）の順に艦のスピードが速くなる。「いっぱい（flank）」は緊急時にのみ使用される。なお、「両舷前進全速」などの「両舷」とは、左舷側と右舷側両方のスクリューをまわすという意味。

・**ソナー（アスディック）**：水中に音波を発信し、その反響音から目標の方位、距離を測定する装置（アクティブソナー）。イギリスでは Anti-Submarine Detection Investigation Committee（対潜水艦探知調査委員会）の略である〝アスディック〟の名称で呼ばれる。

・**レーダー**：電波を空中に発射し、その反射から目標の方位、距離を測定する装置。ソナーとちがって、水中の目標を定位することはできない。
・**ハフダフ**：短波無線信号の発信方位を測定する装置。
・**従羅針儀**（レピーターコンパス）：艦の針路を保ったり、目標の方位を計ったりする計器。
・**K型爆雷投射機（K砲）**：舷側に爆雷を投射するための装置。その形状から、片舷用のものをK砲、両舷用のものをY砲と呼ぶ。
・**偏差射撃**：移動中の目標を射撃する際、着弾までの時間差を考慮して目標の前方を狙う射法。邦訳中で「偏差を取る」と表現されているものがこれにあたる。
・**当直士官**：艦長不在時などにその職務（操艦指揮、艦務全般の統括など）を代行する士官。操艦指揮とは艦の針路と速力の指揮を執ること。
・**電話連絡員**：艦のある場所から別の場所への連絡、戦闘命令の送受信をおこなう兵。
・**第二配置**、**総員戦闘配置**：第二配置は警戒態勢のひとつで、全乗組員の半数が戦闘配置に就くが、通常の当直が適用される。これに対し、総員戦闘配置は最も警戒度の高い戦闘態勢で、全乗組員が完全装備で戦闘配置に就く。
・**当直**：任務を受け持つ時間帯。本書では午後八時～深夜〇時（初夜直）、〇時～午前四時（深夜直）、午前四時～午前八時（朝直）、午前八時～正午十二時（午前直）、十二時～午後四時（午後直）、午後四時～午後六時（第一折半直）、午後六時～午後八時（第二

折半直）となっている。折半直が二時間刻みなのは、乗組員が連日同じ当直を受け持つことがないようにするため。

・**艦艇間無線通話機**（TBS）、**コールサイン**：TBSはTalk Between Shipsの略で、短距離通信用の超短波を使って護衛艦隊内で交信をおこなう。本書では基本的に無線通話機と訳してある。外国籍の艦には英語を話す連絡士官を乗り組ませることで意思の疎通を図った。電波が遠くには届かないため、無線封止中でも使用していた。この通話の際、各艦はコールサインで呼称される。

〈キーリング〉コールサインはジョージ。護衛艦隊指揮官であるアメリカ海軍中佐ジョージ・クラウスの乗るマハン級駆逐艦。

〈ヴィクター〉コールサインはイーグル。ポーランドの駆逐艦。

〈ジェイムズ〉コールサインはハリー。イギリスのコルヴェット艦。艦長はロード少佐。

〈ドッジ〉コールサインはディッキー。カナダのコルヴェット艦。艦長はコンプトン＝クロウズ。

・**Uボート**：Unterseeboot（ウンターゼーボート）の略で、ドイツ海軍の保有していた潜水艦の総称。本書に登場するUボートの型は不明だが、艦尾にも魚雷発射管を備えた型であるようだ。

・**狼群作戦**（ウルフパック）：ドイツ海軍潜水艦隊司令長官カール・デーニッツが考案した、複数の潜水艦が協同して攻撃を仕掛ける作戦。潜水艦は短波で連携を取ることが多かったため、護衛艦隊にとっては前出のハフダフが大いに役立った。

駆逐艦キーリング〔新訳版〕

登場人物

駆逐艦〈キーリング〉乗員

ジョージ・クラウス…………艦長。アメリカ海軍中佐
チャーリー・コール…………副長。少佐
テム……………………………艦医
イプセン………………………機関長。少佐
ワトソン………………………航海長。大尉
ノース…………………………水雷長兼砲術士。大尉
フィプラー……………………砲術長
ドーソン………………………通信長
ルーデル………………………電機長。大尉
ペティ…………………………応急長
カーリング……………………大尉
サンド…………………………水雷士官。中尉
ポンド…………………………砲術士候補。中尉
ハート
シルヴェストリーニ }…………少尉
マカリスター…………………一等操舵員
パーカー………………………三等操舵員
トム・エリス…………………一等無線員
フリント………………………上等兵曹

ロード…………………………イギリス海軍〈ジェイムズ〉艦長
コンプトン＝クロウズ…………カナダ海軍〈ドッジ〉艦長

第一章

　夜が明けたあとのその時刻、水平線はそう遠くないように感じられた。水気をはらんだ空と鈍色（にびいろ）の海が出合う線は判然としなかった。どんよりした雲は水平線の円が近づくにつれて濃さを増すようで、両者がようやく出合うところでは、その円周のどこを見ても空が唐突に海に変わるのではなく、ただふたつの似かよう成分が混じり合うだけだった。そのため、低い空の下に囲まれた空間は大きくなかった。水平線の向こう側はあらゆる方向に海が二千キロも広がっていて、海面の下の深さは約四千メートル。どちらの数字も学問上の事実としてはそのとおりなのだろうが、想像力で捉えようとしてもうまくいかない。四千メートルも下に海の底があり、そこは人間が掘った最も長く最も暗いトンネルの中心よりも暗く、これまでにどんな工場や実験室でも生み出されたことのない高い圧力にさらされている。人間が訪れたことのない未知未踏の世界だが、内破した船に閉じ込められ、鉄の棺の一部と化した人間の死体なら、あるいはたどり着くこともあるかもしれない。そしてその沈没船たち、ちっぽけな人間にとってはあまりに巨大で頑丈なその船たちは、冷たく暗い海底に沈み、太古の軟泥に身を横たえ、舞踏室の床に降り積もる塵によってかすかに揺らぐ以外、もはや物音ひとつたてることも、身動きひとつすることもない。

海上では、間近に迫る水平線に囲まれた狭い空間に、多くの船が浮かんでいた。北東からの長い灰色の大波が間断なくその空間を通り過ぎ、そのいずれもが無限の力を見せつけている。寄せる波のひとつひとつに船がひれ伏すと、大きく横に揺れ、それから高く船首をもたげて空に向かうかと思うと、逆方向に大きく揺れ、今度は船首をさげ、船尾をあげて、長い斜面の上を滑り落ちてゆく。すると次の横揺れと縦揺れが始まり、また持ちあがってはさがる。多数の船が縦に横にと幾重にも列を組んでおり、その船団を眺めていれば、縦列と横列を斜めに横切っていく波の進路と位置がわかる。こちらで波頭に持ちあげられている船があれば、あちらで檣頭しか見えなくなるまで谷間に沈んでいる船があり、こちらで大きく左に傾いている船があれば、あちらで大きく右に傾いている船があり、辛抱強く眺めているかぎり、船は互いに傾いては近づき、傾いては離れることを繰り返している。

船の動きがみんなちがうように、種類もみんなちがっていた。大きな船、小さな船、荷役船、貨物船、タンカー、新しい船、古い船。ただ、どの船もひとつの意思に突き動かされているかのように、ひたすら東を目指していて、船がいっとき生じさせる水面の乱れは平行に生じていた。しばらく観察していれば、船団が不定期に、長い間隔をあけて左に右にと微妙に針路を変え、後続の船が先頭の船の動きに合わせていることもわかるだろう。が、そうやって少しずつ針路を変えてはいるものの、この船塊（せんかい）がおおむね東を目指していること、それも根気よく着実に進んでいること、そうやって一時間が経過するごとに、目的地がどこなのであれ、東のほうにあるそこまでの数千キロの海路を少しずつ縮めていることも、すぐにわかるのだった。ひとつの精神がそれぞれの船を動かしていた。

　とはいうものの、そのまま眺めつづけていれば、船団に命を与えているその精神が絶対確実なものではなく、船たちが完全無欠な機械ではないこともまた見えてくる。一回の針路変更が三十七隻の船のあいだのどこにも危険を生じさせないことはまれだった。たとえ船が人間の指図を必要としないただの機械だったとしても、熟練した観察者であればそれを予想できたかもしれない。どの船も隣り合う船とは性格が異なっているからだ。舵（かじ）を当てられた際の反応も少しずつちがえば、真正面から波を受けたときの影響、船首や船腹に受けたときの影響もちがう。風から受ける影響もちがう。船と船とのあいだの一方向の間隔が九百メートル未満、もう一方向の間隔が四百五十メートルにも満たないこの船団では、こうした小さな挙動のちがいが積もり積もって非常に大きな問題になる。

　ひとつひとつの船が完璧な状態でもそうなのだが、この船団は完璧にはほど遠かった。それぞれの船のなかで身を粉（こ）にしているエンジンたちの性能は一定どころではなかったし、燃料もてんでばらばら、経年劣化でパイプが詰まっていたり、バルブが固くなっていたりする。そのためエンジンが駆動させているスクリューの回転速度も一定ではない。羅針儀（コンパス）も絶対に信用できるとはいえなかった。さらに、燃料や備蓄品の消費にともなって船の自重が変われば、よしんばスクリューが一定の速度でまわっていたとしても、推進力に異なる影響がもたらされる。こうした不確定要素が船の相対的な位置に与える変化は一分間でほんの数十センチかもしれないが、密集した隊列を組んでいるこの船団では、一分間で数十センチの差が二十分後には大惨事を引き起こすかもしれなかった。

船の不確定要素よりはるかに問題なのが乗組員の不確定要素、あらゆるもののなかで最も大きな不確定要素だった。舵をまわすのも人間の手、計器を読み取るのも人間の眼、コンパスの方位を読んで針路を維持するのも人間の技量。反応の鈍い者にすばやい者、慎重な者に無謀な者、経験が豊富な者にほぼ皆無な者、ありとあらゆる種類の男たちがいた。男たちのちがいは船のちがいよりも大きな問題だった。後者のちがいが惨事を引き起こすには二十分かかるかもしれないが、人間の不確定要素、つまり迂闊（うかつ）な命令、命令の聞きまちがい、逆方向への転舵（てんだ）、計算まちがいによる誤った判断は、二十秒で大惨事につながる。

針路変更は船団中央の先頭に位置する指揮船が指示している。風に吹かれ、信号索にぴんと張られている信号旗がおろされたら、遅滞なく変針を開始しなければならない。一連の針路変更のうち、次にどちらに転舵するかは数日前から決められているが、その方向を誤るのはよくあることだった。どちらに転舵する予定だったかすぐに思い出せないのはもっとよくある話で、隣の船がまちがえているのではないかと疑うことさえあった。慎重な者であれば、ほかの船の行動を見届けてから命令を出すかもしれないが、そうした数瞬の遅れのせいで、まごまごしている隣の船の横っ腹、船のどまんなかに、船首から突っ込むことになりかねない。そうしたほんのひと触れが死を招く。

彼らが浮かんでいる海の広さに比べれば、船はちっぽけで取るに足りない存在だ。自然の力に抗ってこの広大な海を渡り、確実に目的地にたどり着くことは奇跡のように思えるかもしれない。それを可能ならしめているのは人間の知恵と工夫、初めて石英を削り、初めて絵を記号として用いたときから積み重ねてきた知識と経験だった。同時に、危険を高めているものもまた人間の知恵と工夫だった。ますます低くなる空と高波は脅威をはらんでいたが、にもかかわらず、船たちは惨事一歩手前の間隔で密集し、複雑で難しい動きを続けていた。その運動をやめて安全な距離まで広がれば、もっとひどい惨事が待ち受けているからだ。

彼らの二千キロ先で男たちが、男たちと女子供が、ほかならぬこの船団の到着を待っていた。船団が今こうして向かっていることも、船たちの名前も、冷徹で広大な海と船とを隔てる厚さ二センチの鉄の向こう側にいる男たちの名前も知らない人々が。この船団が、そして同じようにその名を知られぬ数千の船たちが到着しなければ、待ちわびている男たち、女たち、子供たちは飢え、凍え、病に倒れるだろう。そうでなくとも、爆弾で五体がばらばらに吹き飛ばされるかもしれない。もっとひどい運命に終わるかもしれない。この数年間、冷ややかな眼で見つめてきた、もっとひどい運命に。もし彼らが異質な思想を持つ独裁者に支配され、自由を引きはがされれば――そうなれば、頭ではわからなくとも、心ではそうわかっているように、彼らのみならず、人間という種族全体が苦しめられ、世界じゅうから自由が失われていくことになる。

船の上にはこのことをよく承知している男たちがいた。眼のまえの当直任務や針路と速力の維持に追われ、しばし忘れてしまうことはあったにしても。同じ船に乗っているというのに、そんなことは少しも頭にない男たちも大勢いた。こうした危難の時のさなかに別の理由で乗り込んだ男たち、理由もなしに乗り込んだ男たち。金、酒、女、あるいはときに金で買える平穏が目当ての男たち。忘れたい過去が多すぎる男たち、忘れることなど何もない愚かな男たち。養わなければならない子供がいる男たち、直視するには難しすぎる問題を抱えた男たち。

そんな男たちがスクリューを回転させ、船を浮かべ、持ち場を守り、船の航行能力を維持し、あるいは、そうした仕事に忙殺される男たちに食事を用意する任務に就いていた。だが、めいめいがめいめいの義務を遂行しているうちに、崇高な動機を持つ者も、さもしい動機を持つ者も、はなから動機などない者も、自らが仕える船の一部に過ぎなくなっていった。人間が持つ不確かさのせいで、誤差を測定できる機械とまではいかないにしても。彼ら、もしくは彼らの船（船と乗組員のあいだのちがいは区別されない）こそが戦いの目的であり、一方にとっては守るべきもの、また一方にとっては破壊すべきものだった。すなわち、一方にとってはこの海を渡りきれるよう護衛すべきもの、また一方にとっては凍てつく深海に沈めるべきものだった。

第二章

水曜日　午前〇八〇〇～一二〇〇

船団には二千人近い男たちがいた。それを守る駆逐艦二隻とコルヴェット艦二隻、合わせて四隻には八百人以上が乗っていた。その計り知れない価値をとにもかくにも記すとすれば、約三千人の命と五千万ドル相当の物資がアメリカ海軍中佐ジョージ・クラウスの双肩に懸かっていた。クラウスは年齢四十二歳、身長百七十五センチ、体重七十キロ、肌は中間色、瞳の色はグレーで、護衛艦隊の指揮官であると同時に、排水量千五百トン、一九三八年就役のマハン級駆逐艦〈キーリング〉の艦長でもあった。

これらはたんなる事実であり、事実はほとんど何も意味していない。〈キーリング〉の後方、船団の中央には〈ヘンドリクソン〉というタンカーがあり、この船を所有する企業の帳簿には〈ヘンドリクソン〉の価値は二十五万ドル、積載している石油の価値も二十五万ドルと記されているが、それも重要ではなかった。それどころか、文字どおり何も意味していなかった。が、〈ヘンドリクソン〉が無事イングランドに到着すれば、その石油でイギリス海軍の全艦隊が一時間だけ多く活動できるという事実には、計り知れないほど大きな価値があった。世界にとっての一時間の自由に、どうやったら値をつけられるだろうか？　砂漠で渇いている者は自分のポケットいっぱいの札束のことなど気にもかけないものだ。クラウスが体重計に乗ると針が七十キロを示すということも、かなり重要かもしれない。その数字から彼が緊急時に艦橋（ブリッジ）に駆けつける速さの見当がつくし、ひとたび艦橋に立てば、肉体的負担に耐えてどれだけそこに残っていられるかを推し測る目安にもなる。これは〈ヘンドリクソン〉の帳簿上の価値よりはるかに重要なことであり、〈ヘンドリクソン〉を所有する人々にとってもずっと重要なことだった。アメリカ海軍中佐ジョージ・クラウスのことなどひとつも知らない彼らにとっては信じがたい話かもしれないが。クラウスがルター派の聖職者の息子であり、自身も信心深い男に育ち、聖書を座右の書としてきたことについても、彼らはやはりなんの興味も示さないだろうが、これもきわめて重要なことだった。戦場では物質的なこまごました問題よりも、指揮官の人柄と性格がものを言うからだ。

クラウスは艦長私室にいた。シャワーを浴び、タオルで体を拭（ふ）いたあとだった。三十六時間ぶりのシャワーだったし、次の機会は当分先になると思われた。今は日がすっかり昇って戦闘配置を解除したあとの至福のひとときで、すでに分厚いウールの肌着、シャツ、ズボンを身に着け、靴下と靴を履いていた。髪はつい先ほど、おざなりに櫛を通したばかりだ。おざなりにというのは、最近短く刈り込んだばかりの鼠色の剛毛が全然言うことを聞かないからだ。鏡を覗き、ひげの剃り残しがないかどうかを確かめた。鏡のなかの瞳（分類としてはグレーだが、実際にはむしろ淡褐色で、石のような質感をしている）と眼が合ったが、見ず知らずの他人と眼が合ったときのように、クラウスはそこになんの面影も認めていなければ、親愛の情も示していなかった。実際、今のクラウスは本人にとっても他人同然であり、人格を持たない者と考えるべきだった——わざわざ考えるまでもなく。彼の肉体はただ任務のために存在していた。

こんな時間にシャワーを浴び、ひげをあたり、清潔なシャツを着て、朝とは思えぬような服装をしているのは、戦争という緊急事態のせいで物事のまっとうな順序がおかしくなっているからだ。もう三時間も立ちっぱなしだった。総員戦闘配置命令を出すまえから艦橋の暗闇のなかに立ち、夜明けとともにやってくるかもしれない危機にそなえていた。夜の黒が次第に夜明けの灰色に変わっていくなか、艦と乗組員たちを戦闘配置にして、自ら艦橋に立っていた。日がすっかり昇ると——陰鬱な灰色の空模様にそのような表現がふさわしいかどうかはともかく——戦闘配置を解除した。そこでようやく通信長が持ってきた電文の束に眼を通し、各部門長から手短な報告を受け、双眼鏡の力を借りて左舷側と右舷側にいる指揮下の艦とははるか後方を航行する大船団を自分の眼で確かめた。そして、夜明けから一時間が経ち、一日のうちで最も安全とされる時間になったころ、少し自室に引っ込むことにしたのだった。クラウスはひざまずいて祈りを捧げ、朝食を摂(と)ることができた。シャワーを浴び、服を着替えることもできた。こんな時間に、新しい一日の始まりというわけでもないのにそんなことをするのは、実に妙な心地がしたのだが。

剃り残しがないとわかると、鏡のなかの見知らぬ男から顔を背けた。そこに立ったまま、椅子の背もたれに片手をかけ、足元の床に視線を落とした。

「昨日も今日も永遠までも」鏡で自分の姿を点検したあと、クラウスはいつもこの言葉をつぶやいた。『ヘブル人への手紙』十三章にあるこの言葉は、自分がかりそめの世界を通り、死とその先にある永遠への旅の一歩を新たに踏み出そうとしていることを思い出させてくれた。この思考の流れに必要なだけの意識を集中させ、余念を払いながらも、体は駆逐艦特有の揺れに合わせて無意識にバランスを取っていた。艦はここ数日、ひっきりなしに横揺れと縦揺れを繰り返していた。足元の床が浮き沈みし、前後左右に鋭く傾いたかと思えば、ときどき気が変わったかのように、その動きの途中で震えながら向きを変えた。船室のまばらな調度品がスクリューの振動にせきたてられて鳴らす、かたかたというリズムを遮(さえぎ)って。

海軍兵学校(アナポリス)を卒業してから二十年になる。クラウスはそのうち十三年を洋上で、そのほとんどを駆逐艦のなかで過ごしてきた。だから魂の不滅やこの世の無常に思いを馳(は)せていても、動揺する艦に合わせてバランスを取るのはわけのないことだった。

　クラウスは眼をあげ、シャツの上に着ようとしていたセーターに手を伸ばした。セーターに手が触れるより早く、隔壁に取りつけられたベルがけたたましく鳴り、伝声管からカーリング大尉の声が聞こえてきた。戦闘配置を解除した際に当直士官を引き継いだのがカーリングだった。

「艦長、艦橋へお願いします。艦長、艦橋へお願いします」

　その声には切迫した響きがあった。クラウスの手は向かう先を変えた。つかんだのはセーターではなく、ハンガーにかかっていた制服の上衣だった。もう一方の手で出入口の目隠しになっているファイバーグラス製のカーテンを払うと、制服を手に持ったまま、シャツだけの姿で艦橋に急いだ。ベルが鳴ってから艦橋の操舵室に入るまでに七秒が経過していた。周囲に眼を配る余裕は一秒もなかった。

「ハリーが目標を探知しました」カーリングが言った。

　クラウスは艦艇間無線通話機（TBS）に飛びついた。

「ジョージよりハリーへ。ジョージよりハリーへ。どうぞ」

　そう話しかけながら、クラウスは左を向き、上下している海の向こうを見つめた。左舷側六・五キロ先にいるのがポーランドの駆逐艦〈ヴィクター〉で、そのさらに六・五キロ先にいるのがイギリス海軍のコルヴェット艦〈ジェイムズ〉だ。〈ジェイムズ〉は〈ヴィクター〉の左斜め後方、かなり艦尾側を航行しており、クラウスがいる操舵室からは上部構造物の角（かど）のあたりがかろうじて見える程度だ。この距離では〈ジェイムズ〉と〈キーリング〉がお互いに波の谷間に入ると、まったく見えなくなることもしばしばだった。目下、〈ジェイムズ〉は針路を外れ、船団から離れて北に向かっている。捕捉したという目標を追跡しているのだろう。無線でハリーと呼ばれていたのがこの艦だ。クラウスが〈ジェイムズ〉を眼で追っていると、無線通話機から声がした。その声の風変わりなイギリス訛（なま）りは、どれだけ雑音が入ろうと隠しようがなかった。

「遠距離に目標を探知。方位三五五度。攻撃許可を願います、指揮官」

最後の一語は除外するとしても、これだけ短い言葉のなかにきわめて複雑な問題が含まれていた。結びつけて考えるべき要素がいくつもある。対応策も可能なかぎり迅速に、数秒のうちに見つけなければならない。クラウスは従羅針儀（レピーターコンパス）を目視すると、慣れた要領でたちまちのうちにひとつの要素を噛（か）み砕いて理解した。目標の方位が三五五度ということは、ジグザグ航行している船団の現在の針路に対して左舷正横（せいおう）やや前方だ。護衛艦隊四隻のうち左翼を受け持つ〈ジェイムズ〉は船団の左五・五キロの距離を航行している。つまり潜水艦（Uボート）は船団の数キロ先、船団左舷正横よりさほど前方ではないところにいる――〈ジェイムズ〉が探知した目標がほんとうにUボートなのかどうかは、いかなる意味でもまだ断言できないが。ちらりと時計に眼をやる。ジグザグ航行の次の転針は十四分後に予定されている。今度は右舷方向への転針だから、このUボートからは遠ざかることになる。となると、相手にしないほうが得策だ。

その判断を支持する材料はほかにもあった。こちらはたった四隻の戦闘艦で防御網全体をカバーしなければならない。四隻すべてが所定の護衛位置に就き、ソナーによる捜索をおこなうことで、はじめて船団前方の広大な範囲を守ることができる。護衛艦が一隻でも二隻でも船団から離れてしまえば、防衛網は存在しないも同然になり、その間隙を縫ってほかのUボートに入り込まれてしまうかもしれない。これは由々しき問題だが、それよりもっと重大な問題があった。燃料消費という、海に出た瞬間からあらゆる海軍士官の心に重くのしかかる問題が。目標の捜索に向かわせれば、〈ジェイムズ〉は全速力を出さなければならず、船団の針路からはるかに遠ざかってしまう。捜索は数時間におよぶ可能性があるし、結果がどうあれ、〈ジェイムズ〉は船団とまた合流しなければならない。捜索に時間を費やしているあいだも船団はどんどん遠ざかっていく。つまり〈ジェイムズ〉は一、二時間、あるいは三時間、数トンの燃料を余分に消費し、高速で航行する羽目になる。予備燃料もあるにはあるが、わずかに過ぎず、充分とはいえない。作戦行動が始まったばかりのこんな段階でさっそく予備に手をつけてしまうのは、果たして賢明といえるだろうか？　現役としての長年の訓練から、交戦中のいざというときのために予備燃料を残しておくのが賢い士官であると、クラウスは身に沁みて理解していた。それはいつの世も変わらない慎重論だ。

しかしその一方で、現に目標を探知してしまっている。もしかしたら、という程度の可能性に過ぎないが、Uボートを撃沈できることも考えられる。一隻撃沈でも相当な戦果だが、それがもたらす結果のほうが重要だ。こちらが何もせずにいれば、Uボートはこの場から離脱してのうのうと海面に顔を出し、大西洋のこの地点に輸送船団がいることをドイツ潜水艦隊司令部に無線連絡するだろう。そんな輸送船団は連合国側の船団に決まっているのだから、魚雷の絶好の餌食（えじき）になるだけだ。が、それはUボートが取る行動としては最も可能性が低い。おそらく敵は浮上し、船団の二倍に匹敵する水上速度を活かして後尾船を追躡（ついじょう）し、こちらの速力とおおよその針路に見当をつけようとするだろう。そのうえで仲間のUボートを呼び寄せ、こちらの行く手を阻（はば）み、総攻撃を仕掛けてくる。いわゆる狼群（ウルフ）作戦（パック）だ。もしドイツ軍司令部がまだそのような作戦を命じていなければの話だが。ここで敵を破壊しておけば、そのいずれの事態にもならない。船団が転針して距離を稼（かせ）いでいるあいだに一、二時間だけでも動きを封じておけば、敵がもう一度船団を見つけるのははるかに困難になるし、時間もかかるようになる。ほぼ不可能になるといっていいかもしれない。

「目標、なお感度あります」無線通話機から声が響いた。

クラウスが艦橋に到着してから二十四秒が経過していた。この複雑な問題の隅々にまで考えをめぐらせるのにかかった時間は十五秒。幸いなことに、クラウスはこうして艦橋に立っているときも、自室にひとりでいるときも、同じような問題について深く思索していた。どんなに考えたところですべての状況を網羅しておくことはできないが、今回の件についていえば、目標の正確な方位、現在の燃料状況、船団の位置、時刻は、あらかじめ想定していた何千という状況のうちのひとつと一致していた。クラウスが想定していたのはそれだけではなかった。彼は戦争のどさくさで連合軍の護衛艦隊指揮官に任じられたアメリカ軍士官であり、怒りに燃える砲声すら実際に耳にしたことはない。一方で、この二年と半年にわたる戦争で鍛え抜かれてきた他国の若い艦長たちが、そんなクラウスの指揮下に置かれている。これにより、途方もなく重要な要素がいくつも絡んでくることになるが、いずれも燃料消費の問題のように正確に計算できるものではなかった。発見した目標を撃沈できる確率を計算するほうが、まだ現実的かもしれない。ここで攻撃許可を出さなかったら、〈ジェイムズ〉の艦長はどう思うだろうか？　許可したとしても、手薄になった防御網をかいくぐってほかのUボートが猛然と侵入してきたら、船団の船乗りたちはどう思うだろうか？　そんな報告を受けたら、どこかの国の政府が、よその国の政府に対して、あの指揮官は軽率すぎると苦言を呈すかもしれない。あるいは慎重すぎると。そのどこかの国の海軍士官はクラウスに同情してかばってくれるだろうか？　そのよその国の海軍士官は、渋々にしろ、クラウスを弁護してくれるだろうか？　軍隊ではあっという間に噂話が広まる。船乗りは戦時中でも口さがなく、彼らの愚痴はいずれアメリカかイギリスの議員の耳に届くことになる。連合国間の信頼関係は、ある程度は今この場での決断に懸かっている。そして、連合国間の信頼関係には、最終的な勝利と世界の自由が懸かっている。クラウスはそこまで考えていた。だが今回の場合、そうした諸事情に決断を左右されるわけにはいかない。それらはたんにクラウスの決断に重みを加え、彼の双肩にかかる責任をより大きくしただけだった。

「攻撃を許可する」クラウスは言った。

「アイアイサー」無線が応じた。

その直後、また無線通話機から声が響いた。

「イーグルよりジョージへ。ハリーを支援する許可を願います」

イーグルはポーランドの駆逐艦〈ヴィクター〉のコールサインだ。〈ヴィクター〉は〈キーリング〉の左舷正横、〈キーリング〉と〈ジェイムズ〉の中間に位置している。声の主は無線通話担当として〈ヴィクター〉に乗艦している若いイギリス人士官だった。

「許可する」

「アイアイサー」

クラウスが言い終えると〈ヴィクター〉はすぐに回頭した。艦首が大波を切り、しぶきがあがった。〈ヴィクター〉は艦尾を持ちあげて波の上に乗りあげ、回頭を続けながら速力を増し、〈ジェイムズ〉を追いかけていった。〈ヴィクター〉と〈ジェイムズ〉は前回の船団護衛任務で〝撃沈確実〟の戦果をあげたチームだ。新型ソナーシステムが搭載された〈ジェイムズ〉から指示を受け、〈ヴィクター〉が敵を撃沈するという戦法が確立されていた。二隻はコンビなのだ。クラウスは目標探知の報を受けたときから、どうせ一隻を送り込むなら、この二隻を派遣したほうが撃沈の確率が高くなると考えていた。

　自室で呼び出しを受けてから五十九秒。重大な決断をくだし、それを実行に移す命令を出すまでに一分もかかっていなかった。次は残る二隻の護衛艦、〈キーリング〉とその右舷後方のカナダ海軍（HMCS）コルヴェット艦〈ドッジ〉を最良の陣形で配置し、三十七隻の船舶を守る必要がある。船団の大きさは面積にして十三平方キロ以上。これをひとつの巨大な的と考えれば、でたらめに発射された魚雷にすら当たってしまう。敵は半径約十二キロの半円のどこからでも悠々と魚雷を打てる。それだけの大きさの半円を二隻で守るといってもたかが知れているが、ともかく最善を尽くさなければならない。クラウスは無線通話機を使って〈ドッジ〉に呼びかけた。

「ジョージよりディッキーへ」

「は！」間髪入れずに返事が来た。〈ドッジ〉は命令が出ると予想していたにちがいない。

「船団最右列先頭船の前方五・五キロに位置しろ」

　無線通話機を介した口頭でも命令がきちんと伝わるよう、抑えた声で言うと、クラウスの声の平板さは余計に目立った。

「船団最右列先頭船の前方五・五キロに位置」応答があった。「アイアイサー」

今のはカナダ人の声で、イギリス人より高さとリズムが自然だ。これなら聞きまちがいはない。クラウスはレピーターコンパスを見て、当直士官のカーリングに言った。

「針路を〇〇五度に、カーリングくん」

「アイアイサー」カーリングはそう答えてから操舵員に命じた。「取舵(とりかじ)。針路〇〇五度」

「取舵」操舵員が舵を切りながら復唱した。「針路〇〇五度」

この男は三等操舵員のパーカーといった。年齢は二十二歳、既婚。腕はよくない。カーリングもそれを心得ていて、レピーターコンパスから眼を離さなかった。

「速力を十八ノットに」とクラウスは言った。

「アイアイサー」カーリングが答え、命令を出した。

「速力を十八ノットに」速力通信機の当番員が機関室に伝えた。

〈キーリング〉がうやうやしく舵に従い、新たな護衛位置に向かって進みはじめると、足元から伝わる床の振動が速くなった。

「機関室より応答、十八ノット」速力通信機の当番員が報告した。この男は転属してきたばかりで、アイスランドのレイキャビクから乗艦し、これが二度目の兵役になる。二年前、休暇中に自動車で轢(ひ)き逃げ事故を起こし、警察の厄介になったことがある。名前が思い出せないのをなんとかしなくてはならない。

「針路〇〇五度、ようそろ」パーカーが言った。いつもながらの軽薄な声の調子に苛々(いらいら)する。おかげでこの男を信用できないような気がするが、今はどうすることもできない。クラウスはただ心に留め置いた。

「速力、ピトーで十八ノットを確認しました」カーリングが報告した。

「よろしい」ピトー管式メーターの数値が十八ノットを示している。次の命令を出すとしよう。

「カーリングくん、船団最左列先頭船の前方五・五キロに位置しろ」

「船団最左列先頭船の前方五・五キロに位置。アイアイサー」

これまでの命令で、すでに〈キーリング〉はその地点に向かう最短のコースを取っていた。船団前方を横切っている今は、船団の様子を確認する絶好のチャンスだ。が、クラウスはまず制服を着ることにした。自室を出てからずっとシャツ一枚で、上衣は手に持ったままだった。制服に袖(そで)を通そうと伸ばした腕が、横にいた電話連絡員の脇腹にぶつかった。

「すまない」

「とんでもありません、艦長」連絡員は小声で言った。

カーリングが総員戦闘配置命令を出す警報のレバーに手をかけ、クラウスの号令を待っていた。

「いや、駄目だ」クラウスは言った。

総員戦闘配置命令を出せば、乗組員はひとり残らず配置に就くことになる。誰も睡眠を取れず、食事もろくに摂れない。艦の日常のルーティンが完全に滞ってしまう。乗組員たちは疲労と空腹を募らせるだろう。艦を正常に動かすために遅かれ早かれ片づけなければならない仕事は五十余りあるが、全員が戦闘配置に就けば、すべてあとまわしになってしまう。そんな状態を長時間維持することはできない。戦闘配置というのは、読んで字のごとく、いざというときのため、実際の戦闘のために取っておくものだ。

それだけではない。これといった理由もなしに何度もそんな特別な要求をしていたら、任務の遂行にあたる乗組員の一部、いや、大部分にたるみが出てきてしまう。クラウスは長年の経験でこれを実際に目の当たりにしていたし、軍の教範を読むことで知識としても知っていた。医者が自分がかかったことのない病気をよく知っているのと同じだ。指揮下にある者たちの肉体の弱さと心の気まぐれさも考慮に入れておかなくてはならない。現在、〈キーリング〉はすでに第二配置を取っている。艦の主要な戦闘部署は配置に就き、日常業務の妨げにはなるものの、水密扉の閉鎖も徹底されている。第二配置は乗組員に緊張を強い、艦に悪影響が出るが、数日間は維持できる。かたや戦闘配置は、もって数時間だ。〈ジェイムズ〉が船団から少し離れた位置で目標を追跡し、〈ヴィクター〉がその支援に向かっているという事実だけでは、総員戦闘配置命令を出す理由には足りない。目標の探知など、船団が帰国するまでのあいだに何十回となく報告されるだろう。それでカーリングの無言の問いかけに「駄目だ」と応じたのだ。一瞥(いちべつ)、決断、返答にかかった時間は二、三秒未満。決断の理由をいちいち口で説明していたら、少なくとも数分はかかっていただろう。頭のなかで整理するだけでも、どうしたって一、二分は必要だ。しかし、長年の習慣と経験によって、クラウスはたやすく決断できるようになっていたし、眼のまえの緊急事態を取り巻く条件についても、まえもって入念に考察し、心の準備がしてあった。

同時にこの出来事について、クラウスの記憶にメモが取られた。そのメモが捨てられたらすぐ、頭の片隅から消えてしまうような類(たぐ)いのことではあったにしろ。クラウスはカーリングが総員戦闘配置を発令するレバーに手をかけていたことを、この男に関する記憶の引き出しにしまった。ほんとうにごくわずかにではあるが、これは当直士官としてのカーリングをどれだけ信頼できるかという評価に影響する。いずれクラウスがカーリングの適性報告書を書く日が来たら(そのときまでふたりとも生き延びていれば)、カーリングの〝指揮官適性〟の欄に特記されることになるかもしれない。こうした小さな出来事が数千も積み重なって、複雑な全体像を組みあげるのだ。

クラウスは双眼鏡を取り、首にかけると、それを船団に向けた。操舵室からだと乗組員が邪魔でよく見えなかったので、左舷側の艦橋張り出し部(ブリッジウィング)に出た。外は屋内(なか)とは大ちがいで、出た瞬間にそれを感じた。この針路だと北東からの風がほぼ真正面から吹きつけてくる。双眼鏡をかざすと、ひどく冷たい風が右腋の下を打つのを感じた。セーターと防寒着を着てくるべきだった。あと一分、自室でそっとしておいてくれたら、きっとそうしていたのだが。

〈キーリング〉は船団の指揮船のまえを通過していた。旧式の客船で、ほかの船に比べて上部構造物の背丈が高く、指揮船であることを示す三角旗がはためいている。船団の指揮官は予備役から復帰した年配のイギリス海軍将官だった。困難で単調で危険なわりに、なんの名誉もともなわないこの任務を、自らの意思で引き受けたのだ。もちろん招集に応じられるかぎりはそうしなければならない。たとえそうすることで、他国の若い中佐の指揮下に入ることになったとしても。この老将官の目下の任務は船団を可能なかぎり整列させ、護衛艦が守りやすいようにすることだった。

指揮船の向こうでは、船団のほかの船が列を乱し、大きく広がっていた。クラウスは双眼鏡でその様子を見渡した。確かに乱れてはいるが、明け方、曙光のなかで見たときよりはましに思える。そのときは右から三列目が前後ふたつに分かれ、うしろの三隻（ほかの列は四隻で一列だったが、この列は五隻で一列だった）が大きく遅れ、隊列の体をなしていなかった。それが今ではだいぶ追いついてきている。どうやらうしろから三番目の船、ノルウェー船籍の〈コング・グスタフ〉が夜のうちにエンジントラブルを起こし、落伍してしまったらしい。厳重な無線封止と灯火管制が敷かれ、手旗信号を目視できない暗闇のなか、〈コング・グスタフ〉は自らの窮状を他船に伝えることもかなわず、どんどん取り残されていったのだろう。後続の二隻は〈コング・グスタフ〉の動きに合わせただけだろう。どうやらエンジントラブルは直ったようで、〈コング・グスタフ〉と二隻の後続船は少しずつ所定の位置に戻ろうとしていた。〈コング・グスタフ〉の後続の船がやたらと煙をあげている。〈サウスランド〉だ。夜が明けてすぐ、クラウスはこの船の名前をリストで確認していた。隊列に戻るため、半ノットほどスピードをあげようとしているらしい。ほかにも何隻か、必要以上に煙をあげている船が見える。幸い、向かい風が強く吹いているおかげで、煙は低くたなびき、みるみるうちに雲散している。もっと凪いでいたら、船団上空に煙の柱が立ちのぼり、百キロ先からでも発見されてしまうだろう。船団指揮船が信号旗を掲げていた。どんな国の海軍でも頻繁に眼にするであろう信号――〝煙をあまり立てるな〟。

三隻の船がかなり後れを取っていることと、それなりの量の煙があがっていることを除けば、船団の状況は良好といってよさそうだった。そのため、〈キーリング〉の様子をざっと点検する余裕ができた。クラウスがまず船団を点検し、自艦をあとまわしにしたことには大きな意味がある。双眼鏡をおろし、艦首のほうを向くと、風が顔に吹きつけてきた。上下する艦首から飛んできたしぶきが風に混じっていた。頭上ではレーダーアンテナ――通称〝ベッドスプリング〟――が規則正しく回転しており、横揺れと縦揺れのせいで、マストそのものも考えられるかぎりあらゆる方向に傾き、下側を頂点とする円錐を描いていた。防寒着に身を包んだ七名の見張り員が持ち場に就き、架台に固定された双眼鏡を覗いていた。左、右、左とゆっくり双眼鏡を動かし、各自の受け持ち範囲を監視しているが、対物レンズについた艦首からの波しぶきを拭うために、数秒ごとに眼を離さなければならないようだった。クラウスはそんな彼らの仕事ぶりをしばらく観察した。当直士官のカーリングは艦を新たな護衛位置まで動かすことで精いっぱいで、見張りにまで眼を配る余裕はないだろうから。見たところ、全員まじめに働いているようだ。にわかには信じられないかもしれないが、ちょくちょく交替させてやっていても、この単調な仕事に飽き、役に立たなくなってしまう見張り員もいるのだ。この任務は極度の苦痛に耐え、規則正しく、一瞬の気も抜かずにおこなわなければならない。Uボートが海面から五、六十センチ以上も潜望鏡を伸ばすことはまずない。時間もせいぜい三十秒といったところだ。発見できる一瞬のチャンスを（偶然に頼るのではなく）見逃さないよう、片時も休まず、規則正しく捜索する必要がある。潜望鏡が一秒見えたかどうか、それだけのことが船団の運命を決めるかもしれない。艦に向かって直進してくる魚雷の航跡を発見できる可能性もある。それがただちに報告されれば、〈キーリング〉は沈まずにすむかもしれないのだ。

クラウスがブリッジウィングでがんばっているあいだに、護衛艦隊の半分が戦闘に向けて左舷側に向かっていた。イギリス海軍のコルヴェット艦〈ジェイムズ〉と合流すべく、ポーランドの駆逐艦〈ヴィクター〉も船団を離脱している。必要に応じて命令をくだせるよう、クラウスは無線通話機のまえに張りついていなくてはならない。若手のハートが当直のカーリングのために方位を確認しようと、左舷側の方位盤に近づこうとしていた。クラウスはハートに向かってうなずいてみせ、操舵室に戻った。なかは比較的暖かく、短時間といえどセーターも防寒着もなしに外に出たことで、体が芯まで冷えてしまったことに気づかされた。無線通話機に近づくとぼそぼそした声が聞こえてきた。〈ジェイムズ〉と〈ヴィクター〉に乗艦しているイギリス人士官同士の会話だった。

「方位三六〇度」一方のイギリス人が言った。

「距離はわからないのか、相棒?」と、もう一方のイギリス人。

「ああ、駄目だ。目標がはっきりしない。そっちはまだ探知できないのか?」

「まだだ。そのあたりは二度探ったんだが」

「微速で進んでみてくれ」

クラウスの立っているところからだと、〈ジェイムズ〉の姿は近くの水平線の霧に覆われて見えなかった。〈ジェイムズ〉は小型艦で上部構造物も小さい。〈ヴィクター〉は〈ジェイムズ〉より大きく、背も高く、〈キーリング〉により近い位置にいるため、まだ目視できるが、それでもぼんやり霞(かす)みはじめている。視界がこれだけ悪く、〈キーリング〉と〈ヴィクター〉はこれから互いに急速に遠ざかることになるので、もう間もなく見えなくなるだろう。もちろんレーダー画面の上でなら話は別だが。突然、カーリングの声が耳に飛び込んできた。そのまえから何かしゃべっていたらしいが、クラウスは無線のやり取りに集中していたので聞こえなかった。今起きている問題と関係のあることなら、とっくに耳に届いていただろう。

「面舵（おもかじ）、針路〇七九度」カーリングが命じた。

「面舵、針路〇七九度」パーカーが復唱した。

どうやら〈キーリング〉は新たな護衛位置に着いたか、もうすぐ着くようだ。〈キーリング〉が向きを変えると、〈ヴィクター〉はほぼ正艦尾（せいかんび）になった。これで両者のあいだの距離はこれまでよりずっと早くひらいていくことになる。〈キーリング〉が右舷側に大きく傾いた。突然のことだったので、誰もが操舵室の床で足を滑らせ、とっさに何かにつかまった。旋回した際に次の波の上に乗れず、くぼみに入ってしまったのだ。艦は長いこと傾いていたが、急に水平になり、波が艦底を通過していくと、今度は同じくらい急に左舷側に傾いた。足が反対側に滑り、クラウスの上にカーリングの体が覆いかぶさってきた。

「失礼しました」とカーリング。

「かまわん」

「〇七九度、ようそろ」とパーカーが言った。

「よろしい」カーリングはそう答えてから、クラウスに向かって言った。「あと五分で船団が次のジグザグに入ります」

「よろしい」今度はクラウスが言った。〝船団の針路変更は五分前に必ず通知すべし〟というのはクラウスが定めた規則のひとつだった。次の変針で、船団は〈ヴィクター〉と〈ジェイムズ〉に完全に背を向ける格好となる。〈ジェイムズ〉の離脱から九分が経過していた。〈ジェイムズ〉は元の持ち場から五キロ以上移動しているはずだ。そしてその距離は一分ごとに約五百メートルから一キロずつ増えていく。この海象では〈ジェイムズ〉の最大速力はせいぜい十六ノットだろう。今呼び戻したとしても、持ち場に戻らせるのに三十分はかかる。それも燃費がひどく悪い状態での三十分だ。かといって呼び戻すのを遅らせれば、船団に追いつくまでの時間は、先延ばしにした一分につき五分ずつ増えていく。〈ジェイムズ〉をあと六分間このままにしておけば、持ち場に復帰するのにまるまる一時間かかる計算だ。クラウスはまた決断しなければならなかった。

「ジョージよりハリーへ」無線通話機で〈ジェイムズ〉に呼びかけた。

「はい、聞こえています、ジョージ」

「探知した目標はどうなった？」

「あまりはっきりしません」

周知のとおり、ソナーは当てにできるときとできないときがある。〈ジェイムズ〉が追跡している目標が潜水艦ではない可能性も、ちょっとどころではなくあるのだ。もしかしたらただの魚群かもしれない。〈ヴィクター〉が目標を探知できず、交差方位法を使えずにいるところからして、冷水か暖水の層と考えるほうが自然かもしれない。

「捜索を続行する価値はあると思うか？」

「どうでしょう。あると思いますが」

ほんとうにUボートがいるのだとすれば、ドイツ人艦長は探知されたことを百も承知のはずだ。すでに大幅な針路変更をして、尻尾を上下に振って深度を変えているだろう。こちらが満足に探知できずにいる理由は、少なくともそれでかなりの部分は説明がつく。ドイツには大きな気泡をあとに残し、一時的にソナー担当の耳を混乱させる新型装置がある。より高性能な未知の欺瞞装置を持っている可能性もあるし、そもそもUボートなどいない可能性もある。

その一方で、仮にUボートがいたとして、〈ジェイムズ〉と〈ヴィクター〉を呼び戻したとする。Uボートが思いきって浮上してくるとしても、それは数分後のことだ。船団はUボートからどんどん遠ざかっているため、そのときにはこちらの方位を特定することはできなくなっている。海がこんな状態では、Uボートは水上でも十六ノット以上は出せないだろう。おそらくはもっと遅い。これまでの数分間の追跡により、Uボートを放置した場合のリスクはかなり低下している。残る問題は、この決断をイギリスとポーランドの護衛艦がどう思うかということだ。見込みの高い狩りをあきらめさせたら、いい気はしないだろうし、のちのち面倒なことになるかもしれない。ただ、先ほどの〈ジェイムズ〉の返答ぶりは、イギリス人特有の抑揚の乏しさを差し引いても、そこまで乗り気ではなさそうだった。

「ハリー、追跡は中止したほうがよさそうだ」クラウスは感情を交えない、持ち前の平板な声で言った。

「アイアイサー」相手の声の響きも同じようなものだった。

「イーグルとハリーは船団に復帰し、元の護衛位置に就け」

「アイアイサー」

彼らがこの決断に気分を害したかどうかを知るすべはなかった。

「指揮船が針路変更の信号旗を掲げています」カーリングが報告した。

「よろしい」

この船団はスピードが遅いため、高速船団がやるような方法でのジグザグ運動はしていなかった。そんなことをすれば、いつ目的地に着くか知れたものではない。針路変更は長い、長い間隔をあけておこなわれていた。高速船団のように難しい方位線が絡む方法だと、商船の船長は自船の位置を保てない。彼らにとっては縦列と横列を保つだけでもひと仕事だ。そのため、針路変更といっても左か右へ一〇から一五度のゆったりした転針に過ぎないのだが、それだけでも大変な騒ぎだった。左右どちらかの端の列は速力を維持し、反対側の端の列は減速しなければならない。先頭船は緩やかに回頭する必要がある。先頭船が右に舵を切ったなら、後続船はしばらく待ち、前方の船が舵を切ったのと同じ地点で旋回を始めなければならないのだが、そんな簡単なことさえ彼らは一向に学習しないようだった。舵を切るのが早すぎれば、先頭船より右側に飛び出し、右の列にいるほかの船の安全を脅(おびや)かしてしまう。反対に、舵を切るのが遅すぎれば、左の列に突っ込んでしまう。いずれの場合も自船を列の定位置に戻す必要があるが、これが簡単な話ではない。

さらに、こうした船団がひと塊になって転針するには、外側の船が内側の船よりも速く走る必要があるが、外側の船はすでにめいっぱいの速力で走っているので、実際には内側の船がスピードを落としてやらなければならなかった。どの列の船がどれくらい減速すればいいかを記したガリ版刷りの大きな冊子が船長向けに配られているが、その指示に従うには、急いで冊子のページをめくり、当該箇所を見つけたらすみやかに計算する必要がある。仮に正確な数字を弾(はじ)き出せたとしても、訓練も受けていない機関室の乗組員に正確な減速をさせるのがまた難しい。ただでさえ舵の利きも旋回半径も一隻一隻ちがうという問題を抱えているのに。

そのため、針路変更をおこなうたびに船団はしばしの混乱に陥った。列が縦にも横にも広がってしまうため、護衛艦が守らなければならない範囲も大きく広がる。落伍船が出る恐れもつねにある。経験上、隊列からはぐれた船はほぼ必ず撃沈の憂(う)き目に遭っている。

クラウスは右舷側のブリッジウィングに出て、双眼鏡を船団に向けた。指揮船の信号索の旗がおろされていくのが見えた。

「旗がおろされました」カーリングが報告した。

「よろしい」

たとえクラウスが把握していても、旗がおろされたことを報告するのが当直士官の義務だった。これはその瞬間から転舵を開始しろという合図だ。カーリングが新しい針路の指示を出しているのを耳で聞きながら、クラウスは〈キーリング〉の旋回に合わせて双眼鏡を動かした。十一キロ離れた場所にいる船団最右列の先頭船がだんだん大きくなり、その横腹が見えてきた。それぞれ形の異なる三つの上部構造物がクラウスの眼に入り、〈キーリング〉とほぼ横並びになった。〈キーリング〉が大きく横揺れし、双眼鏡の視界から船が消えた。気づいたときにはせりあがった海しか見えなくなっていた。クラウスは双眼鏡をかまえたまま、艦の動揺に合わせてバランスを取り、船団の観察を再開した。船団はほぼ一瞬のうちに混乱状態に陥っていた。チェッカーボードのように整然としていた隊列は乱れに乱れ、ばらばらになっていた。列から完全にはみ出している船。定位置に戻ろうとしている船。後続がまえに出すぎて、二重になってしまった列まである。

この曇り空のせいで一番遠くの船はほとんど見えなかったが、クラウスはどうにか船団全体の状況をつかもうとした。万が一衝突事故でも起きれば、緊急の対応が必要になる。

今のところ事故は起きていないようだが、船団内では緊張の時間が流れているにちがいない。

数秒、数分が過ぎた。船団の最前列はぎざぎざの線を描いていた。縦列が九あるべきところ、どう見ても十、十一、いや、十二列になっている。指揮船の右舷後方に一隻の船がぬっと姿を現わした。案の定、最右列の先頭船より右にはみ出している船もちらほらと見える。一隻でも命令に正確に従わなかったり、適切なタイミングで減速しなかったり、舵を切るのが早すぎたり遅すぎたりすれば、十隻もの船が定位置からの離脱を余儀なくされ、押し合いへし合いすることになるかもしれない。クラウスが見ていると、一番遠いところにいる船が一隻、旋回してこちらに正船尾を向けた。必要に迫られてなのか、たんに無謀だからなのか、定位置を離れ、一回転して同じ場所にもう一度鼻先を突っ込もうとしているらしい。あそこの海面のうねり方、あれはUボートがいる目印かもしれない。慎重な艦長に率いられ、船団をつけまわしているUボートが。あんなふうに船団から離れた船は、護衛艦が掩護（えんご）に駆けつける暇もなく、魚雷の餌食にされてしまうだろう。〝身を慎み、眼を覚ましていなさい。あなたがたの敵である悪魔が、吠えたける獅子（しし）のように、食いつくすべきものを求めて歩きまわっている〟

連なった旗が指揮船の信号索をあがっていく。おそらくこの混乱の収拾を図るための命令だ。船団の未熟な乗組員たちは縦横に揺れて足元のおぼつかない船の上で、旧式の望遠鏡を覗き、その意味を読み取ろうとしているだろう。クラウスは次に〈キーリング〉の艦尾越しに船団の最左列を確認した。予想どおり、こちら側の混乱は最小限ですんでいた。その向こう側に眼をやると、遠い水平線にかかる靄（もや）のなかに、ひとつの点とその上に伸びる一本の線が見えた。〈ヴィクター〉だ。持ち場に戻るべく、全速力でこちらに向かってきている。十六ノットしか出せない〈ジェイムズ〉はそのはるか後方にいるにちがいない。

　船団の様子をもう一度確認しようと振り返ると、まばゆく明滅する光がクラウスの眼をひいた。指揮船がちかちかと光っている。サーチライトで信号を送っているのだ。光はまっすぐ〈キーリング〉に向けられている。クラウス宛ての信号だろう。イ・タ・ダ――明滅が速すぎて、クラウスには解読が追いつかなかった。〈キーリング〉の信号員たちの姿を見あげると、彼らはなんの苦もなく読み取っていた。ひとりが文字を読みあげ、もうひとりがそれを書き記している。ずいぶん長い通信文だ。ということは、火急の用件ではなさそうだ。それに一刻を争う場合は、はるかに迅速な通信手段がある。頭上で信号員がライトを点滅させ、信号を了解したことを指揮船に知らせた。

「艦長宛ての信号です」信号員がまえに進み出てクラウスを呼んだ。手には信号用箋が握られていた。

「読みたまえ」

「〝船団指揮官（コムコンボイ）ヨリ護衛艦隊指揮官（コムエスコート）ヘ・右舷側ノ貴下コルヴェット艦ヲ派遣シ・船団ノ整

列ニオカ添エイタダケナイカ・疑問符・デアレバマコトニ幸甚〟」

「〝護衛艦隊指揮官より船団指揮官へ。その旨承知した〟と返せ」

「〝護衛艦隊指揮官より船団指揮官へ。その旨承知した〟、アイアイサー」

船団指揮官がそのような言葉遣いをしたのは、部下に命令するのではなく、あくまでも協力を依頼する形を取ったからだろう。『伝道の書』には〝言葉を少なくせよ〟とある。命令を出す士官はこの教えをつねに念頭に置かなくてはならないが、応召の将官が護衛艦隊指揮官に呼びかけるには、『詩篇』を思い出し、バターよりなめらかな表現にしなければならないというわけだ。

クラウスは操舵室に戻り、無線通話機に近づいた。

「ジョージよりディッキーへ」と平板ではっきりした口調で〈ドッジ〉に呼びかけた。すぐに応答があった。〈ドッジ〉はちゃんと気を張っていたのだ。

「護衛位置を離れろ。船団の――」と言いかけて一瞬口をつぐんだところで、相手がカナダ艦籍であることを思い出した。頭にあった言いまわしはイギリスの〈ジェイムズ〉やポーランドの〈ヴィクター〉相手には正しく伝わらないかもしれないが、カナダ人なら問題ないだろう。クラウスは続けた。「船団右側の羊の群れを世話しろ」

「羊の群れを世話、アイアイサー」

「船団指揮官の指示を仰ぎ、落伍船を列に戻すんだ」

「アイアイサー」

「ソナーによる側面の哨戒を怠るな。目下、右側が危険だ」

「アイアイサー」

〝ひとりの兵に「行け」と言えば行き、ほかの兵に「来い」と言えば来る〟『マタイによる福音書』にそうあるが、かの百人隊長のような〝立派な信仰〟が自分にはあるだろうか？〈ドッジ〉は命令を遂行するため、すでに回頭を始めていた。ほかにもまだやるべきことがある。船団前面はすでにかなり守りが手薄になっている。敵の攻撃を受けたらひとたまりもない。さらなる命令を出して、船団前面の幅九キロの端から端までを〈キーリング〉一隻でくまなく警戒しなければならない。クラウスは船団の広い通り道のどこに潜んでいてもおかしくない敵をあぶり出すために、〈キーリング〉を遊弋させながら、ソナーで一方を探り、次いでもう一方を探った。そのあいだ、〈ドッジ〉は船団の右側を動きまわっていた。艦長が拡声器を使い、落伍船に向かって声を嗄らして叫んでいる。〝知者の言葉は羊の群れを追いたてる突き棒のようだ〟同時に、〈ドッジ〉はソナーで後方を哨戒している。〝私は見えない人の眼となり、歩けない人の足となる〟

クラウスは〈キーリング〉の二度目の回頭に合わせ、右舷側から左舷側のブリッジウィングに移動した。船団から眼を離したくなかった。〈ドッジ〉に船団右側での仕事を終わらせるタイミングと、追いついてきた〈ヴィクター〉に船団前方の護衛任務を分担させるタイミングは、自分の眼で判断したかった。風が吹きつけるブリッジウィングにいても、意識を耳に集中させれば、沈黙する海に向かって発せられるピーンピーンというソナーの音が聞こえてくる。洋上にいるかぎり昼夜の別なく発せられるこの単調な音には、耳も心も慣れてしまい、あえて注意を向けないかぎり聞こえなくなってしまうのだ。

指揮船のサーチライトがまたクラウスに向かって点滅した。新しい通信文だ。クラウスは顔をあげ、受信作業中の信号員を見た。こちらからの返答の光線を遮るためのシャッターがたてるかしゃかしゃという音から察するに、信号員は単語をひとつ判読できず、再送を依頼しているようだ。クラウスは苛立ちを抑えた。船団指揮官は今回もまた、信号員が受け取ったことのないようなイギリス流の馬鹿丁寧な言いまわしを使っているのではないか。が、受信にかかった時間から察するに、それほどの長文ではなさそうだった。

「艦長宛ての信号です」

「読みたまえ」

先ほどと同じように信号用箋を手にした信号員は少しためらっていた。

「〝船団指揮官ヨリ護衛艦隊指揮官へ・ハフ……ダフ？〟」

信号員は最後の単語の語尾をあげ、また口ごもった。

「ハフダフでよろしい」クラウスは無愛想に言った。HFDF（ハフダフ）とは短波方向探知機のことだが、この信号員にとっては初めて耳にする表現だったらしい。

「〝ハフダフガ方位八七度・距離二十八カラ三十七キロノ地点ニテ・外国語ノ電波ヲ測定〟とのことです」

方位〇八七度。ほぼ船団の針路上だ。ここ大西洋上で外国語の電波といったら、その意味するものはひとつしかない。二十八から三十七キロ先にUボートが、曲がりくねる蛇ビヤタンが待ちかまえているのだ。短波で通信していたのなら、Uボートは海面の上に顔を出しているということだ。この報告は先ほどの〈ジェイムズ〉のソナーによる探知よりもはるかに有益で、確度が高い。これまでどおり、瞬時の決断が求められる。これまでどおり、数々の要素を考慮に入れた決断が。

「〝護衛艦隊指揮官より船団指揮官へ。追跡する〟と打て」

「〝護衛艦隊指揮官より船団指揮官へ。追跡する〟アイアイサー」

「待て。〝追跡する。感謝〟にしてくれ」

「〝追跡する。感謝〟アイアイサー」

クラウスは大股の二歩で操舵室に引き返した。

「カーリングくん、操艦指揮を代わる」

「アイアイサー」

「面舵急げ、針路〇八七度」

「面舵急げ、針路〇八七度」

「両舷前進いっぱい、二十二ノットとせよ」

「両舷前進いっぱい、二十二ノットとせよ」

「カーリングくん、総員戦闘配置」

「総員戦闘配置、アイアイサー」

カーリングがレバーをさげると、艦内にサイレンが鳴り響いた。死者を目覚めさせ、はるか下の寝台で泥のように眠っている者たちを目覚めさせる大音量のサイレンが。乗組員がひとり残らず持ち場に向かい、男たちの奔流が階段を駆けあがる。服をひっつかみ、書きかけの手紙を放り出し、装備をわしづかみにして。サイレンの音を遮って、報告があがってきた。「機関室より応答、前進いっぱい」〈キーリング〉は回頭に合わせて傾い(かし)でいた。傾く(ヒーリング)キーリングとは、乗組員がつけたあだ名だ。傾くキーリング。揺れる(リーリング)キーリング。

「針路〇八七度、ようそろ」パーカーが言った。

「よろしい。ハート少尉、指揮船の方位は？」

ハートはすぐに方位盤に向かった。

「二六六度です」

ほぼ正艦尾だ。ハフダフの示した方位はかなり正確と考えていいだろう。Uボートの推定位置までの針路を計算する必要はない。

操舵室は新たにやってきた者たちであふれていた。ヘルメットをした者、暖かく着込んだ者、電話連絡員、伝令たちで。やるべきことは山ほどある。クラウスは無線通話機のもとに向かい、〈ヴィクター〉に呼びかけた。

「イーグル。本艦はハフダフが示した方位〇八七度に向かっている」

「〇八七度。アイアイサー」

「大至急、本艦に代わって船団前方を守れ」

「アイアイサー」

続けて〈ジェイムズ〉に呼びかけた。

「ハリー、聞こえるか？」

「聞こえます、ジョージ」

「船団左側面を守れ」

「船団左側面を守れ。アイアイサー。本艦は現在、最後尾船より七・五キロ後方を航行中」

「わかっている」

〈ジェイムズ〉が護衛位置に就くにはあと三十分以上かかるだろう。〈ヴィクター〉のほうは約十五分。そのあいだ、船団は右側面にいるカナダの〈ドッジ〉に守られるだけで、あとは無防備になる。このリスクについては、船団指揮官の通信文が届いた時点で、その他の無数の要素とともに天秤にかけてあった。一方で、前方に敵がいることははっきりと示されている。ハフダフは信頼が置ける。視界不良で〈キーリング〉の周囲は霧に覆われてしまうが、レーダーならその向こう側を見通せる。海上のこの敵を追いつめ、撃沈しなくてはならない。船団の三十七キロ前方に出ようが、〈キーリング〉ならそこからでも多少は船団を守れる。

航海長のワトソン大尉がやってきて、カーリングに代わって当直士官を引き継いだ旨を報告した。クラウスは答礼し、たったの二文で今置かれている状況を説明した。

「了解しました」

ワトソンの美しいブルーの瞳がヘルメットの下で輝いた。

「ワトソン大尉、私が操艦指揮を執っている」

「アイアイサー」

「伝令、ヘルメットをくれ」

クラウスはヘルメットをかぶった。形式上、そうすることになっているからだ。それよりも、まわりの乗組員たちの着ぶくれした姿が眼に入った途端、自分がまだ制服しか着ておらず、しばらくブリッジウィングに出ていたせいで体が芯まで冷えていることを思い出した。

「シープスキンのコートを取ってきてくれ。私の部屋にあるはずだ」

「アイアイサー」

下の海図室にいる副長から伝声管を通じて報告があった。そこは即席の戦闘情報所になっていた。最近の大型艦には正式なものが設けられているが、〈キーリング〉が就役した当時はソナーがようやく産声(うぶごえ)をあげたばかりで、レーダーなど想像もつかなかったような時代だ。クラウスは古くからの友人である副長のチャーリー・コール少佐に状況を説明した。

「そろそろ敵潜がレーダー画面に表われるころだ、チャーリー」

「了解です」

〈キーリング〉はほぼ全速力で疾走しながら小刻みに震えていた。艦首楼の上で緑色の波が弾けると、艦はがくがくぶるぶると揺れた。ただ、大波といっても騒ぐほどのものではないし、波高もいいので、今の高速は維持できそうだ。三十三キロ先、もしくはその手前の地点に、浮上したUボートがいる。頭上高くに据えられたレーダーアンテナがいつUボートを捕捉してもおかしくない。総員が配置に就いたという報告はすでに入ってきていた。乗組員たちはさっきまでやっていたことを放り出して、装備を手に取り、戦闘配置に就いている。なかには日常業務を放り出してきた者もいるだろう。彼らは急に駆り出された理由を知らされていない。なぜ全速力を出さなければならないのか、下の機関室でも大勢の男たちが訝(いぶか)っているだろう。砲や爆雷ラックのまえで配置に就いている者たちが即座に行動できるよう、注意を促しておかなければならない。そのために時間を一、二秒割くとしよう。クラウスはラウドスピーカーに歩み寄った。彼が近づいてくるのを見て、受け持ちの掌帆員がスイッチに手をかけた。クラウスが承認の印にうなずくと、艦内に声が響いた。

「全員聞け、全員聞け」

「こちらは艦長だ」

長年の訓練と培(つちか)ってきた自制心のおかげで、落ち着いた声が出た。その声からは、クラウスの胸のうちで興奮が沸き返り、一瞬でも気を抜けばそれに支配されてしまう状態だとは、誰にもわからないだろう。

「本艦はUボートを追跡中だ。全員、すぐに行動できるようそなえておけ」

これを聞いた〈キーリング〉そのものが、興奮のあまり改めて身を震わせたように感じられた。話を終えて振り返ると、混み合った操舵室内の全員の視線がクラウスの上に注がれていた。空気のなかには緊張が、殺気がみなぎっていた。この男たちはこれから敵を殺しに行く。もしかしたら殺されに行く。が、男たちの多くはそのいずれについても考えておらず、頭にあるのはただ、成否はともかく〈キーリング〉が戦闘に向かっているという事実だけだった。

何かがクラウスのほうに突き出された。先ほど取りに行かせたシープスキンのコートを若い伝令が差し出していた。受け取ろうとしたそのとき。

「艦長！」

クラウスは伝声管に飛びついた。

「レーダーで捕捉。目標、方位〇九二度。距離二十八キロ」

チャーリー・コールの声は実に落ち着いていた。思慮深い親が興奮しやすい子供に話しかけるときのように、早口にならないよう注意してくれていた——もちろんクラウスのことを興奮しやすい子供と考えているわけではないだろうが。

「面舵急げ、針路〇九二度」クラウスは言った。

舵は現在、一等操舵員のマカリスターが握っていた。小柄で痩せたテキサスの男で、クラウスが昔〈ギャンブル〉で分隊長を務めていたときからの部下だ。一九三〇年代のはじめにサンペドロでひどい騒ぎを何度も起こさなければ、今ごろは操舵長になっていたはずだ。無感情に命令を復唱するこの男が、以前は酒が入ると手がつけられなくなるほどの喧嘩好きだったとは、誰に想像できるだろうか。

「針路〇九二度、ようそろ」マカリスターはレピーターコンパスから眼を離さずに言った。

「よろしい」

クラウスは伝声管に向き直った。

「目標の見当は？」

「正艦首です。あまり鮮明ではありません」とチャーリー。

〈キーリング〉のシュガー・チャーリーレーダーはぽんこつだ。新型のシュガー・ジョージというものがあると聞いている。実物を見たことはないが、それが今ここにあればと心底から思った。

「小さいですね」チャーリーが言った。「海の上に出ている部分は少ないようです」

まちがいなくUボートだ。〈キーリング〉は二十二ノットで敵に向かっている。〝我々は死と契約をなし、陰府(よみ)と協定を結んだ〟ハフダフが探知した信号の強度だけを頼りにこれだけ正確に距離を割り出せるとは、指揮船の無線員はすこぶる腕がいいにちがいない。

「方位が少しずつ変化しています」チャーリーが言った。「方位〇九三度、いえ、〇九三・五度。距離二十六キロ。こちらとほぼ反航する針路を取っているようです」

この一分十六秒のうちに目標との距離は二キロ縮まっていた。チャーリーの言うとおり、目標は〈キーリング〉に向かってほぼまっすぐに進んでいるということだ。〝下の陰府はあなたのために動き、あなたの来るのを迎える〟あと十キロ弱で、つまり約七分で――もう七分を切っている――〈キーリング〉の五インチ砲の射程に入る。が、〈キーリング〉が真正面に発射できる砲は二門しかない。射程ぎりぎりの距離ではまだ攻撃しないほうがいいだろう。この荒波、刻一刻と変化する距離、当てになるのかどうかわからないレーダー精度。そんな状態で二門を同時にひらいても、初弾で命中するはずがない。ここは待ったほうがいい。いずれ〈キーリング〉がこの霧の外に出て、もっと近距離で敵を目視できることに望みを託し、この場はこらえよう。

「距離二十四キロ」チャーリーが言った。「方位〇九四度」

「面舵急げ」クラウスは言った。「針路〇九八度」

Uボートの針路は変わっていないようだ。こちらが右に変針したのは敵を邀撃するためだ。敵が姿を現わした場合、真正面よりも左舷側で捉えるほうがいい。もう少しだけ舵を切ってやれば、後部の砲も使えるようになる。

「針路〇九八度、ようそろ」マカリスターが言った。

「よろしい」

「その耳障りなのをやめろ！」突然のワトソンの怒声が緊張を破った。ワトソンは電話連絡員をにらみつけていた。それは十九歳の三等水兵で、さっきから送話口のまえで歯笛を吹いていたのだ。驚き、申し訳なさそうにしている様子から、無意識のうちにそうしていたのは明らかだったが、乗組員でごった返す操舵室の張りつめた空気のなかでは、ワトソンの鋭い叱責は銃声のように周囲をぎょっとさせた。

「距離二十二キロ」チャーリーが言った。「方位〇九四度」

クラウスは電話連絡員のほうを向いて言った。

「艦長より砲術長へ。敵を目視した場合を除き、艦長からの命令があるまで発砲を禁止する」

電話連絡員は送話口のボタンを押し、命令を復唱した。クラウスはそれを注意深く聞いた。いい命令とはいえないが、この状況に即した命令はこれ以外にない。砲術長のフィプラーならきっと理解してくれるだろう。

「砲術長より、アイアイサーと返答ありました」

「よろしい」

電話連絡員の少年は新しく徴兵された者のひとりで、新兵訓練を終えたばかりだというのに、戦いの行方を左右しかねない連絡任務に就いている。とはいえ責任をともなわない持ち場など駆逐艦にはほぼ皆無だし、〈キーリング〉はそもそも七十五名の新兵を乗せて戦わなくてはならない。この連絡員はハイスクールに二年間在学していたので、少なくともこの任務に必要な教育はすませている。ほかに必要なものを持っているかどうかは、実際にことが起きてみないとわからない。死者と負傷者に囲まれ、炎と破壊に囲まれても、それでもまだ持ち場に留まり、一言一句たがわずに命令を伝えられるだろうか。

「距離一万八千メートル」電話連絡員が言った。「方位〇九四度」

これは重要な瞬間だった。距離をキロではなくメートルで言い表わすのは、敵がほぼ射程内に入った証拠だ。五インチ砲の最大射程は約一万六千メートル。砲が旋回し、いつでも発射できる状態になったのが見えた。チャーリーが回線を使って射撃指揮所とクラウスに報告してきた。方位にも変化はない。〈キーリング〉はUボートと交差する針路を取っている。いよいよそのときが近い。視界はどれくらいだ？　十三キロ？　十一キロ？　だいたいそんなところだろう。けれど、そんな見積もりは当てにならない。霧が晴れている場所もあれば濃い場所もある。今すぐにでもそこに、砲が狙いを定めている先に、Uボートが姿を現わしてもおかしくないのだ。その場合、砲弾が標的めがけて飛んでいくことになる。必ず命中させ、粉砕しなければならない。Uボートの乗組員が自分たちに向かって猛然と突き進む〈キーリング〉の存在に気づき、潜航してしまうまえに。〈キーリング〉の砲弾にとっては厚さ一メートルの鋼鉄にも等しい、一メートルの水という鎧をまとわれてしまうまえに。『イザヤ書』にいう〝憤りの過ぎ去るまでしばらく隠れよ〟とばかりに、身隠しの衣をまとわれてしまうまえに。

「距離一万七千五百。方位〇九四度、変わりません」電話連絡員が言った。

方位は変わっていない。Uボートと駆逐艦は互いに可能なかぎりのスピードで接近している。混み合った操舵室内を見渡すと、乗組員たちのヘルメットの陰にそれぞれの緊張した面持ちが見えた。誰も口をひらかず、身動きもしない。〈キーリング〉の規律はよく保たれている。艦橋の前方に眼をやると、右舷側の四十ミリ機関砲を受け持つ乗組員が五インチ砲と同じ方角に砲口を向けているのが見えた。艦首で砕けた波が艦尾に向かって飛び、しぶきが激しく降り注いでいるにちがいないが、彼らは避けようともしていなかった。こちらもやはり集中している。

「距離一万七千。方位〇九四度、変わりません」

三十六時間ぶりにソナーの音がやんでいるため、静寂がなおのこと際立っている。艦が二十二ノットも出していると、音響標定は使いものにならないのだ。

「距離一万六千五百。方位〇九四度、変わりません」

今発射することもできる。五インチ砲の先端は鉛色の水平線のはるか上を向いている。ひと言命じれば、空に、外に向かって砲弾が飛び出すだろう。そのうちの一発がUボートの外殻にめり込む可能性もある。一発で充分だ。チャンスを握っているのはクラウスであり、そのチャンスをふいにすれば責任を負うのもクラウスだった。

「距離一万六千。方位〇九四度、変わりません」

Uボートの艦橋には士官がひとり、乗組員もひとりかふたりはいるだろう。砲弾は霧を貫き、あっという間に彼らのもとに届く。ある瞬間には生きていたのが、次の瞬間には死んでいる。何が起きたのかもわからずに。その下の発令所にいるドイツ人たちは失神し、負傷し、隔壁に激突して死ぬだろう。別の区画の乗組員たちは破裂音を聞き、ショックを受け、Uボートが動揺するように激しく動揺し、数秒後に死が訪れるまで、頭上から降り注ぐ水を恐怖の眼で見つめるだろう。浸水によって押し出された空気がおびただしい数の気泡となって噴き出し、そうしてUボートは沈んでいく。

「距離一万五千五百。方位〇九四度、変わりません」

逆に、Uボートから一キロも離れた海面に砲弾が突っ込む可能性もある。水柱があがればわかりやすい警告になってしまう。次の砲撃ができるようになるころにはUボートはとっくに潜航し、こちらの眼も手も完全に届かなくなっているだろう。ここは万全を期すべきだ。この艦のレーダーはあくまでもシュガー・チャーリーだ。

「距離一万五千。方位〇九四度、変わりません」

もういつ見えてもおかしくない。今この瞬間にも。見張り員はちゃんと仕事をしているのか？

「目標、消失」

クラウスは電話連絡員を見つめた。数秒のあいだ、理解できなかった。だがその若者はクラウスの眼をまっすぐに見返していた。自分が何を言ったかちゃんとわかっているという顔で、訂正するそぶりはなかった。クラウスは伝声管に飛びついた。

「チャーリー、どういうことだ？」

「敵は潜航したようです。輝点の消え方からして、そのように考えられます」

「故障じゃないのか？」

「いえ、艦長。レーダーはいつになく好調です」

「よろしい」

クラウスは伝声管から顔を背けた。操舵室内の面々はヘルメットのつばの下で顔を見合わせていた。彼らの分厚い防寒着越しにも落胆がはっきりと伝わってきた。誰もが防寒着の下でがっくりと肩を落としているようだった。今、全員の視線がクラウスの上に注がれていた。この二分三十秒のあいだ、海面に浮上したUボートに対して命令ひとつで攻撃を仕掛けられたというのに。アメリカ海軍の士官なら誰もが夢見る好機だったというのに。それをふいにしてしまった。だが、くよくよしている時間はない。咎めるような眼つきを、いや、そういうつもりではないのかもしれないが、ともかく人の眼を気にしている場合ではない。やるべきこと、決断しなくてはならないことはまだまだある。

クラウスは時計を見あげた。〈キーリング〉は今、船団の所定の護衛位置から十三キロほど前方に出ているはずだ。その護衛位置には〈ヴィクター〉が代わりに就いていて、ソナーで船団前面の幅九キロの範囲を探っている。船団はそろそろ整列を終え、自由になった〈ドッジ〉が船団の右側面で対潜哨戒に精を出しているはずだ。〈ジェイムズ〉も船団の左側面に復帰しているだろう。その一方で、〈キーリング〉は船団から猛スピードで離れつつある。二十二ノットのスピードで。敵は？　敵はどうしている？　なぜ潜航した？

艦橋内ではクラウスに次ぐ階級のワトソン航海長が遠慮がちに口をひらいた。

「敵はこちらを見ていないはずです。こちらからも見えなかったのですから」

「かもしれないな」クラウスは言った。

〈キーリング〉の見張り台は高いところにある。見張り員にUボートが見えていたとしたら、Uボート側から見えていたのは〈キーリング〉の上部構造物だけだったはずだ。が、視界とは厄介なもので、一方からのほうがよく見えることがある。ごくわずかにではあるが、その可能性もある。こちらからUボートは見えなかったものの、Uボートからはこちらが見えていたとしたら？　その場合、敵は急速潜航するだろう。

とはいえほかの仮説も考えられる。ほぼ無限の仮説が考えられる。Uボートが新たにレーダーを積んでいたとしたら？　遅かれ早かれそうなることは予想されていた。今回がそうだったのかもしれない。海軍情報部に報告すれば、その点について考察してくれるだろう。ほかにも、Uボートは船団の針路と位置について報告を受けており、自分がその針路にまともに入ってしまったため潜望鏡深度まで潜ったという線も考えられる。消える直前までのUボートの針路は船団の迎撃に向かっているようだった。戦術としてはありえそうだし、最も可能性が高いといってもいいかもしれない。けれど、ほかにもある。たとえば定期的な潜航行動。Uボートは演習として潜航しただけかもしれない。もしくはもっとくだらない理由だが、ちょうど乗組員の食事どきで、波がこう高くては温かい食事を用意できないと司厨長から報告を受け、穏やかな海中に引っ込んだのかもしれない。いかようにも考えられる。この件についてはとりあえず結論を保留しておき、十五キロほど前方の海中にUボートが潜んでいることを念頭に置いたうえで、次に何をすべきか迅速に決断すべきだ。

まず何よりも、〈キーリング〉をソナーの届く範囲までUボートに近づける必要がある。

だから最大速力はこのまま維持しなくてはならない。敵の潜航地点はわかっている。そこから二ノット、四ノット、あるいは八ノットのスピードで離れていっているはずだ。今ごろ下の海図室では、Uボートの潜航地点を中心に、池に投げ込まれた小石が立てる波紋のような同心円がいくつも描かれているだろう。敵が一番大きな円の内側のどこかにいることはまちがいないが、Uボートは十分もあれば二キロ近く進むことができる。それだけの半径を持つ円の面積は十平方キロ以上。そんな面積を徹底的に捜索しようとすれば一時間はかかるし、その一時間で最大の円の面積は三百平方キロ以上に広がってしまう。可能性として最も低いのは、Uボートが潜航地点のそばに留まっていることだ。どこかに向かっているはずだ。いずれかの方位に。円の中心点から三百六十ある可能性のうちのひとつに。しかし、浮上時に取っていた針路を引き続き取っていると考えるのが最も妥当だ。獲物を求めて北大西洋をうろつくドイツの潜水艦がなんの当てもなくさまよっていたことなど、これまでに一度もないのだから。このUボートも一方向を広範囲にわたって捜索し、何も見つからなければまた別の方向を捜索しているのだろう。取るに足りない理由で潜ったのだとしたら、元の針路を維持しているにちがいない。船団に攻撃を仕掛けるために潜ったのだとしても、そのまま進めば船団のまえに出るのだから、やはり針路は変えていないはずだ。もしそれ以外の針路を取っていたら、駆逐艦一隻で探し出すのは不可能だ。〝困難〟でも、〝骨が折れる〟でも、〝大変〟でも、〝ほとんど不可能〟でもない。

文字どおり不可能だ。

では、目標の再探知を試みる価値はあるだろうか？　Uボートと〈キーリング〉が互いに原針路を維持するなら、〈キーリング〉とUボートの針路は十分と少しで交差する。が、船団はうしろからついてきているのだから、〈キーリング〉は捜索をおこないつつ、あまり長時間留守にすることなく護衛位置に復帰できる。それとも今すぐに引き返して通常の護衛位置に就き、Uボートが奇襲を仕掛けようと忍び寄ってくるのを待つべきか。攻撃か防御か。押すか引くか。軍隊ではそれがつねに問題になる。攻撃してみる価値はある。捜索してみる価値はある。操舵室内の全員の視線を浴びながら、クラウスは冷静に決断した。

〝すべて求める者は得、捜す者は見出す〟

「目標が速力六ノットで元の針路を維持していた場合、それを迎撃できる針路を計算してくれ」クラウスは伝声管に向かって言った。

「アイアイサー」

現在の針路とほとんどちがわないだろう。浮上していたUボートは約十二ノットで走っていたはずだ。やろうと思えば頭のなかで近い数字を弾き出せる。伝声管から声がした。

「針路〇九六度です」

微妙なちがいだ。だが、そんな微妙なちがいでも、このスピードで十分も航行すればたっぷり二キロ近い差が出る。クラウスは振り返って操舵員に命令を出し、それからもう一度伝声管に向き直った。

「三・五キロ以内に入ったら知らせてくれ」

「アイアイサー」

「針路〇九六度、ようそろ」マカリスターが報告した。

「よろしい」

あと約九分ある。乗組員に状況を説明しておくに越したことはない。クラウスはラウドスピーカーに向かって語りかけた。

「Uボートは潜航した」と、もの言わぬ機械に向かって話しかけた。「少なくとも潜航したように思える。本艦はこれより捜索に入る」

クラウス以上に感受性が強く、声だけで相手の心情を読み取れる者なら、その言葉から失望を感じ取ったかもしれない。そして、クラウスがラウドスピーカーのまえを離れると同時に、その空気が艦内に広がったことにも気づいたかもしれない。クラウスはふたたび時計を確認すると、足早にブリッジウィングに出た。すさまじい風だった。〈キーリング〉の二十二ノットのスピードが北東からの風をいっそう激しいものにしていた。凍えるように冷たい波しぶきも濃密に吹きつけている。艦尾を見ると、爆雷ラックのまえで配置に就いている不運な男たちが縮こまって寒さをしのいでいた。戦闘配置中とはいえ、あれが定期的に交替させられる仕事でよかった。クラウスは双眼鏡をかまえた。一面の灰色の霧のなかに、非常にぼんやりとではあるが、〈ヴィクター〉の特徴的な前部マストがひときわ濃い灰色の固まりとして見えた。〈キーリング〉が跳ね、横揺れし、波しぶきが飛んでいるせいで、それ以上のことはわからない。艦尾側の水平線を双眼鏡でひとわたり確認してみたが、ほかには何も見えなかった。レーダーを使えば船団の位置はすぐにわかるが、それはクラウスの望みとはちがった。クラウスの望みは、もしここで戦闘になるのなら、奇跡のような幸運が舞い込んで〈キーリング〉と〈ヴィクター〉でUボートを挟撃できるのなら、その戦場となる場所がどのような状況なのかを、まえもって自分の眼で確かめておくことだった。クラウスは振り返り、前方の水平線に沿って双眼鏡を動かした。同じく灰色の霧。同じく空と海の曖昧な境界線。それでもこちらの四十ミリ機関砲の射程内に敵が浮上すれば、見張り員、砲員、砲術長の眼にはUボートの艦橋が見えるだろう。

クラウスは操舵室に戻り、また時計に眼をやった。伝令が駆け寄ってきた。クラウスが受け取りそこねていたシープスキンのコートをまだ突き出している。取りに行かせたのは大昔のことだ。大昔？　時間でいえばそうまえのことではない。コートに袖を通すと、着ていた服がコートの重みで体に押しつけられた。体もさることながら、服はもっと冷えていた。繊維の隙間を通り抜ける秒速二十メートルの風で、ほとんど氷のようになっていた。そんな服が密着したせいで、体がどうしようもなく震えはじめ、抑えがきかなくなった。手が、足が、体が凍りついた。歯もがちがちと鳴りだした。ろくに防寒着を着けずに吹きさらしのブリッジウィングに何度も出たのは愚かなことだった。制服の下にセーターすら着ていないのだ。若手のハート少尉がそんな馬鹿をしていたら、きっと怒鳴りつけていただろう。コートを羽織った今でさえ万全とはいいがたい。セーターも手袋もマフラーも着けていないのだから。

クラウスは歯の根を無理やり合わせると、外よりは暖かい操舵室で、自分の体を抱きしめるようにしてコートを体に押しつけた。そうしないと服がいつまでも冷たいままで、肌に触れているウールの分厚い下着を通して、せっかく生き返りつつある体から熱が奪われてしまうからだ。残りの防寒具もすぐに取りに行かせなくてはならない。そのとき、伝声管から声がした。

「三・五キロです」

「よろしい」クラウスは振り返った。形式どおりに発声するには寒すぎた。「原速」

「原速」速力通信機の当番員が復唱した。「機関室より応答、原速」

結果はすぐに表われた。激しい揺れが嘘のように収まり、反対に、やさしいといっていいような、もっと規則的な音に変わった。波が艦首にぶつかって砕けることももうない。艦は波に乗りあげ、その形に沿って傾き、灰色の長い坂を登ってはその上をくねくねと進んでいる。さっきまでとは打って変わって穏やかな動きだ。

「ソナー始動」とクラウスは命じた。その言葉を言い終わらないうちにソナーの最初のピーンという音が艦内に響き、それがやむまえにまた次が鳴った。そして次が。また次が。あまりに聞き慣れた音なので、耳はすぐに聞くのをやめてしまうだろうが、敵潜の位置がわかるかどうかという今この瞬間は、操舵室内の誰もが耳をそばだてていた。単調なピーンという音、そのひとつひとつが衝撃となり、深みから忍び寄る敵潜を求めて暗い水を手探りする。ゆっくりと左へ、ゆっくりと右へ、探ってはまた探る。『箴言』第二十章にたとえるなら、レーダーが〝見る眼〟、その役目を引き継いだソナーは〝聞く耳〟だ。

今のピーンという音は直前の音とちがっていなかったか？　いや、気のせいだ。ソナー担当からはなんの報告もない。下にいるのは一等無線員のトム・エリスだ。エリスはキーウェストにある海軍のソナースクールを卒業し、開戦以来〈キーリング〉に乗艦している。おそらく卒業時には優秀で、着任してから今日までソナーの音を聴くことに時間を費やしてきた。〈キーリング〉が洋上にあるあいだ、当直のたびにひたすらソナーの音を聴いてきたのだ。だからといってソナースクールにいたときより腕をあげたとはかぎらない。むしろ逆かもしれない。キーウェストではいくつかの実習を駆け足でこなしただけだ。味方の潜水艦にソナーを当ててその反響音を聴き、潜水艦が水中で針路変更するときの音程のちがいを学び、方位と距離を割り出す訓練をした。あとはソナーに対する敵側の防御策についての講義を二、三回受講しただけで、洋上勤務に送り出された。以来、反響音を聴いたことは一度もない。敵味方を問わず、エリスが送った振動が潜水艦に当たって跳ね返ってきたことはこれまでに一度もないのだ。再教育だって受けていないし、十中八九、敵との生死を賭けたかくれんぼも未経験だ。人間だから、そんな状態で反響音を聴いても判断できないかもしれない。反響音の正体を瞬時に特定できないことは充分にありえる。そうなれば攻撃は失敗に終わる。目標の二十メートル以内に爆雷を落とせれば撃沈の見込みが高いが、これが三十メートルとなるとほぼ失敗してしまう。この二十メートルと三十メートルの差はそのまま、熟練のソナー担当のすばやい反応と新米ののろまな反応の差といっていい。

それだけでなく、ソナー担当の精神状態のこともある。今のところ、エリスが神経質な男なのか冷静な男なのかを知るすべはない。これは臆病か勇敢かという話ではない。人間というやつは、分隊長や艦長から叱責されるかもしれないとまでは考えなかったとしても、失敗が頭をよぎるとそれだけで取り乱してしまうものだ。正確な操作とすばやい思考にほとんどすべてが懸かっているため、それを意識するあまり、かえって指と頭の働きが鈍くなってしまうこともある。下にいるエリスだって、戦いの趨勢(すうせい)が自分の腕一本に、すなわち自分がダイヤルをまわす繊細さや、反響音をどう聴き分け、判断するかに懸かっているということに、気づいていないわけがない。その重責に気を取られれば、指か頭、もしくはその両方が駄目になってしまう。失敗すれば〈キーリング〉は横っ腹に魚雷を食らい、エリスはソナーごと木(こ)っ端微塵(ぱみじん)に吹き飛ぶ。しかし、それは今思い悩むようなことではない。明らかな臆病者は愚か者に比べてはるかに少ないものだ。それと同じように、神経質な男よりも明らかに勇敢な男のほうが多いものだ。クラウスは自分の知るかぎりでエリスのことを思い出そうとしてみた。髪の色は薄茶。右眼にほんのわずかに斜視が入っているが、それを除けばどこにでもいるような若者だ。面と向かって話をしたのは考査や簡単な面接といった機会だけで、せいぜい十回。そのわずかなやり取りからはほとんど何もわからなかった。今やそんな男に──直立不動の姿勢で配置に就き、一列に並んだほかの乗組員たちと見分けがつかないような若者に──すべてが懸かっているのだ。

一秒また一秒と時間が這うように過ぎ、そのあいだも〈キーリング〉は縦揺れと横揺れを繰り返しながら波の上を進んだ。静まり返った操舵室内で、クラウスは床の動揺に合わせてバランスを取っていた。外の風と波の音以外、物音ひとつしなかった。突然、電話連絡員が沈黙を破った。

「ソナーより報告、目標を探知しました」

電話連絡員はずんぐりとした小男で、鼻が歪んでいた。大きなヘルメットをかぶっている。ヘッドフォンの上からでも着用できるよう、大きなサイズにしたのだろう。おかげで小人のように見える。

「よろしい」

この報を聞いて、操舵室にいた全員がさらに緊張をみなぎらせた。ワトソン航海長が一歩まえへ踏み出すと、ほかの者たちは身じろぎした。エリスを質問攻めにして困らせるまでもない。そんなことをすれば、逆に取り乱してしまうだろう。今何が求められているか、エリスにはわかっているはずだ。そう信じてやるべきだ。そうではないと証明されるまでは。

「目標、方位〇九一度」電話連絡員が言った。どうやらエリスは最初の試験に合格したらしい。「距離不明」

「よろしい」

クラウスにはそれしか言えなかった。ほかの乗組員たちと同じように緊張していたのだ。動悸がして、急に喉の渇きを覚えた。ワトソンのほうを向き、親指を動かして合図したが、うっかりするとその手も震えそうだった。まぎれもない、初陣ゆえの武者震いだ。ワトソンはレピーターコンパスを注視しているマカリスターのもとに駆け、クラウスの指示を伝えた。

「目標、正艦首」電話連絡員が言った。「距離、依然不明」

「よろしい」

この電話連絡員はいい仕事をする。言葉のひとつひとつから感情が徹底的に排されていて、明瞭だ。学生が意味もわからずに文章を諳んじているようだ。感情を交えることは電話連絡員の素養としては一番好ましくない。

「目標、正艦首」電話連絡員がまた言った。「距離千八百三十」

「よろしい」

Uボートは〈キーリング〉の真正面にいる。クラウスは手のなかの時計を見た。動いている秒針を読み取るだけでひと苦労だった。

「距離千七百四十」

十四秒で九十メートル？ 〈キーリング〉は十二ノットで進んでいるのに？ とうていありえない数字だ。〈キーリング〉単体がそれだけ進むのにかかる時間が十四秒だ。となると、Uボートはその場に留まっているのか？ そんなはずはない。どんな数字であれ、ちがう数字を言われたほうがまだ信じられる。距離の計測はエリスの耳の正確さにすべてが懸かっている。まるきりまちがっている可能性もある。

「距離千六百五十」

「よろしい」

「感度なし。目標失探」

「よろしい」

電話連絡員は下のエリスが送話口に向かって言っていることをおうむ返しに繰り返しているだけだ。そこからわかるのは、エリスは取り乱していないということだ。少なくとも今はまだ。

「艦長よりソナーへ。右艦首を捜索しろ」

命令を伝え終えた電話連絡員がボタンから手を離した。「ソナーより、アイアイサーと返答ありました」

「よろしい」

さっきまで探知していた目標はなんだったのか？　冷水層の幻惑効果（ウィル・オ・ウィスプ）か？　Uボートの放った欺瞞気泡（ピレンヴェルファー）か？　実際に敵潜を探知していたものの、何かが干渉し、反応が途絶えたというのも考えられる。しかし肝心なのは、レーダーの反応から予想されたのとほぼ同一の地点にソナーも反応を示していたということだ。レーダーの反応にもとづいてクラウスがした推測が正しいとすれば、ソナーもそこで目標を捕捉するだろうと予想された地点に。それならUボートはやはり〈キーリング〉に対して緩い角度で、左舷側から右舷側に横切る形で向かってきていることになる。一番可能性が高いのはUボートが欺瞞気泡を放ち、その後も原針路を維持しているケースだ。とはいえ、非常に緩慢な速度で〈キーリング〉の艦首方向を横切っている可能性もある。ソナーから報告された距離にほとんど変化がなかったのは、向こうがあまりにゆっくり航行していたからかもしれない。そこから唐突に避退行動を取り、潜航して転舵したとしたら？　どっちに向かって転舵した？

ソナーがピーンピーンと一本調子に繰り返していた。また数分が過ぎていく。貴重な数分が。五分あれば、〈キーリング〉は目標を最後に捕捉した地点に到着する。その五分でU

ボートはそこから一キロかそれ以上離れている。その五分で敵は〈キーリング〉の急所に狙いを定めている。

「ソナーより報告。目標を探知。左舷正横、距離不明」

ではUボートが原針路を維持して〈キーリング〉の右舷側に向かっているという予想は外れていたわけだ。が、それについて考えている余裕はなかった。

「取舵いっぱい」

「取舵いっぱい」マカリスターが復唱した。

クラウスは速力をあげたい衝動に襲われた。新たに捕捉した目標の方位に〈キーリング〉を突進させたかったが、それは得策とはいえなかった。カタツムリが這うようなこのスピードでも、ソナーを使えるぎりぎりのスピードなのだ。

「すべての方位を相対方位で報告しろ」クラウスは命じた。

「目標、左舷五〇度」

「よろしい」

〈キーリング〉は回頭を続けていた。さっきよりUボートとの角度がひらいているのは、今の反響音が返ってきたときには〈キーリング〉はまだ充分に旋回しておらず、直前の報告の時点で目標がいた方位に艦首を向けられていなかったからだ。

「目標、右舷〇五度。距離千百メートル」

よし。今の〈キーリング〉のスピードはカタツムリ並みかもしれないが、海中のUボートはもっと遅い。

「目標、右舷一〇度。距離千百メートル」

Uボートも旋回しているのだ。潜航中のUボートは〈キーリング〉よりかなり小まわりが利く。

「面舵いっぱい」

「面舵いっぱい」

海上の速力と海中の機動力の勝負。舵をいっぱいに切ると〈キーリング〉はスピードが落ちてしまうから、勝負としては互角だ。急旋回によって〈キーリング〉が傾くと、緑色の海水が舷側甲板で砕けた。

「目標、右舷一〇度。距離変わらず、千百メートル」

「よろしい」

両者とも息を合わせたかのように旋回している。高波のせいで〈キーリング〉の機動力が落ちているが、海が一瞬でも穏やかになれば、もっと鋭く旋回できるようになる。そんな一瞬が来ればの話だが。

「距離一千」

〈キーリング〉はUボートに近づきつつある。

「方位知らせ」詰問口調で言ってしまってから、クラウスはすぐに後悔した。電話連絡員はヘッドフォンから聞こえてくる報告を繰り返しているだけだ。

「方位、右舷一〇度です」

「よろしい」

方位が変わらず、距離が縮まっている。〈キーリング〉の速力とUボートの旋回半径のこの勝負、〈キーリング〉に分があるようだ。今にも、今すぐにでも、〈キーリング〉はUボートの通り道を横切る。敵の頭上を通過し、撃沈する。

「目標、右舷〇五度。距離九百」

また近づいた！　もう少しで眼のまえだ！　〈キーリング〉は舵によく応えてくれているようだ。思っていたより勝利は近い。〈キーリング〉は白い水の上を走っている。ぐるりと円を描き、自らの航跡の上を通過している。

「目標、左舷〇五度。距離一千メートル。ひらいています」

「取舵いっぱい！」クラウスは咆哮した。

Uボートにまんまと一杯食わされた。ひとつまえの報告の時点でUボートは逆方向に舵を切っていたのだ。今はまったくちがう針路を取り、〈キーリング〉はUボートとは逆方向への旋回を続けている。先ほど縮めた百メートルは取り返されてしまった。〈キーリング〉がもう一度Uボートのほうを向くまでのあいだに、さらに距離を稼がれてしまうだろう。マカリスターが猛然と舵を切っていた。〈キーリング〉は大きく傾き、また緑色の海水が乗りあげ、艦が動揺した。

「目標、左舷一〇度。距離千百」

Uボートが逃げ去ろうとしている。すぐれた機動力を最大限に活かして。自分が変針してからその報が敵駆逐艦の艦長に届くまでのタイムラグを最大限に活用して。〈キーリング〉にもたらされる情報はかぎられており、届くまでに時間もかかる。そんな情報にもとづく推測はまちがっている場合もある。〝なぜなら、私たちの知るところは一部分であり、預言するところも一部分に過ぎない〟Uボートの艦長はこちらの制約を見越していたのだ。

「目標、左舷一五度。距離不明」

「よろしい」

してやられてしまったことはもはや疑うべくもない。Uボートはだいぶ遠ざかり、角度もひらいてしまった。三分前はもう目前だと歓喜していたのに、今はこのまま逃げ切られてしまうのではないかと恐れている。だが〈キーリング〉の回頭も速かった。

「目標、左舷一五度。距離不明」

「よろしい」

取舵をいっぱいに取ったことによって、〈キーリング〉はさっきとは逆方向に、もう一度Uボートの尻尾を追う格好になった。何も知らない者からすれば、子猫がじゃれているだけに思えるかもしれない。これが眼に見えない敵との生死を賭けた戦いだと知らない者からすれば。

「目標、左舷一五度。距離千百メートル」

さて、これでどのくらい差をつけられてしまったかわかった。今のような手をあと二、三回食らったら、Uボートと反航する羽目になる。そうなれば、敵は〈キーリング〉が回頭しているうちにまんまと逃げおおせてしまうだろう。電話連絡員が大きなくしゃみをした。一度。それからもう一度。全員の視線が電話連絡員の上に注がれた。この男がくしゃみをこらえられるかどうかで戦いが決まることもありえる。たったひとりの水兵のくしゃみが国家の運命を決めてしまうことも。電話連絡員は背筋を伸ばすと通話ボタンを押した。

「もう一度」

誰もが電話連絡員の次の言葉を待っていた。

「目標、左舷一三度。距離一千メートル」

これで先ほど失った百メートルは取り返した。

「くしゃみはまだ出そうか？」クラウスは厳しい口調で訊いた。

「いえ、艦長。大丈夫だと思います」

そう言って、電話連絡員は防寒着からハンカチを出したが、顔のまえの送話口が邪魔で使おうとはしなかった。まだくしゃみが出るようなら交替させたほうがいい。が、このままやらせることにした。

「目標、左舷一一度。距離九百」

「よろしい」

今度はUボートも制約を受ける。〈キーリング〉から距離を取るために、Uボートはさっきまでより大きな弧を描いて移動している。だから〈キーリング〉はその内側に入り込み、距離を詰めることができる。Uボートと〈キーリング〉のあいだにふたたび均衡状態が確立され、惑星と衛星のように互いの周囲をまわる軌道に入るまでは。その均衡状態はUボートが幸運に恵まれて〈キーリング〉の追跡を振り切るか、逆に〈キーリング〉が幸運に恵まれて、卓越した操艦で敵に肉薄するまで続く。そして、両者のいずれも時間を計算に入れなくてはならない。この追跡劇が長引けば、Uボートはバッテリーと酸素を消耗する。が、あまりに長引くようだと〈キーリング〉は所定の船団護衛位置から離れすぎてしまい、引き返さざるを得なくなる。これはゲームだ。追いかけっこであり、かくれんぼであり、同時に、賭け金をともなう真剣なゲームだ。

「目標、左舷一一度。距離九百」

「よろしい」

駆逐艦と潜水艦は互いの周囲を旋回している。この状況が続くかぎり〈キーリング〉が有利だ。時間は〈キーリング〉に味方している。Uボートのバッテリー残量はいずれ尽きるし、Uボートがそのスピードと旋回性能で〈キーリング〉を振り切る確率よりも、この並々ならぬ状況のなか、〈キーリング〉が距離を詰めていく確率のほうが高い。先ほど両者が同時に旋回していたときと同じように、この事態に対して手を打たなければならないのはUボートのほうだ。

「目標、左舷一一度。距離九百、変わりません」

「よろしい」

クラウスはおもむろに決断した。

「面舵いっぱい」

○・二秒ほどの間があったあと、マカリスターが復唱した。その声音には驚きなのか抗議なのか、かすかな棘があった。右に舵を切ることは〈キーリング〉を戦場から離脱させる行為に等しい。マカリスターが時計まわりに舵を切った。それまでの旋回運動を唐突に取り消され、逆方向に舵を切られた〈キーリング〉は傾き、揺れ、何百トンもの水をかぶった。

ふたりの子供がテーブルのまわりで追いかけっこをしている。世界最古の戦法として、追う側が急に向きを変えて逆方向に走れば、追われる側は腕のなかにまっすぐ飛び込んでくる。追う側の方向転換を予測し、その瞬間に同時に向きを変えられるかどうかは追われる側次第だ。駆逐艦がUボートを追っているこの状況では、同じ戦法は使えない。駆逐艦の旋回のほうがはるかに遅いし、旋回半径もはるかに大きいからだ。駆逐艦が逆方向に舵を切れば、Uボートは駆逐艦のソナーで探知可能な距離から大きく外れることになる。クラウスの出した命令は、マカリスターがおそらく心のなかで思ったように、追跡をあきらめることに等しかった。しかし話はこれで終わりではない。この追跡劇では、何か仕掛けなければならないのは追う側ではなく、追われる側のUボートなのだ。いつまでもまわりつづけていれば、最後には必ず捕まってしまうのだから。

Uボートが打てる手はたったひとつしかない。タイミングを見計らっていきなり転舵し、反対方向に、逆方向に進むことだ。敵はすでに一度この手を使い、見事に成功を収めている。いかなる場合であれ、Uボートは駆逐艦よりも速く旋回できる。それに時間稼ぎができるという点でも有利だ。Uボートの変針にエリスが気づくまでに数秒かかる。それが艦橋に報告されてくるまでにまた数秒、新たに転舵が号令されるまでにもう数秒。そこからさらに〈キーリング〉が実際に針路を変更するまでには、何秒も何秒もかかる。対するUボートは艦長の号令ひとつでいつでも好きなときに旋回を開始できる。駆逐艦がUボートの動きに追随するのにかかる時間は三十秒。同じ針路を取るまでのこの三十秒のあいだに、Uボートは数百メートル離脱できる。とてつもなく有利だ。ソナーで探知できない安全な距離まで逃れるには、この機動をたったの数回繰り返し、成功させればいいのだ。

しかし、もし駆逐艦がこの機動を予測し、Uボートより一、二秒早く転舵したとしたら？ そうしたら、その一、二秒のあいだ、もしくはもっと長く、Uボートが駆逐艦の動きに気づくまでのあいだ（情報をもとに〈キーリング〉が行動を起こすまでのタイムラグと同じようなハンディキャップを敵が抱えている可能性もある）、Uボートは〈キーリング〉の腕にまっすぐ向かってくることになる。子供たちがテーブルのまわりでやる追いかけっこのように。実際、なんとも子供っぽい作戦だが、戦争で用いられる作戦とは得てして単純きわまりないものであり、考案するのは簡単でも実行するのは難しい。実行には思考のすばやさだけでなく、覚悟が、決意が必要になる。一度心を決めたら最後までやり遂げることが肝心で、リスクとリターンの両方をしっかりと天秤にかけ、その一方に怖気づいたり、もう一方に眼をくらまされたりしてはならない。クラウスが面舵を命じた瞬間、〈キーリング〉はソナーで探知可能な距離にUボートを捉え、執拗に迫っていた。とくに奇抜な手を打たなかったとしても、敵に追いつく可能性は多少なりともあった。先ほどの面舵はそのすべてを失う恐れがあった。〈キーリング〉が逆方向に転舵したのにUボートがそのままの針路を維持していたら、ソナーによる探知はまずまちがいなく不可能になってしまう。Uボートは晴れて自由の身となり、接近してくる船団に対し、艦長に命じられるまま攻撃を仕掛けることができる。いってみれば、それがクラウスがテーブルの上に出した賭け金だった。もっとも、そこまでの大博打ではない。あのままUボートのあとを追って旋回しつづけていても、またUボートより遅れて転舵することを繰り返していたら、徐々に距離を離され、方位も離され、最終的に振り払われていたかもしれないのだから。確実性の高いほうに賭けたのではなく、ふたつの可能性のうちのひとつに賭けただけのことだ。

ほかにもクラウスに影響をおよぼしかねない懸案事項があった。およぼしかねないだけで、実のところなんの影響も与えていなかったのだが。クラウスは今、いわばポーランドの駆逐艦とイギリス、カナダのコルヴェット艦の百戦錬磨の乗組員たちの眼のまえで〈キーリング〉の操艦を披露している。彼らは何十という戦闘を経験しているが、クラウスにとってはこれが初めての実戦だ。彼らはヤンキーのお手並み拝見とばかりに興味津々で見物しているだろう。とくに、ただの偶然のめぐり合わせによって自分たちがその男の指揮下に置かれている状況では。とくに、その男に一度、狩りに待ったをかけられた状況では。おもしろがっているかもしれないし、見くびっているかもしれない。悪意すら持っているかもしれない。この問題のこうした側面を気に病む者もいるだろうが、クラウスは洟もひっかけていなかった。

ここまで記してきたように、この状況のあらゆる戦術的要素を纏綿と分析し、クラウスが面舵を命じるにいたった心の動きを丹念に追っていくと、明晰な頭脳の持ち主でも何分という時間が必要になるが、実際にクラウスが決断をくだすまでにかかったのはほんの一、二秒のことで、こうした分析を意識的におこなったわけではなかった。テーブルのまわりで追いかけっこをしている子供が立ち止まって考えたりせず、いきなり逆方向に走り出すのと同じだ。フェンシングの試合では、相手の攻撃を受け流して突きに転じるまでの時間は〇・一秒、いや〇・〇二秒だ。こちらのたとえのほうが説得力があるかもしれない。なぜなら、今では思い出すこともあまりないのだが、クラウスは十八年前と十四年前のオリンピックの際、フェンシングの代表チームの一員だったからだ。

回頭に合わせ、〈キーリング〉はのたうち、緑色の水が乗りあげた。

「目標、方位不明」電話連絡員が言った。

「よろしい」

これだけ海水が攪拌(かくはん)されていれば当然のことだ。〈キーリング〉は回頭を終えようとしていた。

「舵戻せ。取舵に当て」クラウスは命じた。

この時点で〈キーリング〉の回頭は完了した。マカリスターが命令を復唱し、艦は直進を始めた。

「目標、左舷〇二度。距離七百三十メートル」電話連絡員が言った。

「よろしい」

この機動は成功だった。〈キーリング〉は見事、Uボートの先手を打って旋回していた。敵をほぼ正艦首に捉え、貴重な百七十メートルという距離を縮めていた。

「ようそろ」クラウスは言った。

Uボートはまだ旋回中かもしれない。たぶんそうだろう。であれば、〈キーリング〉の艦首方向を通過するまでそのままにしておけば、さらに距離が縮まる。

「目標、正艦首。ドップラー、高くなりました」電話連絡員が言った。

やはりUボートは旋回を続けている。そうやって〈キーリング〉の腕のなかに近づいてきている。それにドップラー効果。ドップラーが高くなったということは、Uボートと〈キーリング〉が一直線に並び、同じ針路を取っているということだ。つまり〈キーリング〉はUボートの尻尾にぴたりとつけていて、約六ノットの速力差で追いかけている。距離は一キロと離れていない。四分後に〈キーリング〉はUボートの直上にいる。クラウスは〈キーリング〉の持つ四万馬力のすべてを解放し、両者のあいだの距離を一気に詰めたくなったが、その誘惑は退けなければならなかった。これ以上スピードをあげれば、ソナーが使えなくなってしまう。

「目標、右舷〇一度。距離六百五十。ドップラー、高くなりました」

急速に追いついてきている。方位の変化の少なさとドップラー効果からわかるのは、エリスの耳に最後の反響音が届いた瞬間には、Uボートは旋回していなかったということだ。自分の描いていた円から飛び出したUボートは、自前の水中聴音機で音を聴けるようになるまで、しばらく待たなければならなかったはずだ。おそらく艦長はその後にあがってきた最初の報告を信じられず、〈キーリング〉がまだ旋回を続けているかどうかを確かめようと待っていたのだろう。次の手を打つために一、二秒を費やして考えたのだろう。それで時間を失った。時間と距離を失った。敵は一八〇度反転したのではなく、円周上からまっすぐに飛び出した。旋回を終え、安全圏に逃れられる針路を取ったと思ったのもつかの間、敵駆逐艦の艦首が自分にまっすぐ向いていることに気づいて泡を食ったはずだ。もう一度動きに出るにちがいない。このままあと三分も直進すれば撃沈されてしまうのだから。右に曲がるか、左に曲がるか。クラウスがもう一度読み勝てば、Uボートを舷側の近距離に捉えられる。敵は今回右に旋回した。となると次は本能的に左に旋回するだろうか？　それとももっと狡猾に、また同じ方向に曲がるだろうか？　クラウスは二秒かけてそうしたもろもろを考えた。剣と剣を合わせたフェンシングの試合中、相手が突きを繰り出してくるのか、それともフェイントをかけるつもりなのかを判断するときよりもずっと長い時間だ。

「面舵」

「面舵」

復唱の声があがると同時に、電話連絡員が報告した。

「目標、右舷〇二度。距離五百五十メートル」

両者のあいだの距離はたったの五百五十メートル。それなら転舵は間に合わない。

「舵戻せ」

「舵戻せ」

その瞬間、クラウスは操舵室の右舷後部側の隅に立っていた水雷長兼砲術士のノース大尉と眼を合わせた。

「中深度設定用意」

「アイアイサー」

ノースが送話口から命令を伝えた。クラウスは興奮で生唾を飲み込んだ。その瞬間はもう目前に迫っている。海上で操艦を指揮しているときの常として、重大な局面に近づくほど時間の経過が早いように感じられる。二分前は戦闘など遠い未来のことのように思えた。それが今、〈キーリング〉はいつなんどき爆雷を投下してもおかしくない。

「目標、左舷一一度。距離五百五十」

この方位の変化は〈キーリング〉の転舵によるものだ。エリスが反響音を拾ったときにはまだ舵を戻していなかった。次の報告がヤマだ。ノースは緊張をみなぎらせ、合図を待っていた。K型爆雷投射機と爆雷ラックのまえに就いている乗組員たちは屈み、準備を完了しているだろう。視線をノースから電話連絡員のほうに戻そうとした際、一瞬だけ、さっきまでここにいなかった者と眼が合った。そちらに視線を戻すと、通信長のドーソンがいた。クリップボードを手に、下の持ち場から艦橋にあがってきていた。なんらかの電文が、ドーソン本人とクラウス以外には秘密にしておかなければならない電文が、おそらく無線で届いたのだ。秘密にするということは重要な通信なのだろう。が、これからの数秒間、眼のまえにある問題以上に重要なものなどないはずだ。クラウスが手を払ってドーソンをさがらせると、電話連絡員がまた報告した。

「目標、左舷一一度。距離四百五十」

方位が同じで距離が詰まっている。クラウスはUボートのこの転舵を見越していた。〈キーリング〉とUボートは互いの合流地点に向けてまっすぐ進んでいる。その地点に姿を現わすのはこの両者だけではない。第三のもの、死もやってくる。もう一度ノースを一瞥する。両手は握りしめられている。

「目標、正艦首。距離近い！」

小人のような電話連絡員も落ち着きを失っていた。声が一オクターブ高くなり、かすれている。

「発射！」クラウスは怒鳴った。片手を突き出し、ノースに向かって人差し指を突きつけた。ノースは送話口から命令を伝えた。今このとき、ノースとクラウスは五十人の人間を殺そうとしていた。

「一番発射！」ノースが言った。「二番発射！　三番発射！」

目標の方位が急に変わったのは、二度も駆逐艦に先手を打たれ、両者が急激に近づきつつあることに気づいたUボートの艦長が、急旋回して駆逐艦に真っ向から突っ込むことを選んだせいにちがいない。こちらと反航することでクラウスの不意を突くとともに、危険な瞬間をできるだけ短くしようとしたのだ。「距離近い」というのは二百七十メートル前後、ソナーが作動する最も近い距離を意味している。Uボートはまさにこの瞬間、〈キーリング〉の真下、クラウスの足下を通過しているかもしれない。だとすると、ラックから転がされた爆雷が今ごろ濁った海をゆっくりと降下しているだろうが、手遅れかもしれない。Uボートの後方でむなしく爆発するだけかもしれない。しかし、敵はまだ〈キーリング〉の眼のまえにいて、艦尾方向に向かっている可能性もある。その場合、爆雷の深度設定がだいたい合っていれば、Uボートの周囲一帯で爆発し、もろい外殻を粉砕するだろう。〈キーリング〉の真下を通っていないことも考えられる。左右どちらかに百メートルほどずれているかもしれない。今聞こえてきた二度の轟音(ごうおん)が、この可能性を見越してK型爆雷投射機から両舷側に発射された爆雷がどれだけの距離を飛んでいったかを物語っていた。こちらの爆雷が命中するかもしれない。海に落ちた四発のうち一発くらいはUボートの近くで爆発するかもしれない。真っ暗な部屋のなかで逃げまわる男に向けて、銃身を切りつめたショットガンを放つようなものだ。それほど手荒なことだ。

　クラウスが大股でブリッジウィングへ出ると同時に、艦尾のK型爆雷投射機が火を噴いた。空中に打ち出された不格好な円筒は一瞬視界に留まると、しぶきをあげて海に落ちた。

爆雷がはるか後方、〈キーリング〉の航跡のなかに落ちると、クリームのような巨大なクレーターが広がり、中心に白い泡の塔が立った。と同時に海面下で爆発が起き、巨大ではあるが、くぐもった爆発音が聞こえた。泡の塔はまだ空中に静止したままで、それが海に向かって崩れ落ちようとしたとき、次のクレーターが広がり、海面からもう一本の塔が立った。艦の一方に一本、反対側にもう一本。『ヨブ記』にあるとおりだ。〝それは淵を鼎(かなえ)のように沸きかえらせた〟その苛(さいな)まれた長い楕円形の水のなかでは、いかなるものも生きられないように思われた。が、何も浮かんでこなかった。水の滴る外殻も、巨大な気泡も、油も、何も。ひとつの深度に設定された爆雷が命中する確率は少なく見積もって十分の一。〈キーリング〉の最初の深度設定が、そして、クラウスが人を殺そうとする最初の試みが成功したとすれば、まったくの僥倖(ぎょうこう)というほかない。

　まったくの僥倖、そのとおりだ。クラウスは悔恨のあまり恐ろしい痛みを感じ、操舵室に駆け込んだ。外に出ている場合ではなかった。最後の爆発から五秒が経過している。その五秒でUボートは安全圏に向けてたっぷり百メートルは離脱できる。経験の浅さから来る興奮に我を忘れてしまった。これではただの職務怠慢だ。

「面舵いっぱい」操舵室に入るなり命じた。

「面舵いっぱい」

　操舵員がクラウスの命令を復唱した。

「爆雷発射位置に戻る針路を海図室に訊け」

「アイアイサー」

「艦を反転させる針路を取れ」

「ソナーより報告、装置は一時的に使用不能とのことです」と電話連絡員。

「よろしい」

ソナーは人間の耳のように繊細で、海中で爆発が起きるとしばらく使えなくなる。〈キーリング〉は小さな円を描いて回頭していたが、それでもクラウスにとっては歯がゆいほど遅く感じられた。〈キーリング〉が完全に反転するには数分かかる。Uボートが無疵(むきず)なら、あらんかぎりのスピードを出してとっくに逃げているだろう。〈キーリング〉がもう一度Uボートに艦首を向け終えるころには、ゆうに二キロかそれ以上遠ざかっているはずだ。それだけ離れてしまえば、Uボートに艦首が向いているかどうか、ソナーはもはや教えてくれないのだが。ドーソンがまたクリップボードを差し出してきた。

クラウスはドーソンが三分前に電文を持って艦橋にあがってきていたのをすっかり忘れていた。クリップボードを受け取り、まんなかに書いてあることに最初に眼を通した。

〝ハフダフノ測定ニヨレバ・敵勢力ハ一箇所ニ集合シテイル〟――ここに緯度と経度が入り――〝南方ヘノ大幅ナ変針ヲ勧ム〟

どういうわけか、この緯度と経度の数字には見覚えがあった。その理由を思い出すまでに時間はかからなかった。その地点から縦にも横にも二、三キロの地点、そこがまさに〈キーリング〉が今いるところだった。クラウスたちは潜水艦の群れのただなかに突っ込んでしまったのだ。電文はイギリス海軍省から護衛艦隊指揮官であるクラウスに宛てられたもので、二時間前に送信されていた。これでも考えられるかぎり最短の時間で届けられたのだ。この警告文を送信するとき、海軍省の参謀たちは海図と標定板をまえに、藁にもすがる思いで幸運を祈ったにちがいない。電文が驚異的なスピードで届けられたことと、船団に一、二時間の遅れが出ているおかげで、船団をこの狼の群れから遠ざける時間があるはずだった。ほんとうに？　不可能だ。船団は今ごろ整列を終えているだろう。そうであってほしかった。そして、自重による慣性力でゆっくりと進んできているだろう。指揮船に命令を伝えるだけなら数秒ですむが、その命令を船団内の全船舶に行き渡らせ、理解させるには数分かかる。それに針路変更をおこなえば、前回のような混乱や落伍がまた繰り返されるにちがいない。いや、まったく予定外のことだから、もっとひどい始末になるだろう。

「針路反転しました」ワトソンが報告した。

「よろしい。ソナー始動」

それに、完璧に針路変更ができたとしても無意味だ。ここは狼群のまっただなかなのだ。敵が見逃してくれるわけがない。遅れが増すばかりで、無益なだけでなく危険だ。

「ソナー、感度なし」

「よろしい」

水曜日　午後直　一二〇〇～一六〇〇

残された手段は戦って道をひらくことだ。狼の群れを追い払い、悠揚迫らぬ足取りで大西洋を横断する。少なくとも警告は受け取った。が、船団も護衛艦も、いつ潜水艦の群れに待ち伏せされてもいいよう用心に用心を重ねていたことを思えば、とくに意味のある警告ではない。もっといえば、ほかの護衛艦と指揮船にこの警告を伝えてもなんの意味もない。それでやるべきことが変わるわけではないのだ。それにイギリス海軍省がこれほど正確にUボート部隊の位置を特定できるという事実を知っている人間は、少なければ少ないほどいい。

「ソナー、感度ありません」

「よろしい」

それなら戦って道をひらこう。断固として前進し、鈍重な船団のためにUボートの包囲網を強行突破する。まだ手のなかにある電文は？　クラウスのいる狭い水平線の彼方、ありえないほどの彼方に思える外の世界から届いた、この短いメッセージはどうする？　返事を打つべきではない。無線封止を破れば、それこそよくない結果を招くだけだ。ロンドン、ワシントン、バミューダ、レイキャビクの参謀たちの知らないところで戦わなくてはならない。〝人はそれぞれ、自分自身の重荷を負うべきである〟と、『ガラテア人への手紙』にある。これが自分の重荷なのだ。ずいぶん遡(さかのぼ)るが、クラウスはこの言葉を習った日のことを覚えていた。自分がまっとうすべきは任務、ただそれだけだ。誰かに見ていてもらう必要はない。大勢の乗組員たちでひしめく操舵室内にありながらも、多くの船員たちを乗せた船団の先頭に立ちながらも、クラウスはたったひとりで自らの責任と向き合っていた。〝主はよるべなき者を家族(やから)のうちにおらしめる〟

「ソナー、感度ありません。捜索範囲、艦首両舷側三〇度」

「よろしい」

クラウスはもうひとつの問題、先ほどからの問題に頭を切り替えた。

「静かに面舵」

「静かに面舵」

「操舵員、針路読みあげ」

「アイアイサー。現在一三〇度。一四〇度。一五〇度。一六〇度。一七〇度」

「取舵に当て。ようそろ」

「取舵に当て。ようそろ。現在、針路一七二度」

クラウスはドーソンにクリップボードを返した。

「ありがとう、ドーソン通信長」

ドーソンの敬礼に対して几帳面に答礼したものの、クラウスはもう彼に注意を払っていなかった。だからドーソンがクラウスを見る眼つきにも、ドーソンのぽっちゃりした童顔に浮かぶ表情が矢継ぎ早に変化したことにも、まったく気づかなかった。驚き、次に称賛、最後には憐れみのような表情。クラウスを除けば、この電文にどれだけ重大な知らせが書かれているかを知っているのは、それを運んだドーソンひとりだった。あんな知らせを受け取っておきながら「ありがとう」ひとつですませ、さっさと仕事に戻る男に対して、称賛の念を抱けるのもドーソンひとりだった。仮にドーソンの表情に気づいたとしても、なぜそんな表情を浮かべているのか、クラウスには理解できなかっただろう。クラウスにとって、任務を遂行している男に観客は不要だった。ドーソンが踵(きびす)を返すより早く、クラウスは水平線を見渡していた。

ソナーの反応が途絶えたあと、〈キーリング〉は最後に探知した時点でUボートが取っていた針路の左右三〇度を探っていた。今は新たに右側の水域を捜索しはじめたところだ。左側ではなく。観測したデータにもとづいて右を選んだわけではなく、右に変針すれば船団に向かって進むことになるからだった。船団はまだ遠く、かろうじて目視できる距離にいた。もしUボートが左に旋回していたのなら、船団の通り道から離れることになるので、しばらくは無害なはずだ。今しがた命じた針路であれば、〈キーリング〉を所定の護衛位置に戻しつつ、Uボートが最も脅威となる水域を捜索できる。

「針路一七二度、変わりません」ワトソンが言った。

「よろしい」

「ソナーより報告。感度なしとのことです」

「よろしい」

〈キーリング〉は船団の中央に向かっていた。右艦首に、船団前方を警戒しているポーランドの駆逐艦〈ヴィクター〉の姿がはっきりと見えた。が、船団左側面にいるはずのイギリス海軍コルヴェット艦〈ジェイムズ〉の姿はまだ見えなかった。クラウスは総員戦闘配置を解除するかどうか考えはじめた。こうしているあいだも、いざというときに必要な乗組員の体力と注意力を消費していることを忘れてはならない。

「ソナーより報告。目標を探知。距離、遠い！」電話連絡員が言った。その声は興奮で音程がいくつも高くなっていた。「方位、右舷二〇度。距離不明」

操舵室内の緩みつつあった緊張の糸がふたたび張りつめた。

「面舵、針路一九二度」

「面舵、針路一九二度」

〈キーリング〉が回頭を始めた。クラウスは双眼鏡越しにもう一度〈ヴィクター〉を見た。

〈ヴィクター〉という剣で突きを繰り出すべきか、それとも温存しておいて、相手の攻撃を受け流すのに使うべきか。

「ソナーより報告、遠距離に目標を探知。方位一九〇度、距離不明」

また短く命令を発し、また小さく回頭する。エリスを命令と質問攻めにして「距離不明」より気の利いたことを言わせてやりたくなったが、この数分のうちに彼に対する理解は急激に深まっていた。わざわざハッパをかけなくてもベストを尽くしてくれるだろう。むしろ余計なことをしたら、何よりも大切なエリスの冷静さを奪ってしまうかもしれない。

艦橋前部の見張り台から荒っぽい声があがった。射抜くような怒声だ。

「潜望鏡！　潜望鏡！　正艦首！」

最後の言葉が発声されるより早く、クラウスは鉄砲玉のようにブリッジウィングに駆け出ると、双眼鏡をかざした。

「距離は？」

「消えました。二キロほどと思います」

「消えた？　確かに見たのか？」

「まちがいありません。正艦首です」

「潜望鏡か？　それとも潜望鏡の航跡か？」

「潜望鏡です。絶対に。見まちがいようがありません。二メートル弱出ていました」

「よろしい。ありがとう。見張りを続けてくれ」

「アイアイサー」

この見張り員が自分が見たと主張しているものを見た可能性はかなり高そうだ。こちらが爆雷を投下したあと、Uボートの艦長は追っ手との距離はだいぶあいたはずだと思ったのだろう。それから船団と護衛艦の接近に気づき、是が非でも敵の方位を知る必要があると考え、潜望鏡をあげて周囲を確認した。実にありえそうな話だ。まずまちがいないと考えていいだろう。それにこの高波だ。潜望鏡を伸ばすなら、高く伸ばさなければならない。見張り員が言った二メートル弱というのは、ちっともありえない数字ではない。そんな不穏なものが波を切って進んでいれば、入隊一年目の兵でもひと目で見分けがつく。潜望鏡を一周させるだけのほんの短い時間でも充分に。クラウスは無線通話機のもとに戻った。

操舵室内は興奮の渦に包まれていた。部下の感情に左右されることのないクラウスも、断崖絶壁に打ち寄せる波のように、興奮が周囲を渦巻いているのを感じた。クラウス自身も興奮していたが、一刻も早く決断しなければならない問題があり、頭にあるのはそれだけだった。無線通話機で〈ヴィクター〉に呼びかけた。

「ジョージよりイーグルへ。ジョージよりイーグルへ。聞こえるか？」

「イーグルよりジョージへ」無線通話機が答えた。「聞こえます。感度四」

「本艦の正艦首に目標を探知した。方位一九〇度」

「方位一九〇度、了解」

「距離約二キロ」

「距離約二キロ、了解」

「その地点で一分前に敵潜望鏡を目視した」

「了解」

「護衛位置を離れ、支援してくれ」

「護衛位置を離れ、支援に向かいます。アイアイサー」

〈ヴィクター〉がその気になれば、〈ヴィクター〉からUボートまでの九キロにかかる時間は十五分だ。

「ソナーより報告。目標を正艦首に探知。距離不明」

「よろしい」

目標が真正面にいるとなると、〈キーリング〉は今、考えられるかぎり最短の距離で敵に接近している。クラウスは双眼鏡でもう一度水平線を見渡した。見たところ、船団の秩序はそれなりに保たれているようだ。また無線通話機のもとに向かい、今度は〈ジェイムズ〉と〈ドッジ〉に呼びかけた。

「ジョージよりハリーへ。ジョージよりディッキーへ。聞こえるか？」

無線通話機から応答があった。

「本艦は船団より距離十三キロ、方位〇八五度の地点にいる。目標追跡のためにイーグルを呼び寄せた」

「了解」

「了解」

「貴艦らは船団を護衛してくれ」

「了解」

「アイアイサー」

クラウスのそばにいた電話連絡員が会話を遮った。

「ソナーより報告、感度ありません」

「よろしい」肩越しに返答して命令を続けた。「ハリーは左舷側の半分、船団前方から左側にかけてを哨戒しろ」

「左舷側の半分、アイアイサー」

「ディッキーは右舷側の半分を哨戒しろ」

「アイアイサー」

「以上だ」

「ソナーより報告、感度ありません」また電話連絡員が言った。

「よろしい」

自分がこう返答しているのは皮肉を込めてのことだと思われているかもしれない。〈ヴィクター〉を護衛位置から呼び寄せ、船団の護衛を極限まで手薄にしているにもかかわらず、目標はまだ見つからないという報告を受けているのだから。それでも今は踏ん張り、取り返せることを祈るしかない。それについて、少なくともエリスの腕は信頼してもよさそうだ。〈ヴィクター〉の姿は今ではかなりはっきりと見えていた。高速で接近し、〈キーリング〉の針路前方を横切ろうとしている。

「艦長よりソナーへ。約七分後に味方駆逐艦が本艦の艦首方向を横切る」

電話連絡員が復唱しているあいだにクラウスはまた無線通話機のもとへ向かった。

「ジョージよりイーグルへ。ジョージよりイーグルへ」

「イーグルよりジョージへ。聞こえます」

「現在、目標を失探中」

「アイアイサー」

電話連絡員が何か言おうとしていた。

「ソナーより報告、感度……」そこまで言ったところで、ヘッドフォンに新しい報告が入ってきたらしく、耳を傾けていた。「微弱な反応あり。方位一九四度」

「よろしい」喜んでいる暇はない。「ジョージよりイーグルへ。目標を再探知。方位はこちらの右艦首〇五度。本艦は転舵して追跡する」

「アイアイサー」

Uボートは追っ手を振り切るために尻尾を上下に振り、深度を変えているはずだ。〈ヴィクター〉が接近する音はまだ聴いていないだろう。

「イーグルよりジョージへ」

「ジョージよりイーグルへ。どうぞ」クラウスは言った。

「本艦は十二ノットに減速中です」

「十二ノット、よろしい」

減速が完了すれば、〈ヴィクター〉もソナーを使えるようになる。Uボート側が〈ヴィクター〉の接近を探知するのも多少は難しくなるだろう。〈ヴィクター〉はここまで全速で駆けつけてきた。さすがに対潜戦のベテランだ。

「ソナーより報告、感度ありません」

「よろしい」

クラウスの目測では、〈ヴィクター〉は七・五キロほど離れた地点、〈キーリング〉の右艦首四五度のあたりにいた。特徴的な前部マストが細部までよく見えた。二隻の駆逐艦の針路は一点に収束しつつあった。艦橋は静まり返り、海の音とソナーの音だけが響いていた。

「ソナーより報告、感度ありません」

「よろしい」

目標を最後に探知してから〈キーリング〉は二キロ近く進んでいる。最後の探知の時点でUボートが大きく変針していたとすれば、方位は今ごろだいぶ変化しているだろう。

「二〇五度！」電話連絡員が叫んだ。艦橋にいた全員がふたたび緊張をみなぎらせた。クラウスは無線通話機に向かって口をひらこうとしたが、その瞬間、自分が今何を聞いたかを理解した。彼は苦々しい思いで電話連絡員をにらんだ。

「そんなやり方は教わっていないはずだ。言い方に気をつけろ。やり直し」

「ソナーより報告、目標を探知。方位二〇五度」電話連絡員は赤面して言った。

「よろしい」

〈キーリング〉の艦橋で興奮に我を忘れることは許されない。今ここで一秒を無駄にしても、のちのち混乱を招くよりはましだ。

「ワトソン大尉、操艦指揮を代われ」クラウスは厳しい口調で言った。今は二隻の艦に命令を出さなければならない。クラウス自身は落ち着き払って無線通話機に呼びかけた。それが無関心でいることとの利点だ。他人の興奮に接しても、かえって冷静でいられる。「ジョージよりイーグルへ。本艦の右艦首で目標を再探知。本艦は当該方位へ回頭する」

「イーグルよりジョージへ。アイアイサー」

〈ヴィクター〉が変針するのが見えたような気がしたが、これだけ距離が離れているし、相対方位の変化もあるため、確信は持てなかった。とはいえ〈ヴィクター〉には命令を出すまでもない。あのポーランド人艦長は己の仕事をよく心得ている。ネズミ穴のまえにいるテリア犬にやるべきことを伝える必要はない。

「ソナーより報告。目標、方位二一〇度、距離一・九キロ」

「よろしい」

その瞬間、ワトソンも報告した。「新針路、ようそろ」

「よろしい。ワトソン大尉、引き続き操艦指揮を執れ。ジョージよりイーグルへ。目標は依然、本艦の左舷側から右舷側へ艦首方向を横断中。距離一・九キロ」

「イーグルよりジョージへ。アイアイサー」

クラウスは聞き取りやすいよう、単語と単語のあいだを区切り、まったく抑揚をつけないで話していた。イギリス英語特有のアクセントと無線のひずみはあったが、〈ヴィクター〉のイギリス人士官も同じように冷静に答えているようだった。今度は〈ヴィクター〉が右に八点――九〇度――以上急旋回するのが見えた。クラウスの眼に〈ヴィクター〉の右艦首がちらりと映った。テリアがネズミの退路を断とうとしている。

「ソナーより報告。目標、方位二一〇度。距離千八百メートル」

「よろしい」

過去の状況の再現だ。旋回するUボートとそれを追って旋回する〈キーリング〉と。しかし今回こちらには〈ヴィクター〉がいる。

　クラウスが口をひらきかけたときだった。「イーグルよりジョージへ。目標を探知しました。本艦の右艦首。距離不明です」

「よろしい。本艦も右艦首に目標を探知している。距離千八百メートル」

　ネズミはテリアのあごに飛び込もうとしている。二隻の駆逐艦は急速に接近しつつあり、そのあいだにUボートがいる。

「ソナーより報告。目標、正艦首」

「よろしい」

　ということは、Uボートは円軌道から外れ、逆方向に旋回をはじめたか。敵が〈ヴィクター〉の存在に気づいたかどうかを知るすべはないが、この動きからすると、どうやら気づいたらしい。〈ヴィクター〉は敵の動きに反応して、すでに右へ舵を切っている。いいソナーを積んでいるにちがいない。

「イーグルよりジョージへ。イーグルよりジョージへ。目標、本艦の左艦首、近距離。針路交わります」

「ジョージよりイーグルへ。了解した」

　またあの時間の速さが変わる現象だ。艦艇が密集したことで時間の進みが早くなっている。こうして短い通信をしているあいだにも、状況は刻一刻と逼迫している。

「イーグルよりジョージへ。攻撃してよろしいか」

「ジョージよりイーグルへ。よろしい。攻撃を許可する」

「ソナーより報告。目標、正艦首」電話連絡員が言った。「距離不明。味方艦が干渉しています」

「よろしい。ジョージよりイーグルへ。目標、本艦の正艦首」

〈ヴィクター〉が交差方位法を使えるよう、あと一瞬、いや、もう少しはこの針路を維持しなければならない。その後、〈ヴィクター〉との衝突を避けるために転舵する必要がある。どちらに？ 獲物は〈ヴィクター〉の攻撃をかわすために、どちらに逃げようとするだろうか？ Uボートが攻撃を生き延びた場合、〈キーリング〉をどちらに旋回させれば迎撃できるだろうか？ 〈ヴィクター〉は今も少しずつ右に旋回している。先刻〈キーリング〉が攻撃したとき、クラウスの知るかぎりでは、Uボートは〈キーリング〉の真下で舵を切って反転した。あれは敵にとって最良の行動だった。今回もあれが敵にとって最良の行動だろう。「ワトソン大尉、面舵一五度」

「アイアイサー。面舵、針路――」

「イーグルよりジョージへ、爆雷を投下します」

〈キーリング〉は旋回していた。まず左艦首に一本目の水柱があがり、〈ヴィクター〉の描く曲線の航跡上に次から次へと水柱があがった。くぐもった爆発音が聞こえた。

「ソナーより報告。目標、はっきりしません」

「よろしい。艦長よりソナーへ。左艦首を捜索しろ」

ソナーが使えなくなるのを承知で全速力を出したいという強い衝動にまたも駆られたが、そんな衝動は退けなくてはならない。〝試練を耐え忍ぶ者は幸いである。それを忍び抜いたなら、命の冠を受けるだろう〟このままの針路を進めば、〈ヴィクター〉が爆雷でかきまわした一帯を大きく避けて進むことになる。〈ヴィクター〉が右へ急旋回し、反転して再攻撃を仕掛けようとしていた。

「ソナーより報告、目標を探知。方位一八二度、距離、近い！」

「ワトソン大尉、あとを追え！」ワトソンが命令を出しているあいだに、クラウスは無線通話機に向かって言った。「ジョージよりイーグルへ。ジョージよりイーグルへ。距離を取れ。本艦が攻撃をおこなう」

「アイアイサー」

「本艦は中深度を攻撃する。貴艦は深深度に設定しろ」

「深深度、アイアイサー」

「ノース大尉、中深度だ」

「アイアイサー」

「ソナーより報告。目標、近距離。正艦首です。ドップラー、かなり高い」

「よろしい。ジョージよりイーグルへ。目標は本艦と反航していると思われる」

「イーグルよりジョージへ。目標は反航、アイアイサー」

「ソナーより報告、目標を失探」

「よろしい。ノース大尉！」

〈キーリング〉とUボートの合算速力が十八ノットだとしたら、二百七十メートル――ソナーで探知できる最短の限界距離――を進むのにかかる時間は三十秒だ。爆雷が中深度に到達するのにかかる十五秒を差し引き、その前後十秒間に爆雷を投下する。

「一番発射！」水雷長のノースが言った。

〈ヴィクター〉が接近していた。その艦首はまっすぐ〈キーリング〉に向いている。〈ヴィクター〉は右に旋回中で、〈キーリング〉の艦尾ぎりぎりをかすめて交差するつもりらしい。これが平時なら、こんな操艦は両艦を危険にさらすとして、あのポーランド人艦長は叱責を免れないところだ。〈キーリング〉両舷のK型爆雷投射機がたてる咳のような発射音が、最初に投下した爆雷の大きく虚ろな爆発音と重なった。あと十五秒待て。

「ワトソン大尉、面舵だ」

今度こそ遅れは許されない。爆雷の爆発を意味もなく眺めて貴重な時間を無駄にしたりせず、反転を開始しなくてはならない。クラウスは〈キーリング〉が回頭を始めるのを待ってからブリッジウィングに出た。ちょうど、最後に立った水柱が泡立つ海に落ちようとしていた。〈キーリング〉が爆雷で探った一帯のへりで、〈ヴィクター〉が攻撃を開始しようとしている。〈ヴィクター〉の爆雷の第一波が海に落ちるのが見えた。

「ワトソン大尉、取舵に当て！　ようそろ！」

しばらくは近づきすぎないほうがいいだろう。〈キーリング〉のソナーがあまり深刻な影響を受けないあたりに留まり、次に目標を捕捉し直した際、どちらの方向にでも転舵できるようにしておいたほうがいい。ふたたび海が爆ぜ、鉛色の空に向かって巨大な柱が立った。クラウスは〈ヴィクター〉をじっと眺めていた。最後の爆雷を投下し終えると、〈ヴィクター〉も右に旋回した。最後の爆雷が水柱をあげた。今こそ円軌道を再開するときだ。

「ワトソン大尉、面舵だ！」

二隻の駆逐艦が互いの周囲に円を描いていた。ふたつの円が交差する一帯の内側にUボートがいることを期待して。クラウスはまだ〈ヴィクター〉から眼を離さず、ブリッジウィングの端に立っていた。そのとき、二メートルと離れていないところにいた右舷側の見張り員が叫んだ。

「いました！　潜水艦、右舷側！」

クラウスも見た。一キロ弱先、痛めつけられた水のなかから長い円錐形の艦首がまっすぐに突き出していた。その艦首が水平になると同時に、周囲で波しぶきが霧状に破裂した。

それは低く、長くなった。砲が見えた。丸みを帯びた艦橋も。Uボートは悶えるようにその身を震わせた。実際、震えていた。〈キーリング〉の砲が火を噴いた。ドアが思いきり叩きつけられているような、耐えられないほどやかましい音。ワンオー、ワンオー、ワンオー。見張り員が興奮して叫んでいる。双眼鏡で追いつづけるのは難しかった。波が潜水艦と並走したように見えた次の瞬間、それは姿を消していた。

　クラウスは操舵室に駆け戻った。

「ワトソン大尉、面舵だ」

「すでにいっぱいです」ワトソンが言った。潜水艦を発見したとき、〈キーリング〉はすでに舵を切っていたのだ。

　電話連絡員が報告に来たが、興奮のあまり最初は何を言っているのかわからなかった。が、どうにか落ち着きを取り戻して言った。

「射撃指揮所より報告。潜水艦を右艦首四五度で確認。距離約九百メートル。射撃弾数十五発、命中弾を認めず」

「よろしい」

　フィプラー砲術長が初めて人を殺そうとする試みは失敗に終わった。

「ワトソン大尉、方位はわかったか？」

「だいたいでしかわかりません。こちらも回頭中でしたので」

〝おのおの隣人に対して真実を語れ〟知らないことを知っていると言うよりは、正直なほうがずっといい。

「現在、針路一九五度に回頭中です」ワトソンがつけ加えた。

「一八五度にしろ」

「アイアイサー」

先ほど姿を現わした際、Uボートは〈キーリング〉とほぼ同じ針路を取っているようだった。潜ってからすぐに転舵したとしても、舵を利かせるには時間も距離も必要だ。迎撃ちに行ったほうがいい。右か左か、敵はどちらに舵を切るだろう？　難しいところだ。深く潜ったか、それとも海面近くに潜んでいるか？　これはもう少し簡単だ。

「ソナーより報告。目標、方位一八〇度。距離約三百五十メートル」

「よろしい。ワトソン大尉、取舵一〇〇度。ノース大尉、爆雷を深深度に設定」

意に反して浮上した潜水艦は本能的に深く潜ろうとするはずだ。艦の不本意な行動に対処するため、敵の乗組員はすでにめいっぱいの操作をしているだろう。次の爆雷が爆発するまでの三十秒という時間は、Uボートが潜航を開始してからはるかな深みまで到達するのに充分な時間だ。〈ヴィクター〉の動きにも眼を光らせておかなければならない。向こうはまだ回頭しているが、〈キーリング〉の艦尾方向を横切るタイミングはさっきよりもぎりぎりになるだろう。

「一番発射」ノース水雷長が送話口に向かって言った。クラウスは無線通話機に向かおうとする自分を抑えた。〈キーリング〉がこれから攻撃をおこなうことを〈ヴィクター〉に伝える必要はない。それは言うまでもないことだ。

「二番発射」ノースが言った。「爆雷投射機、発射」

今回は深深度で爆発するように設定されているから、さっきよりも時間がかかる。爆雷がより深くまで沈むのに時間がかかるし、沈降の仕方にばらつきが出るため、不規則な範囲に広がる。不格好なドラム缶型よりは、すでに生産を開始している流線形爆雷のほうが効果的だろう。それを今ここで使えればよかったのだが。

爆雷の爆発音は深深度だと明らかに低く、よりくぐもって聞こえた。最後の一発が爆発する音がした。今度はこの待ち時間のあいだ、じっと立っていられた。興奮に我を忘れてはいなかった。

「ワトソン大尉、面舵だ」

「アイアイサー」

一瞬、右ではなく左に舵を切りたくなった。操艦のパターンを変えれば、Uボートの意表を突けるかもしれないと思ったのだ。が、今はできない。〈ヴィクター〉と正面衝突する危険性が高すぎる。クラウスは右舷後方に双眼鏡を向け、濁り、泡立つ海を確かめた。何も浮かんでこない。無線通話機から呼びかけがあった。

「イーグルよりジョージへ！　イーグルよりジョージへ！」

〈ヴィクター〉に乗り込んでいるイギリス人連絡士官はいつになく興奮しているようだった。

「ジョージよりイーグルへ。どうぞ」

「貴艦は敵を撃沈しました！　撃沈です！」ふたたび少しの間があった。次に口をひらいたときにはイギリス人士官は落ち着きを取り戻していて、気怠そうですらあった。が、その冷淡さには無骨ないかめしさがあった。「貴艦による撃沈です。たった今、圧壊音を聴きました」

〈ヴィクター〉が圧壊音を聴いた。水圧に耐えかねたUボートが、手のなかで握りつぶされる紙のように破壊される音を聴いた。クラウスは無言で無線通話機のまえに立っていた。彼は強い男だったが、言葉が出なかったのは、ひとつには二分前、〈キーリング〉のはるか下で五十人の男たちが恐ろしい死を遂げたことについて考えていたからだった。迅速ではあるものの恐ろしい死を。しかし沈黙していた理由の大半は、今この瞬間が自分のキャリアの頂点だという、言葉にならない実感に包まれていたからだった。軍人として二十年以上にわたって訓練してきたことをついになし遂げた。敵の命を奪い、敵の潜水艦を撃沈した。自分が優勝したと聞かされ、一瞬何がなんだかわからなくなってしまった学生のようだった。意識の上にはほとんどのぼってこなかったにしろ、同じように言葉にならない実感があった。クラウスの勝利を飾っているもの、それは五十人の人間の死だということだ。フェンシングの試合中、相手のガードをすり抜けた剣先がジャケットに当たってたわむかと思いきや、実は先端のボタンが外れていて、鋭い剣先で相手の体を貫いてしまったときのような、とでもいったら少しは近いかもしれない。

「ジョージ、聞こえていますか?」無線通話機から声がした。

その声でほんのいっときの忘我は消え、クラウスは訓練された軍人に戻った。迅速な決断をくだすべき、双肩に大きな責任を負う軍人に。果たすべき義務のある男に。

「イーグル、聞こえている」今の今まで自分を揺さぶっていた感情の嵐など微塵も感じさせない、死んだように平板な声で応じた。その言葉を発したときにはもう、いつものクラウスに戻っていた。連合軍の一員に対してかけるに最もふさわしい言葉を頭のなかで探していた。

「それはよかった」それでは足りない気がして、つけ加えた。「実にあっぱれだ」

いや、そんな言い方があるか。クラウスは少し焦って別の言葉を探した。過去に受け取ったイギリスからの通信文の丁重な言いまわしがいくつか頭のなかに浮かんできて、手を差しのべてくれた。

「貴艦の艦長に心よりお祝い申しあげる」クラウスは言った。「それからすばらしいご協力にこのうえない感謝を伝えていただきたい」

「アイアイサー」それから間があって、「何か命令はありますか？」

命令。決断。勝利の瞬間にあっても時間は一秒も無駄にできない。船団にはまともな護衛がついていないし、そのまわりを海の狼の群れがうろついている。

「ある」とクラウスは言った。「大至急、所定の護衛位置に戻るように」

「アイアイサー」

その場から離れようとすると、また無線通話機から声がした。

「イーグルよりジョージへ。イーグルよりジョージへ。撃沈の証しとなるものを捜索してもよろしいか」

イギリス人連絡士官が伝えたクラウスの命令に対し、ポーランド人艦長がそう言ったのだろう。証拠はそれなりに重要だ。Uボートを撃沈した証拠があれば、ワシントンとロンドンで情勢を見きわめようとしている参謀たちの役に立つ。それにアメリカ海軍省はともかく、イギリス海軍省は確たる証拠がなければ絶対に戦功とは認めないと言われており、Uボートの艦長のパンツでも持っていかなければ首を縦に振らないというジョークまである。クラウス自身の軍人としての評価や海軍でのキャリアは、ある程度は撃沈の主張が認められるかどうかに懸かっている。が、今は船団がほぼ無防備だ。

「駄目だ」クラウスは厳しい口調で言った。「所定の護衛位置に戻るように。以上」

最後の言葉が決め手になり、ようやく無線通話機から離れることができた。

「ワトソン大尉、護衛位置に向かえ。右から二列目、先頭船の前方五・五キロだ」

「アイアイサー」

そう答えるワトソンの声にかすかな戸惑いが感じられた。操舵室内の全員がクラウスを見ていた。乗組員たちはクラウスが無線通話機に向かって話していたことの一部を聞いていた。今の新たな命令は彼らの予想、つまり期待を裏づけていたが、まだ確信にはいたっていなかった。クラウスがずっと淡々と話していたからだ。

「ソナーより報告、感度ありません」電話連絡員が言った。クラウスはこのときになって、少しまえから同じ報告を何度も聞いていたのに、返事をしていなかったことに気がついた。

「よろしい」電話連絡員にそう言うと、艦橋の乗組員たちに向き直った。「撃沈だ。撃沈した。深深度への爆雷投下後、ポーランド艦が圧壊音を聴いた」

ヘルメットの下で笑顔が弾けた。ノースが抑え気味に快哉（かいさい）を叫んだ。誰もかれもが大いに喜び、自然と笑みを浮かべていたので、クラウスでさえ気が緩み、歯を見せてしまった。先ほどの国家と国家とのあいだの堅苦しいやり取りとのちがいを感じないわけにはいかなかった。

「まだ一隻だけだ」クラウスは言った。「もっと撃沈したい」

「ソナーより報告、感度ありません」電話連絡員が言った。

「よろしい」

艦全体にこの勝利を知らせなくてはならない。エリスには特別な言葉をかけてやろう。ラウドスピーカーのまえに行き、掌帆員が乗組員たちの注意を集めるのを待った。

「こちらは艦長だ。敵を撃沈した。ヴィクターが圧壊音を聴いた。これは全員でやり遂げた仕事だ。みんなよくやった。現在、本艦は所定の護衛位置に復帰すべく航行している。まだ先は長いぞ」

そう言うとラウドスピーカーのまえを離れた。

「ソナーより報告、感度ありません」電話連絡員が言った。

エリスはまだ任務を続けているのだ。

「艦長よりソナーへ。新たに目標を探知するまで、感度なしの報告は中止してよろしい。待て、エリスと直接話がしたい」

クラウスは回線上で話しかけた。

「エリス、こちらは艦長だ」

「は」

「敵を撃沈したことは聞いたか？」

「は」

「とてもよくやってくれている。頼りにできてうれしいぞ」

「ありがとうございます」

「これより感度なしは報告しなくてよろしい」

「アイアイサー」

艦橋内はまだ浮ついていたが、見張り員全員が同時に叫んだ報告がその空気を破った。クラウスは右舷側のブリッジウィングに駆けた。

「油！　油です！」手袋をした手で舷側の海を指さしながら見張り員が言った。クラウスはその方向を見た。白い腹を見せた魚の死骸。それから長い油の筋。量はそれほど多くない。てらてらした汚い油膜は幅が五十メートルにも満たず、長さはその三倍ほどだ。クラウスは操舵室を突っ切り、左舷側のブリッジウィングに出た。こちら側に油は見当たらなかった。右舷側のブリッジウィングに戻ると、油の筋はすでに艦の後方にあり、波に持ちあげられて波頭から谷間までのあいだにかろうじて広がっている程度だった。大破したUボートは長い斜面を滑り落ちるように、底知れぬ深みに向かってゆっくりと沈んでいっているのだろう。そうにちがいない。クラウスはその光景を思い描こうとした。燃料タンクのうち、満タンのものは破裂するまでに長い時間がかかるのかもしれない。もしそうなら、漏れ出た油が海面に浮かんでくるのはかなりあとのことだろう。以前読んだ報告書には、すべてが浮いてくるまでに一時間ほどかかると書いてあった。このわずかな油の筋は、惨事の瞬間、ほぼ空になっていた燃料タンクから流出したものだろう。手ひどい攻撃を受けたUボートはまだ動くことができても、油膜をあとに残していくことが多い。海軍情報部によれば、敵の追撃を振り切るため、故意に油を漏らすこともあるらしい。だとしても先ほどの決断はやはり正しいように思われた。貴重な駆逐艦一隻をここに残し、撃沈の証拠を捜索させたら、たぶん一時間はかかる。それだけの価値はない。この問題はとりあえず頭から追い払うことにしよう。もっと時間のあるときに一、二分使って考えればいい。今はそれより先に、戦闘配置による乗組員たちの体力と注意力の流出を終わらせなければ。

「見事に撃沈しましたね、艦長」右舷側の見張り員が言った。

「ああ、見事にな」クラウスは答えた。この見張り員は礼儀を欠いているわけではない。この勝利の瞬間くらい、礼儀作法についてやかましく言うことはない。とくに、ほかにもたくさんのものが心に渦巻いている今は。が、艦の安全はおろそかにできないのでこう言った。「引き続き任務に集中するように」

操舵室に戻ると、伝声管で下にいるチャーリー・コールに話しかけた。

「チャーリー、総員戦闘配置を解除しろ。第二配置とし、非番になった乗組員に温かい食事を出してやってくれ」

「アイアイサー」チャーリーが答えた。

その命令はラウドスピーカーで艦の隅々にまで伝えられた。これで乗組員の半分は食べ、休み、温まることができる。時計を見ると、先ほど一分一分を数えながら見ていたときとは様子がちがっていた。クラウスは時間の流れに強い衝撃を受けた。もう一三〇〇時をまわっている。自室で呼び出しを受けてから四時間以上、総員戦闘配置の命令を出してからは三時間近く経っている。乗組員たちを戦闘配置に就かせるべきではなかった。これではカーリングと大差ない。が、今さら悔やんでも仕方ない。くよくよしている時間はないのだ。

「信号用の紙と鉛筆をくれ」クラウスは脇にいた伝令に言った。当直交替により、操舵室内の顔ぶれは変わりつつあった。

鉛筆を紙に当てた途端、手から鉛筆が落ちた。寒さで指がかじかんで、感覚がまったくなくなっていた。シープスキンのコートは着ていたが、当然着用しているはずのセーターもマフラーも手袋もまだ身に着けていなかった。両手が凍え、体のほかの部分もすっかり冷たくなっていた。

「代わりに書いてくれ」クラウスはそんな自分への苛立ちから、きつい口調で伝令に言った。「〝キーリングよりヴィクターへ〟……ちがう」クラウスは伝令の肩越しに覗き込んで言った。「ちがう。Kだ。CKじゃなくKだけ、ヴィクターはV-I-Kだ。〝Uボート撃沈を裏づける油膜を確認した、句点、貴艦のすばらしい〟……すばらしい（ブリリアント）のLはふたつだ。まったく。〝協力に感謝する〟……協力（コーポレーション）のOもふたつ、C-O-O-Pだ。それでいい。信号艦橋に持っていけ」

この伝令が戻ってきたら、手袋とマフラーを取りに行かせるとしよう。それまでにまた状況を確認しておかなくてはならない。クラウスはもう一度ブリッジウィングに出た。新しい見張り員が持ち場に就いている。非番になった者たちはまだ砲座のそばにいて、甲板から引きあげようとしていた。波しぶきを避け、ところどころで艦の揺れにタイミングを合わせて小走りに駆けながら。〈キーリング〉は船団の前方に近づいていた。左側にいるイギリスのコルヴェット艦〈ジェイムズ〉は荒波に揉まれてひどく横揺れしていた。各列の先頭船はそれなりにまっすぐに並んでいる。後続の船も、見える範囲についてはまずまず密集しているようだ。右側にカナダのコルヴェット艦〈ドッジ〉がいる。通常の護衛位置に戻るよう、そろそろ命令を出したほうがいい。信号灯を遮るシャッターのかしゃかしゃという音が頭上から聞こえてきた。先ほどのクラウスのメッセージが〈ヴィクター〉に送信されているのだ。艦尾方向を見ると、〈ヴィクター〉は一キロほど後方で、波の谷間に入って激しく左右に揺られていた。特徴的な前部マストが海に向かって大きく傾いている。まず一方に、今度はもう一方に。〈ヴィクター〉は護衛位置に近づいていた。改めて命令を出さなければならない。こんな寒空の下にわざわざ出てきて、とくに何をしたわけでもなかったが、指揮下にあるものに眼を光らせておくのが指揮官の義務だ。それに、義務であろうとなかろうと、そうしておかないと自分の気がすまなかっただろう。クラウスがようやく指の力を緩めると、双眼鏡は自重で手から離れ、胸にぶつかった。気を取り直して操舵室に戻り、無線通話機のまえに立った。

「ジョージより護衛艦艇へ。聞こえるか？」

応答を待った。イーグルよりジョージへ、ハリーよりジョージへ、ディッキーよりジョージへ。このコールサインはよく考え抜かれている。それぞれ母音がはっきりしているので、無線が大きくひずんでも聞きまちがえようがない。クラウスはいつもの平板な声で命令を出した。

「日中の通常護衛位置に就け」

一隻ずつ応答が入り、クラウスは受話器を戻した。

「信号艦橋より報告。ヴィクターが先ほどの信号を了解しました」戻ってきた伝令が言った。

「よろしい」

残りの防寒具を取りに行かせようとしていると、新しく当直士官を引き継いだナイストロムに呼び止められた。

「第二、第四ボイラーの配置を解除してもよろしいでしょうか？」

「何を言っている。戦闘配置を解除したあとの手順くらいわかっているだろう。それを決めるのは当直士官だ。いちいち訊くんじゃない」

「申し訳ありません。ですが、こちらにいらっしゃるのが見えたもので……」

ナイストロムはブルーの眼を大きく見ひらき、狼狽（ろうばい）していた。まだ若く、責任を恐れ、叱責に敏感で、頭の回転が鈍い。昔に比べて海軍兵学校（アナポリス）も落ちたものだと、現役二十年の卒業生であるクラウスは思った。

「ナイストロムくん、任務を続けるように」

「アイアイサー」

〈キーリング〉の二キロほど前方で〈ドッジ〉が向きを変え、右側面の護衛位置についた。そろそろ〈キーリング〉も右から二列目の先頭船の前方で回頭したほうがいい。クラウスは艦尾方向を見た。〈ヴィクター〉はすでに護衛位置に就いており、〈ジェイムズ〉も左側面に向かって移動していた。クラウスはナイストロムが護衛位置に艦を就けるのを見守ることにした。

「船団二列目の先頭船、方位二五五度です」方位盤のまえのシルヴェストリーニ少尉が報告した。

「よろしい」とナイストロム。

シルヴェストリーニは士官学校を出たばかりの小柄できびきびした男で、以前はイースタン大学で現代語学を専攻していた。

「取舵。針路〇九二度」ナイストロムが言うと、操舵員が命令を復唱した。

〈キーリング〉は護衛位置に向かって着実に回頭していた。すべてが順調で、手順どおりだった。クラウスは防寒具を取りに行かせるのをやめた。どのみちトイレに行きたかったので、自分でおりていくことにしたのだ。同時にカップ一杯のコーヒーのことが頭に浮かんだ。一度考えたら飲みたくてたまらなくなった。熱くて元気の出る、ほっとひと息つけるコーヒー。一杯？　二杯にしよう。腹もいささか減ってきた。コーヒーと一緒にサンドイッチも食べたら、どんなにかいいだろう。少し暖を取って、ちゃんと防寒具を着けたい。どれもすばらしい名案に思えた。そこへ航海長のワトソンが艦の正午位置の報告に来た。戦闘配置に就いていたため、これまで報告できなかったのだ。クラウスは報告を確認した。改めて聞かされるまでもなく、艦が正午に位置していた地点はイギリス海軍省が予測した潜水艦部隊の位置とほぼ一致していた。報告に眼を通し終えると、機関長のイプセンが正午の燃料報告を携えて待機していることに気がついた。これはもう少し注意深く聞いておかなければならなかった。燃料状況についてふた言三言言葉を交わしたが、その短いやり取りのあいだにもクラウスの気を散らすものがあった。〈ドッジ〉がちかちかと送ってきている信号が視界の端に映ったのだ。イプセンに答礼するころにはその通信文がクラウスのもとに届いていた。〈ドッジ〉の正午の燃料報告だ。これも少し注意して眼を通す必要があった。幸い〈ドッジ〉はかなりの量の予備燃料を持っていた。その報告を確認し終えるころにはもう二通、通信文が届いていた。まずは〈ヴィクター〉の燃料報告、それから〈ジェイムズ〉の燃料報告。〈ジェイムズ〉の報告を読んだクラウスは顔を曇らせた。今後は全速力を出すのは最小限に留めるよう、〈ジェイムズ〉に通告しなくてはならない。

クラウスは慎重に言葉を選び、返信を書いた。

「〝護衛艦隊指揮官よりジェイムズへ。燃料保全のため最大限の努力をせよ〟」

副長のチャーリー・コールが海図室からあがってきた。顔に笑みを浮かべ、Uボート撃沈についての祝辞を述べながら。チャーリーとそういう言葉を交わすのは楽しかった。が、チャーリーはクラウスに体を寄せると、艦橋にいるほかの人間に聞こえないよう、声を落として言った。

「フラッサーの件の処理が残っています」

「くそ」とクラウスは言った。そんな言葉が口を衝いて出てしまったのは、処理の遅れに苛立っている証拠だった。

フラッサーは昨日、下士官の鼻を殴るという重大な罪を犯して拘束されていた。総員戦闘配置の命令がたびたび出される軍艦内で独房に罪人がいるというのは、つねづね頭を抱えさせられる問題だ。それに海軍の規則で、こうした事件は可能なかぎり迅速に処理するよう義務づけられていた。

「あれから二十四時間以上が経っています」チャーリーが促した。

「くそ」クラウスはもう一度毒づいた。「わかったよ。でもまずは便所に行き、下でサンドイッチを食べる。それから――」

その瞬間、不意に電話連絡員が報告した。

「後部見張り員より報告。船団から白色信号弾が二発打ちあげられました」

クラウスは驚いた。嫌な驚きだった。アムステルダム・オリンピックの試合で、相手のフランス人選手の突き返しがクラウスの剣をかいくぐって飛んできたとき以上の。そのとき、クラウスは必殺の突きを繰り出そうとしていたが、その寸前で相手の剣先のボタンが自分の胸に触れるのを感じたのだった。白色信号弾二発は魚雷攻撃を受けた合図だ。頭では瞬時に理解していたが、反応するのにたっぷり二秒かかった。その二秒間、電話連絡員をただ見つめていた。が、すぐにブリッジウィングに走り出て、双眼鏡をかざした。ほとんど何も見えなかった。〈キーリング〉は船団先頭船の前方五・五キロ、最後尾の船からは九キロ離れた地点にいた。クラウスは後部見張り員に声をかけた。

「何が見える?」

「白色信号弾が二発です」

「どこだ?」

「うしろです。本艦のいる列の最後尾あたりです」

「指揮船より信号」信号艦橋から声がした。「非常事態」

「よろしい」

〈キーリング〉が波に高く持ちあげられ、おかげで船団の右から二列目の三番船が所定位置を外れているのが見えた。後続の四番船は衝突を避けようと、針路から急激に逸脱している。カナダのコルヴェット艦〈ドッジ〉を派遣して対処に当たらせたら、〈ドッジ〉は取り残されてしまうだろう。全速力でも大してスピードが出ないので、船団に復帰させるにはだいぶ時間がかかる。駆逐艦でなければ駄目だ。となると〈キーリング〉か〈ヴィクター〉しかないが、〈キーリング〉のほうが近くにいる。クラウスは操舵室に引き返した。

「ナイストロムくん、私が操艦指揮を執る」

「アイアイサー」

「面舵いっぱい。針路一八〇度」

操舵員が復唱しているあいだにクラウスは無線通話機のもとに向かった。

「ジョージよりイーグルへ。ジョージよりディッキーへ。本艦はこれより船団後方に向かう。間隔を詰め、前方を警備しろ」

「アイアイサー」

「了解」

そうこうしているうちに〈キーリング〉は回頭を終えていた。このまま進めば〈ドッジ〉と衝突する。

「面舵。針路二七五度」

「面舵。針路二七五度」

〈キーリング〉はもう一度まわれ右をして〈ドッジ〉と船団のあいだの隙間に艦首を突っ

込んだ。

「両舷前進全速」

速力通信機の当番員から報告が返ってきたときには、〈キーリング〉は勢いよく前方に跳びはねていた。

「機関室より応答、両舷前進全速」

「針路二七五度、ようそろ」

〈キーリング〉が船団の右側すれすれを通過することになるのはひと目でわかった。船団と反航しながら、最右列先頭船の脇を通り過ぎた。距離は百メートル。先頭船は軍艦よりも従順に船首に波を受けながら、よちよちと進んでいた。老朽化し、薄汚れ、舷側に錆が浮いている。通り過ぎざま、頭がひとつふたつ見えた。誰かが腕を振りまわしている。すれちがったのは一瞬の出来事に思えた。すぐに次の船の脇を通った。さらにその次の船。いずれの船も少しずつ、着実に前進している。針路を維持する以外、彼らにできることはない。魚雷に打たれ、おそらくは致命傷を負った仲間の船を置き去りにしながらも。三番船と四番船のあいだを通り過ぎる際、すでに船団のはるか後方に取り残されている船の上部構造物が垣間見えた。ちらりとしか見えなかったが、煙突や前部マストの形状から判断するに、船団の救助船に指定されている〈カデナ〉だ。四番船の脇を通過すると、またその船影が見えた。右艦首五、六キロの地点だ。〈カデナ〉以外に船影はない。待て。波の頂に乗りあげた二艘の小型ボートが見える。波頭に持ちあげられているあれはなんだ？長く、黒い、まっすぐな線。川に浮かんだ丸太のような。丸太にしては誰も見たことがないほど大きい。霧のようなしぶきが一面に広がり、それはふたたび持ちあげられた。あれは天地が逆さまになった船だ。長く黒い線と思ったものは船底湾曲部（ビルジキール）のひれだった。船体は斜めに傾き、九割がたが海中に没していたが、まだ浮いていた。

「両舷前進原速」

「両舷前進原速」

「機関室より応答、両舷前進原速」

「ソナーによる探知を再開しろ」

降ろされた救命ボートが二艘とも〈カデナ〉に横づけされていた。〈カデナ〉は波の谷間で横に揺れながら、救命ボートの風除けになっていた。船体から救助網が垂れさがっている。〈キーリング〉が〈カデナ〉の船首方向を横切るにつれ、暗がりになっていた右舷側がクラウスの視界に入ってきた。双眼鏡越しにかろうじて見える小さな点々は舷側をよじ登っている男たちだ。

「左舷に魚雷！」

〈キーリング〉左舷側の見張り員が叫んだ。

「面舵」

双眼鏡をかざしたままではあったが、クラウスは即座に命じた。突きに対する受け流しは、考えるよりずっと速く、本能でおこなうものだ。魚雷はやや前方からではなく、やや後方から打たれた可能性が高い。となると取舵は危険だ。〈キーリング〉が魚雷の針路に突っ込んでしまう。ついさっき減速したばかりだから、わずかにではあるが、面舵のほうが安全だ。クラウスは左舷側のブリッジウィングに飛び出した。

「あそこです！」斜め後方を指さしながら見張り員が叫んだ。盛りあがった波の背に沿って走る、一過性の白い筋。十中八九、雷跡だ。クラウスは面舵を取るまえの針路から、魚雷が発射された方向を推測した。さっき転舵していなかったとしても、魚雷は艦首すれすれの前方を通過し、命中はしていなかっただろう。減速したためだ。となると、こちらが減速命令を出す数秒前に発射されたのだろう。扇状に発射されたのだとすれば、これは一番右側の魚雷のようだ。

　痺（しび）れるような風が吹くなか、クラウスの脳裏では慌ただしい計算が続けられていた。ならばUボートがいるのは、目下〈キーリング〉が艦尾を向けているあのあたりか。だとすると——推測のひとつひとつがどうしても漠然としたものになってしまうため、それを積み重ねた結論も不確実だが、なんらかの作戦を迅速に立てなければならない。そして、その作戦にもとづいて行動を起こさなければならない——だとすると、Uボートは側面から船団に接近し、〈ドッジ〉のソナーが捜索している範囲のすぐ外側から船団に向けて魚雷を発射したのだ。魚雷は船団最右列の船と船のあいだをすり抜け、二列目の、今沈みかけている船に命中した。それからUボートは距離を詰め、今度は救助のために取り残された〈カデナ〉を狙った。そこへ〈キーリング〉が、おそらくは思いがけずやってきて、Uボートと〈カデナ〉のあいだに割って入った。そのため、〈キーリング〉を排除するつもりで魚雷を扇状に発射した。邪魔者がいなくなれば、〈カデナ〉を砲撃でいたぶれるからだ。となれば、〈キーリング〉はUボートと〈カデナ〉のあいだに留まり、〈カデナ〉が船団に復帰できるよう誘導しつつ、盾にならなくてはならない。敵に動きを予測されないよう、可能なかぎり不規則に操艦しながら。

「取舵!」クラウスは急いで操舵室に戻り、そう命令した。

「取舵」操舵員が返答し、〈キーリング〉はS字の二番目の曲線を描きはじめた。〈カデナ〉の上部構造物からひと筋の長い蒸気が噴きあがった。クラウスは一瞬、馬鹿げた不安に駆られ、息を呑んだ。蒸気はやみ、また噴きあがった。汽笛だ。〈カデナ〉の最初の汽笛の音がちょうど風に乗って聞こえてきた。全部で四回。

「商船から信号、フォックスのFです」

「よろしい」

掲示板に掛かっているタイプされた信号表によると、これは「救助完了」の意味だ。

「まだ左に回頭中です」とナイストロム。

「よろしい」

この回頭が終われば、〈キーリング〉は適切な護衛位置に就いたことになる。

「伝令！　こう書いてくれ。〝護衛艦隊指揮官よりカデナへ〟綴りはC－A－D－E－N－Aだ。〝全速力で船団に合流せよ。変形ジグザグ航行〟これを信号艦橋に持っていけ。あまり早く送信するなと言っておけ」

「信号艦橋。アイアイサー」

信号員という人種はできるだけ早く信号を送ろうとむきになるものだ。それで受信者の頭に血をのぼらせることができれば満足する。この場合、受信者は商船の船員だ。信号を読み慣れていない。そこが肝心なところだ。クラウスはざっと水平線を見まわし、〈カデナ〉を、船団を、Uボートが潜んでいると思われる方位を見た。

「舵戻せ」クラウスは言った。

「舵戻せ」

「ソナーより報告。遠距離に目標を探知。左舷正横」

左舷正横？　別のUボートか？　クラウスはそちらに眼をやった。ちがう。あれは沈みかけている船の船体だ。

「ようそろ」クラウスは操舵員に短く言った。

転覆した船はまだ斜めに傾いていたが、今では船尾がだいぶ沈んでいた。逆さまになった船首のかなりの部分が海面から緩い角度で突き出ているだけで、残りの部分は見えない。まるで岩にぶつかって砕けるかのように、船首に波がぶつかっている。

「現在、針路〇九五度」操舵員が報告した。

「よろしい」

「ソナーより報告。激しい破壊音を探知」

「艦長よりソナーへ。別の場所を捜索しろ」

転覆船の船首がますます高くなった。ソナーが探知した破壊音は、積荷やエンジン、ボイラーが船尾方向に転がり落ちていく音だ。船はこの瞬間も傾きつづけ、船首はまだ高くあがっている。出し抜けに、海面にこの船の上部構造物が現われ、水が滝となって流れ落ちた。身を反らせ、また戻る。苦痛に悶える生き物のように。

信号艦橋から連絡があった。

「〝カデナヨリ護衛艦隊指揮官へ・速力十一・五ノット〟」

「よろしい」

〈カデナ〉は思っていたよりもスピードが出ている。が、船団のほうを一瞥したクラウスはわずかに顔をしかめた。すでに十キロ以上は離れていそうだ。〈カデナ〉がふたたび隊列に戻るにはゆうに二時間以上かかる。最後にもう一度、沈みゆく船を眺めた。今では垂直になり、むき出しになった船首部分が六メートルは海面から突き出ている。すぐに沈んで見えなくなるだろう。三、四キロ離れた場所では、無人になった二艘の救命ボートが波に揺られて上下していた。あの場所で、幸運な乗組員たちは〈カデナ〉の舷側によじ登ることができたのだ。幸運な乗組員たち。だが、魚雷が直撃したときにいったい何人が命を落としたかはわからないのだ。海面には沈没船の破片も漂っていた。ナチスの勝利を飾る、痛ましいトロフィー。

「面舵一〇度」クラウスは険しい口調で操舵員に言った。取り急ぎやるべきことがある。沈みゆく船や、この損失に関してしなければならない報告のことで頭を悩ませている時間はない。〈キーリング〉がUボートの魚雷射程内にいる以上、あまり長時間同じ針路を取ったままでいるべきではない。

「舵戻せ。ようそろ」

〈カデナ〉にも同じように大きくジグザグ航行させたかったが、それでは船団に合流するまでに果てしない時間がかかってしまう。〈キーリング〉は〈カデナ〉と敵潜のあいだにいる――というか、クラウスがそうであってほしいと願っているだけだが、ともかくこの位置で駆逐艦がにらみを利かせていれば、Uボートが〈カデナ〉に向かって魚雷を発射しようとしても、かなり離れたところから一か八かで狙わざるを得ないはずだ。

「現在、針路一〇六度」操舵員が報告した。

「よろしい」

この曇天だ。夕方五時には真っ暗になる。〈カデナ〉がそのころ船団に追いついても、列のなかに入るのに手間取るだろう。操舵室の窓に波しぶきがかかり、外が見えにくくなっていた。クラウスは場所を移動し、窓にはめ込まれたふたつのガラスの回転盤のうちひとつを使って外を見ようとした。これは回転盤が通過する円形部分を、遠心力によってきれいにしておく装置だ。回転盤はまわっていなかった。完全に静止していて、窓のほかの部分と同じく外がほとんど見えなかった。

「ナイストロムくん！」

「は！」

「これを作動させろ。電機長を呼べ」

「アイアイサー」

もうひとつの回転盤はまわるにはまわっていたが、非常にゆっくりだった。ゆっくりすぎて窓はきれいになっていなかった。窓ガラス越しではあまりに視界が悪いので、ブリッジウィングに、風吹きすさぶ寒さのなかに出たほうがましだった。が、無線通話機がクラウスを呼んでいた。〈ジェイムズ〉だ。

「ハリーよりジョージへ！　ハリーよりジョージへ！」

「ジョージよりハリーへ。どうぞ」

「レーダー画面に輝点。方位〇九一度。距離十八キロ。輝点はふたつ、潜水艦と思われます」

「よろしい」

船団の真正面、ほぼ針路上に二隻の潜水艦。

「命令はありますか？」

「ディッキーよりジョージへ！」〈ドッジ〉が無線に割り込んできた。

「ジョージよりディッキーへ。どうぞ」

「本艦のレーダー画面にも輝点がひとつ表示されました。方位〇九八度。距離二十六キロ。こちらも潜水艦と思われます」

「よろしい」

〈ジェイムズ〉は船団の片側、〈ドッジ〉はその反対側にいて、どちらも前方に潜水艦がいると報告してきた。〈キーリング〉の右艦首付近にも一隻潜んでいる。〝死体のあるところには、ハゲタカが集まるものである〟指揮下の護衛艦を前方に派遣し、攻撃させるべきだろうか？　夜が近づいているのに？〈ジェイムズ〉は燃料を節約しなくてはならないのに？　だが、それが一番いいかもしれない。

「イーグルよりジョージへ！」今度は〈ヴィクター〉からだ。

「ジョージよりイーグルへ。どうぞ」

「本艦のレーダー画面にもハリーの捉えた目標が表示されました。方位〇八五度。ですが、もう一隻います。方位〇九〇度、距離二十四キロ」

〈ドッジ〉の捉えた目標とはちがう。船団前方に潜水艦が四隻。船団の後尾付近にも、少なくとも一隻。

「よろしい」

「ハリーよりジョージへ。距離が急速に縮まっています。一隻は方位〇九〇度、距離十六・五キロ。もう一隻は方位〇九二度、距離十六・五キロ」

「よろしい」

今は〈キーリング〉のことも考えなくてはならない。

「取舵！」と肩越しに操舵員に命令し、また無線通話機に向き直った。

「ジョージより護衛艦艇へ。護衛位置を維持。目標が射程内に入ったら攻撃しろ」

それからまた操舵員に。

「面舵に当て！　ようそろ」

〈キーリング〉はジグザグ航行の次の針路に入っていた。こうして無線通話機で話しているあいだも、Uボートが一隻、〈キーリング〉をつけ狙っていることを忘れてはならない。

「現在、針路〇九四度です」

「よろしい」

無線通話機からほかの三隻の護衛艦が命令を了解する声が聞こえてきた。

「諸君の幸運を祈る」クラウスは言った。

これだけの数の敵をまえにしては、とても攻撃に打って出ることなどできない。すでにかなり弱くなっている守りがさらに弱くなってしまう。

電機長のルーデルが、クラウスが気づくのを待っていた。電機員と下士官候補がその背後に立っている。見たところ、回転盤はまだ動いていないようだ。

「まだ直せていないのか？」クラウスは咎めるように尋ねた。

ルーデルは敬礼した。

「電気系統の異常ではありません。凍っているんです」

「波しぶきで窓ガラスがどこも凍りついてしまっておりまして」ナイストロムが補足した。

操舵室から外を見ることはほとんど不可能になりつつあった。

「ならさっさとなんとかしろ」クラウスはきつく言った。

が、そこではたと考えた。ナイストロムにとっては簡単な仕事ではないだろう。頭が切れる士官ではない。

「モップとバケツを使って乗組員二名に作業させろ。ぬるま湯も要るぞ。熱湯は駄目だ。ああ、それからぬるま湯には塩を入れろ。溶かせるだけ塩を溶かすんだ」

「アイアイサー」

「よろしい、ルーデル大尉」

クラウスはルーデルに答礼しながら周囲に視線を投げかけた。前方の遠くにいる船団へ。左舷側の〈カデナ〉へ。右舷側の、おそらくこちらの様子を窺っているUボートがいるあたりへ。操舵室前面の窓ガラスは氷が点々と付着しすぎていて、まともな視界を確保できなかったので、右舷側のブリッジウィングに出た。

「取舵！」と命じ、船が回頭するのを見守った。

「面舵に当て！　ようそろ！」

〈キーリング〉をなるべく不規則に、ジグザグに動かす。

「現在、針路〇八〇度」

「よろしい」

今、〈キーリング〉は〈カデナ〉に少し接近する針路を取った。クラウスが眼のまえの手すりに置いた手はかじかんでいて、ほとんど感覚が失われていたが、いつもと何かがちがうと気づかないほどには失われていなかった。手すりの手前側の曲線部が薄い氷に覆われ、つるつると滑りやすくなっていた。クラウスに残りの防寒具を取りに行かせる決意をさせたのは、この氷と吹きつける風だった。このときまで、そんなことをする時間は文字どおり一瞬もなかったが、今なら少しは余裕がある。Uボートの魚雷射程内に入ったままの余裕ではあるにしろ。

「伝令！」

ちか。ちか。ちか。はるか前方の船団から信号が送られてきた。闇が深まりつつあるおかげでどうにか見える程度の光だ。たぶん、いやきっと指揮船からの信号だろう。

「艦長、お呼びでしょうか」

そう声をかけてきたのは艦橋の伝令だった。この数秒のあいだに呼んだことをすっかり忘れていた。

「下の私の部屋に行って毛皮の手袋を取ってきてくれ。セーターとマフラーもだ。待て。フードも頼む。上から二番目の引き出しにあるはずだ。手袋、セーター、マフラー、フードだ」

「アイアイサー」

頭上の信号灯のシャッターの開閉音から、信号員が指揮船の信号を了解したのがわかった。クラウスは〈カデナ〉のほうを見た。〈キーリング〉は〈カデナ〉を追い越そうとしており、〈カデナ〉の船首に近づいていた。信号艦橋の伝令がばたばたとおりてきた。

「〝船団指揮官ヨリ護衛艦隊指揮官ヘ・多数ノ外国語ノ通信ヲ測定・前方十八カラ二十八キロ・方位複数〟」

「よろしい」

前方でUボートの群れが作戦を立てているのだ。それとも、Uボート基地のあるフランスのロリアンに報告をおこなっているのだろうか。そこであの潜水艦隊の司令長官が――

名前はなんといったろうか？　そうだ、デーニッツだ。そこでデーニッツが作戦の指揮を執っているのだろう。あれは冷酷な男だ。

「無線通話機までお願いします！」ナイストロムが言った。「イーグルからです」

クラウスは無線通話機のもとに向かいながら、通話が終わるまえに変針を命じておいたほうがいいだろうと考えた。

「ナイストロムくん、一〇度右に変針だ」

「アイアイサー」

「ジョージよりイーグルへ。どうぞ」

「輝点がいずれも移動しています。三隻が左に。うち二隻の方位〇八五度、一隻の方位〇八一度。距離十八・五キロ、一定です。二隻が右に。方位〇九八度と一〇四度。距離二十キロ。いずれもこちらの前方で距離を保ち、互いに通信をおこなっています。ひっきりなしに信号が飛び交っています。それから、どうやら輝点がもうひとつ。五分前です。正艦首、距離九キロ。発見の直後に消えてしまいましたが、かなり確実だと思われます」

「そちらの視界はどのくらいだ？」

「十キロ弱です。見張り員は何も見つけていません」

「よろしい。現在の護衛位置を維持しろ。以上」

前方のUボートの群れは姿を隠す気がまったくないらしい。

「針路一〇四度、ようそろ」ナイストロムが報告した。

「よろしい」

もう一隻――少なくとももう一隻の敵が――船団のもっと近くに、海面下に潜んでいる。伏兵だ。こちらの護衛艦が攻撃に打って出ようが、防御を固めて進んでいこうが、準備万端で待ちかまえている。敵がしばらくまえから海上に姿を見せているのは通信のためか、潜望鏡深度まで浮上しようとしてうっかり海面に顔を出してしまったか。〈ヴィクター〉に警告を出すことも考えたが、その考えは捨てた。〝警戒を怠るな〟など、あのポーランド人たちには言うまでもない。浮上しているUボート部隊は夜陰に乗じて攻撃してくるにちがいない。『詩篇』にいう〝暗闇に歩きまわる疫病〟のように。

チャーリー・コールが敬礼していた。

「艦が凍りつきそうです。艦内を見まわったところ、艦尾側の魚雷発射管付近の足場が悪くなっています」

「爆雷は大丈夫か？」

「はい。蒸気ホースを使うよう命じておきました」

この問題はチャーリーに任せておこう。聞くところによれば、爆雷がラックの上で凍りついて転がせなくなることもあるらしい。そうなれば〈キーリング〉は護衛艦としての力を九割がた失うことになる。

「ありがとう」クラウスは言った。

「ありがとうございます、艦長」とチャーリーが言い、またいつもながらの折り目正しい敬礼をした。

伝令が両腕いっぱいに防寒具を抱え、クラウスのそばに立っていた。

「よし！」クラウスは言い、シープスキンのコートのボタンを外しにかかった。そのとき、下の海図室につながる伝声管がクラウスを呼んだ。ベルは伝声管のまえに駆けつけたときもまだ鳴っていた。

「レーダーが目標を捕捉。方位二〇七度。距離一万メートル」

右舷正横後だ。〈カデナ〉を狙っていたUボートにちがいない。〈キーリング〉はこのUボートのために〈カデナ〉の盾になっていたのだ。取り残されたことに気づいて浮上したのだろう。この新たな状況について、もう一、二秒考えてみた。Uボートのいるほうに転舵して攻撃するか？　これが〈キーリング〉を〈カデナ〉から引きはがすための策略ではないと言いきれるか？　言いきれる。この海域ではこれまでに一度もレーダーで目標を捕捉していない。仮にUボートが二隻いたとしても、具体的な協同作戦は何も立てていないはずだ。

「面舵。針路二〇七度」

「面舵。針路二〇七度」

「艦長より射撃指揮所へ。レーダーの示す方位への攻撃準備」

電話連絡員が命令を復唱した。

「射撃指揮所より、アイアイサーと返答ありました」

「針路二〇七度、ようそろ」

「よろしい」

「目標方位、二〇八度。距離おおよそ九千六百」

チャーリー・コールの声だった。レーダーによる目標捕捉の報を聞いて海図室に駆けおりたにちがいない。チャーリーが下の指揮を執っているなら安心だ。

「チャーリー、〝おおよそ〟とはどういう意味だ？」

「レーダー画面が不鮮明なのです。映像が途切れ途切れになっていまして」

まったく、いまいましいシュガー・チャーリーめ！

「すぐにルーデル大尉を海図室に行かせろ」クラウスはラウドスピーカーのまえにいた掌帆員に命じた。ルーデルなら映像をもう少し鮮明にするよう、あの装置を言いくるめられるはずだ。

「方位、変わっています。二〇九度。二一〇度、おおよそです。どうやら距離が縮まっているようです。距離九千五百」

船の問題について方位で考えることに慣れていたクラウスは、頭のなかに現在の状況を思い描いた。浮上したUボートは〈カデナ〉の右舷後方から左舷後方にすばやく迂回しようとしている。〝逆サイド〟を取るつもりなのだ。この波では十二ノット以上は出せないだろう。もしかしたら十四。いや、そこまでは無理だろう。〈カデナ〉は十一・五ノットで航行中で、Uボートはその約十一キロ後方にいる。船団から見れば十八キロ後方だ。ということは、あと二、三時間、たぶん四時間は無害だ。こちらが少し手間をかけてやれば、その時間をもっと長くできる。

「面舵一〇度。針路二二〇度」と命じてから、もう一度チャーリーに話しかけた。「これより偏差を取る」

狩人が飛んでいる鴨の少し前方を狙い撃つように、移動するUボートの前方に狙いをつけるのだ。

「針路二二〇度、ようそろ」操舵員が言った。

「よろしい」

「目標、方位おおよそ二一二度」チャーリーが言った。「距離九千四百。なんとか読み取れるかぎりでは、ですが」

今朝の問題と同じだ。Uボートは〈キーリング〉の五インチ砲が余裕で届く距離にいる。しかし、目視もできず、レーダー画面上に映ったり消えたりする点に過ぎない敵に対し、砲撃を試みる価値はあるだろうか？　ない。いずれもっと好機が訪れるまでは。

「方位は変わっていないようです」チャーリーが言った。「二一二度。確かです。距離は縮まっています。九千三百。九千二百」

〈キーリング〉とUボートは一分間に百メートルずつ、互いの針路が交差する一点に向かって進んでいる。

「距離九千百」とチャーリー。

九千百メートル。約五海里（カイリ）だ。暗くなりだしたこの空の下での視界はどれくらいだ？ クラウスは水平線を見つめた。五カイリ？ 四カイリ？ レーダーの表示を頼りにするにしろ、目視するにしろ、砲弾を命中させられる猶予はUボートが潜航するまでの短い時間しかない。目視のほうがはるかに確実だ。

「距離九千」とチャーリー。「方位二一二度」

「艦長より射撃指揮所へ。目標を目視できるまで攻撃するな」

防寒具を腕いっぱいに抱えた伝令が先ほどからずっと同じ場所に立っていた。

「ラジエーターの上に広げておけ」クラウスは身振りを交えて言った。浮上した潜水艦といよいよ交差しようかというこのときにも、冷えきった体は切実に暖を求めていた。

「方位が変化しています」チャーリーが言った。「急速に変化。二〇五度。二〇三度。距離八千五百。八千四百」

Uボートは針路を右に変更している。このまま進めば逆サイドは充分に取れると判断し、今度は〈カデナ〉に接近しようとしているにちがいない。

「取舵。針路一八〇度」クラウスは言った。

回頭し、全速力でUボートに接近するつもりだった。Uボートはこれまでずっと海中にいて、ついさっき浮上したばかりだ。だからこの状況については自分のほうがはるかによく理解している。そう考えることは、周囲を敵に囲まれた男にとって励みになった。

「方位が変化しています」とチャーリー。「距離八千二百——いえ、八千」

それなら互いの姿が見えるようになるまで、さほど時間はかからないだろう。

「針路一八〇度、ようそろ」操舵員が言った。

「よろしい」

「目標、方位二〇一度。距離七千九百。七千八百」

砲が右に旋回していた。もはやいつなんどき、右艦首の霧のなかからUボートが姿を現わしてもおかしくない。

「方位二〇二度。距離七千六百」

五カイリをとっくに切っている。そしてそれは起きた。見張り員の怒号。クラウスは感覚のない手で双眼鏡に触れた。それを持ちあげようとしたそのとき。ワンオー、ワンオー、ワンオー、砲が叫んだ。最初は少しずれた方向に双眼鏡を向けてしまったが、砲弾の水柱が正しい方向に導いてくれた。クラウスは見た。遠方に浮かぶUボートの艦橋の、灰色の小さな四角いシルエットを。その片側、少し離れたところにあがる柱を。柱がシルエットに向かって近づいていき――ワンオー、ワンオー、ワンオー。Uボートの周囲に水柱があがり、艦影を呑み込んだ。姿が見えていた時間は一、二秒ほどだ。耳をつんざく轟音がやむと、双眼鏡の視界に見えるのは〈キーリング〉の上下に合わせて浮き沈みする灰色の海だけになった。終わったのだ。不意打ちは成功した。慌てふためく敵の周囲を砲弾が打つのを見た。しかし、一度たりとも眼にすることはなかった。クラウスはこの点について現実的に考えようと努めた。砲弾が命中したことを示す閃光や一瞬の輝きは、一度たりとも眼にしなかった。

「射撃指揮所より艦長へ。方位一九九度の目標への射撃を完了」電話連絡員が言った。「距離七千三百。射撃弾数二十七発。命中弾を認めず」

命中なし。

「よろしい」

また決断しなければならない。一秒一秒が貴重だ。七・三キロ先にいる一隻の敵と三十七キロほど先にいる半ダースの敵のどちらに対処するか。

「取舵」クラウスは命じた。「針路一〇〇度」

クラウスは眼前の敵に背を向けようとしていた。この命令が意味するところに気づいた操舵室の乗組員たちが一、二度顔を見合わせたのがわかった。艦長が部下に対して使うきつい決まり文句のひとつやふたつで、連中のそんな顔つきをやめさせてやりたい衝動に駆られた。が、もちろんそうはしなかった。そんなことのために階級を笠に着るつもりも、言い訳をするつもりもなかった。

やろうと思えば、Uボートが消えた地点に向かうこともできる。十五分もあれば周辺に到達し、ソナーによる捜索を始められるだろう。それでも見つけられる確率は十分の一だ。五十分の一かもしれない。一時間かけて捜索したとして、そのあいだにも船団はどんどん〈キーリング〉から遠ざかっていく。そして船団の前方では、残る三隻の護衛艦が勝てる見込みのない戦いに突入しようとしている。一秒も無駄にせず、掩護に駆けつけなければならない。砲弾を浴びせたUボートは海中に消えた。意を決して再浮上するにはそれなりに時間がかかるだろう。何しろ、霧のなかから不意に現われた敵が砲撃しながらまっすぐ向かってくるという経験をした直後なのだから。あのUボートはすでに船団のはるか後方にいる。再浮上するころにはもっと距離がひらいているだろう。仮に敵が船団の位置、速力、針路を正確に把握していたとしても、船団に追いつくのは深まりつつある夜もなかばを過ぎたころだ。〈キーリング〉はUボート一隻を数時間使いものにならなくしたのだ。確実に起きる戦闘に向けてすぐに動いたほうがいい。このままここに残って、もはやなんの見込みもない状況からさらなる成功を引き出すという不確実を期待するよりは。たとえ——たとえ打ち込んだ砲弾が、実は命中していたとしても。Uボートは上部構造物が多少損傷していても、海中での行動が制限されることはない。敵が深く潜航できず、まだ海面のそばにいて、油漏れで位置がわかるなどという可能性は万にひとつしかない。考えるまでもない。自分は正しい決断をしたのだ。

「針路一〇〇度、ようそろ」操舵員が言った。

〈キーリング〉が回頭を終えるまでのうちに、クラウスは自らの本能と鍛錬により、順序立てて説明したら何分もかかるような結論に一足飛びに到達していた。

「よろしい」

「艦長」伝声管からチャーリーの声がした。

「なんだ?」

「ルーデル大尉が来ています。今話せますか?」

「よろしい」

「艦長」ルーデルの声がした。「レーダーですが、いちおう調整してみることはできますが、あまりましにはならないでしょうし、何も変わらないかもしれません」

「そこをどうにかできないのか?」クラウスは語気鋭く言った。

「それについては四日前に報告書にまとめてあります」

「そうだったな」

「取りかかるとなると、レーダーの電源を切らなくてはなりません」

「どれくらいのあいだだ？」

「おそらく二時間くらいです。しかし今申しあげたように、結果は保証できません」

「よろしい。ルーデル大尉、修理は不要だ」

不調のレーダーでも、ないよりはましだ。〝夜が来る。すると誰も働けなくなる〟と『ヨハネによる福音書』にもある。どのみち、やるべきことはほかにいくらもある。

いよいよ膀胱がはち切れそうだった。今はまたとないチャンスに思える。自室で呼び出しを受けてから初めてのチャンスに。待て、先にやっておくべきことがひとつある。〈キーリング〉が追い抜いたので、〈カデナ〉は独力で船団のもとに向かっている。見捨てられたと思わせてはならない。〈カデナ〉はクラウスが知っているような戦況を知らされていないのだから、安心させてやらなくては。

「伝令！　こう書いてくれ。〝護衛艦隊指揮官よりカデナへ。潜水艦は十三キロ後方に離れた。さようなら、幸運を祈る〟それを信号艦橋に持っていけ。ナイストロムくん、操艦指揮を代われ」

クラウスは便所に駆けおりた。用を足しながらも、今送った通信文のことがまだ頭から離れなかった。敵潜が十三キロ離れたという内容の通信で味方を励まそうというのも、なかなかにひどい状況だ。それでも〈カデナ〉はメッセージに込められた意味を察してくれるにちがいない。きっとジグザグ航行をやめ、船団を目指してあらんかぎりのスピードで航行してくれるだろう。

「信号艦橋より報告。カデナが信号を了解しました」クラウスが艦橋に戻ると、出迎えた伝令が言った。

「よろしい」

追加の防寒具がラジエーターの上に置かれていた。見るだけで元気が湧いてくる。クラウスはシープスキンのコートを脱いだ。セーターを着込もうと心のなかでコートの第一ボタンを外してから、ずいぶん時間が経っていた。制服の上衣も脱ぎ、セーターを手に取ったところで、自分がまだヘルメットをかぶったままだと気がついた。ほかの乗組員たちは総員戦闘配置が解除されたときにとっくに脱いでいた。もう数時間前の話だ。クラウス自身にはそうする時間が一秒もなかった。兄のぶかぶかの制服を着た子供のように、ヘルメットをかぶったまま駆けずりまわっていたのだ。

「これをかけておけ」クラウスは頭からヘルメットをはぎ取ると、それを伝令に渡し、苛立ち交じりに言った。

けれど、シャツの上にセーターを着ると、そんな気持ちも瞬時にどこかにいった。セーターはラジエーターの熱で温かくなっていた。最高だ。首に巻いたマフラーも同じだった。この信じられないくらいの温もりの上に制服を着た。フードも温かく、凍えた頭と耳を覆ってくれた。クラウスはこの世の寛大さに感謝の念すら覚えながら、あごの下の留め具を留め、ふたたびシープスキンのコートをまとった。そして、そんなに長い時間ではないが、熱くて我慢できなくなるまで、凍りついた手をラジエーターに押しつけ、まばゆいばかりに温かい毛皮の手袋をはめた。たった二分のうちに世界がこんなにも光り輝いて見えるようになるとは——その逆もありえるのだろうが。

水曜日　第一・第二折半直　一六〇〇～二〇〇〇

ナイストロムが傍らでクラウスが気づくのを待っていた。

「当直を外れたことを報告にまいりました」そう言いながらナイストロムは敬礼した。

「針路一〇〇度。原速十二ノット。現在十二ノットにて航行中です」

「よろしい」

　ということは十六時になったのだ。十六時をまわり、当直は交替していた。非番になる乗組員は、クラウスが軽率にも総員戦闘配置の命令を出した十時からずっと持ち場に就いていたことになる。が、そんな彼らもようやく肩の力を抜き、休むことができる。クラウスが浪費してしまった、いざというときのための乗組員たちの体力と注意力を回復できる。この先も長時間の緊張を強いられるだろうから、よほど深刻な危機でもないかぎり戦力を動員すべきではない。今ちょうどそうしているように第二配置で戦うべきだ。それなら乗組員の半分は非番になり、休養を取れる。砲弾が飛び、爆雷が爆発するなかでの休養だが、ほとんどの者はそんな状況でも眠るだろう。アメリカ海軍の兵に関する持ち前の幅広い知識がクラウスにそう告げていた。

当直が交替すると、クラウスが予期していたとおり、チャーリー・コールが艦橋にあがってきた。

「三直と四直の者たちに温かい食事を出すように、副長」

「アイアイサー」

ようやくフードをかぶり、手袋をはめ、着ぶくれしたクラウスを見る副長の眼はいかにも満足げだったが、〈キーリング〉がふたたび戦闘に向かっている今、それ以上の言葉を交わしている暇はなかった。そうだ、それに当然やるべきことをまだやっていなかった。またも失態だ。あの潜水艦に背を向けたあと、速力上昇を命じるのを忘れていた。すっかり忘れていた。ナイストロムから〝十二ノット〟と報告を受けたのに、それでも思い出せなかった。〈キーリング〉をひとつの戦場から別の戦場に移動させる時間を、おそらく五分は無駄にしてしまった。

新しい当直士官はハーバットだった。当直士官のなかでは最年少だ。初々しい顔つきにピンク色の肌。フードのなかからクラウスを見る眼差しは赤ん坊のように無垢(むく)で、あまりに幼く見えるため、セントラル・パークの湖の手漕ぎボートも任せられないと思ってしまうほどだ。

「ハーバットくん！」

「二十四ノットを目指せ」

「は！」

「速力あげ。二十四ノット、アイアイサー」

速力を二倍にすれば、先行している船団との速力差は四倍になり、追いつくのがそれだけ早くなる。ただし、今の針路で船団の右側にちゃんと出られるかどうかはまだ判断できない。

「速力、ピトーで二十四ノットを確認しました」

「よろしい」

速力が上昇したことは〈キーリング〉の海面へのぶつかり方が変わったことからもわかった。膨大な量の水がほとばしっているようだ。操舵室のなかにいても艦が水を受ける様子を感じ、聞くことができた。眼で見る以上に。充分にはっきりと。

「伝令！」

「は、艦長」

「コーヒーを持ってきてくれ。ポットで頼む。大きいポットになみなみと入れてきてくれ。それからサンドイッチも。艦長用の特製のものをと司厨員に伝えるように」

「アイアイサー」

外は、今ものろのろと進んでいる船団最後尾の船がかろうじて見える程度の明るさだった。また無線通話機がクラウスを呼んでいた。フードの留め具を外さなければならず、それを顔のまわりでぶらぶらさせながら受話器を耳に当てた。

「ディッキーよりジョージへ！　ディッキーよりジョージへ！」

「ジョージよりディッキーへ。どうぞ」

「本艦のアスディック（ソナー）が目標を探知しました。左艦首、距離遠い」

「では追跡しろ。本艦も貴艦に続く」

「イーグルよりジョージへ。本艦も加わってよろしいか？」

〈ヴィクター〉（イーグル）と〈ドッジ〉（ディッキー）は五・五キロ離れていて、目標はそのあいだに位置している。〈ヴィクター〉よりも〈ドッジ〉に近い場所に。ここで〈ヴィクター〉を行かせれば、守りの穴が大きくなってしまう。だが、このUボートは船団のわずか五、六キロ先に位置しており、二十分もあれば船団のなかに入り込んでしまう。〈キーリング〉がもっと早くまえに出ていれば、力を発揮できたというのに。

「よろしい、イーグル。許可する。幸運を祈る」

　クラウスはいてても立ってもいられなかった。

「ハーバットくん、もう二、三ノット速力をあげてみてくれ。いけるかどうか試してみよう」

「アイアイサー」

ようやく船団最右列最後尾の船の斜め後方まで来ると、あっという間に追いついた。クラウスは船団を観察するため、左舷側のブリッジウィングに出た。その途端、〈キーリング〉が大きく横に揺れ、クラウスは足を滑らせた。思いきり転びそうになったが、なんとか手すりをつかんで踏ん張った。すると今度は反対側に揺れ、また足場を失った。手袋をはめた手から手すりがすっぽ抜けそうだったが、必死に耐えた。手すりだけでなく、甲板もすっかり氷に覆われており、立っているだけでも細心の注意を払わなければならなかった。波が〈キーリング〉の左艦首で砕け、甲板を洗い、後部に流れて五インチ砲の砲塔にぶつかり、壁となって弾け、さらに後部に飛んだ。そのどっしりとした塊が、立っているクラウスの顔を打った。〈キーリング〉は激しくのたうち、尋常ならざる力でもって隣り合う海面に自らの体を投げた。クラウスが体勢を立て直し、呼吸を整えたころには、〈キーリング〉は最後尾の船を追い抜き、次の船のもとに向かっていた。外は暗くなっていて、次の船はまだずいぶん遠く、クラウスが立っている場所から一キロほどしか離れていないにもかかわらず、闇のなかの濃い影にしか見えなかった。すぐにもっと暗くなるだろう。〈キーリング〉の艦首がまた緑色の波を受け、その一撃に身を震わせた。クラウスはなかば滑り、なかば歩きながら操舵室に戻った。

「ハーバットくん、少し速力を落とせ。〈キーリング〉には無理だ」

「アイアイサー」

ちょうどそこへフィリピン人の司厨員がやってきた。着ている白いコックコートがかろうじて見える程度の明るさのなか、白いナプキンをかけたトレーを両手で持っていた。Uボートが迫っていようがいまいが、食事はそうやって出せと教えられていたように。そして、これからもずっとそうするように。どうやら操舵室の海図台の上にトレーを置こうとしたところ、海図と器具の管理でぴりぴりしている操舵員の不興を買い、追い払われたようだ。今はみじめそうにトレーを持ち、艦の傾きに合わせて体を揺らしながら、そこに立っている。ナプキンの下でクリーム（クラウスが絶対にクリームを入れないとそろそろわかってもよさそうなものだが、いまだに持ってくる）とコーヒーが、トレークロスの上にどういうふうにこぼれているか、クラウスには正確にわかる気がした。今この瞬間にも、もっとひどいことになってもおかしくない。〈キーリング〉が波に乗りあげると、トレーは薄暗がりのなかで高く舞いあがり、また急降下した。唐突に、この貴重なコーヒーが床にこぼれでもしたらと考えるだけでも耐えられなくなった。クラウスはポットとカップをつかみ、バランスを取りながらカップに半分まで注いだ。一方の手にポット、もう一方の手にカップを持ったまま、もう一度バランスを取った。その瞬間、このコーヒーよりほかに欲しいものなどこの世にひとつもなかった。顔はまだしぶきで濡れていたが、口のなかはからからだった。火傷（やけど）するほど熱いそれを貪欲にすすり、もうひと口、それからぐいっと飲み干した。心地よい炎が喉を上から下まで通っていくのを感じた。野蛮人のように舌なめずりし、自分でカップにもう半分お代わりを注ぐと、タイミングを見計らってポットをトレーに戻した。

「そのトレーを床の上に置いて、片時も眼を離すな」クラウスは言った。

「アイアイサー」

また飲んだ。朝食を摂ってからまだ九時間しか経っていないのに、こんなに喉が渇き、腹が減ることがあるとは。思う存分コーヒーを流し込み、猛烈な空腹を満たして歓喜に浸りたいという考えが頭に浮かんだ。

「見張り員より報告、左艦首に砲火」電話連絡員が言った。

クラウスは無線通話機のもとに駆けた。この三分間、注意がおろそかになっていた。〈ヴィクター〉と〈ドッジ〉が矢継ぎ早に通信し、さかんなやり取りが飛び交っていた。訓練されたやり方が守られてはいたが、イギリス人らしい超然とした口ぶりはところどころほつれていた。

「方位、本艦から見て二七〇度だ」

「こっちはレーダー画面で捉えた」

「照明弾を発射する。用意」

砲火。照明弾。つまり浮上したUボートがいる。それに方位二七〇度。Uボートは護衛艦の防御網を破り、船団に向かって突き進んでいるということだ。上空に照明弾が打ちあげられ、左舷正横より前方の闇が突如として変化した。まばゆい白光がパラシュートにぶらさがっている。波頭が光を受け、左舷正横付近に、船団最右列先頭船のシルエットが逆光で浮かびあがった。〈キーリング〉はふたたび戦場に帰ってきたのだ。

「ジョージよりディッキーへ！　ジョージよりディッキーへ！　本艦はこれより船団前方を横切る。注意しろ」

「了解」

「ハーバットくん、私が操艦指揮を執る」

「アイアイサー」

「取舵いっぱい。面舵に当て。ようそろ」

「現在、針路——」

クラウスは読みあげられた数値を聞こうともしなかった。自分の思惑どおり、近づいてくる船団の暗い鼻先をかすめて〈キーリング〉が進んでいるのを見て満足した。照明弾が消えた。減速してソナーを打つか？　そんな時間はない。そんな必要もない。潜水艦は浮上しているのだ。クラウスは伝声管のベルを鳴らした。が、時を同じくして戦闘が始まった。

「潜水艦、右艦首四五度。距離三千二百」

「艦長より射撃指揮所へ。命令あるまで打ち方待て」

次は伝声管に向かって言った。「船団とぎりぎりの距離を保てるよう見ていろ」

無線通話機のもとに向かおうとしたところで、まだそこでトレーを見張っていたフィリピン人の司厨員にぶつかり、危うく転倒しそうになった。「下に行ってろ！」

今度は無線通話機に向かって。「ジョージよりディッキーへ。ジョージよりディッキーへ。もう一度照明弾だ」

クラウスは右舷側のブリッジウィングに出ると、あらゆるものを覆っている氷の上で踏ん張った。

「潜水艦、方位〇四二度。距離二千九百」

距離だけでなく、方位も変化している。前方の暗闇のなかのどこかで、Uボートが〈キーリング〉の艦首方向を横切り、船団に向かおうとしているのだ。〈キーリング〉が傾き、大波に突っ込んだ。そのとき、それはやってきた。暗い空を切り裂く黄金色の筋。天に吊るされた光の奇跡。海を照らし、波頭を照らし、船という船を照らす。まぶしい白。月光のように明るい白。そしてそこに。〈キーリング〉の右艦首、三キロと離れていない前方に、銀色の水の上をこそこそと急ぐ灰色の姿が。羊たちの群れに向かって全速力で突き進む灰色の狼が。

「射撃指揮所。打て！」

Uボートは驚いたにちがいない。こうして砲撃が開始されるまで、駆逐艦が船団のまえを横切って迎撃に駆けつけているなど夢にも思っていなかったはずだ。眼もくらむ閃光と耳をつんざく轟音とともに砲弾が発射された。クラウスは手袋をはめた手の片方を両眼の上にかざし、もう片方の手でつるつるした手すりをつかんだ。敵は非常に近い位置にいるが、その距離は方位と同じく急激に変化している。それに海が荒れている。だが、一発くらいは命中したかもしれない。砲撃が終わるとクラウスはもう一度確かめた。クラウスのように立て続けの閃光で眼がくらまなかった者は艦内にそう多くなかった。灰色の姿が見える。〈キーリング〉にも船団にもかなり近い。様子もちがっている。艦首波がはっきり見てとれる。Uボートは変針し、まっすぐ船団に向かっていた。照明弾はまだほとんど明るさを失わず、空中で燃えていた。イギリスのこの照明弾はクラウスがこれまでに見てきたなかで最も高性能な照明弾だった。またも閃光と轟音が眼をくらませ、耳をつんざいた。今度は右舷側の四十ミリ機関砲も火を噴いており、五インチ砲のワンオー、ワンオー、ワンオーという半狂乱の轟音に対し、トンク、トンク、トンクと大きな音でリズムを刻んでいた。クラウスは片手を眼の上にかざしたまま、手すりを伝って操舵室に戻った。

「目標が変針しています」騒音を遮って電話連絡員が言った。

閃光に眼がくらんだ砲撃手たちが目標を見失い、砲撃がやんだ。クラウスはかざしていた手をおろし、前方に眼を凝らした。

「正艦首に船！　正艦首に船！」

下から叫び声がした。伝声管を通さなくても聞こえるほどの声だった。

「取舵！　いっぱい！」クラウスは叫んだ。

その瞬間、クラウスは恐ろしいものを眼にしていた。列のひとつの先頭船が定位置よりはるかに前方に、少なく見積もって二百メートルは飛び出していたのだ。黒くそびえる船影が〈キーリング〉の艦首に迫っていた。

高速で左にめいっぱい舵を切ったため、〈キーリング〉は大きく傾いた。電話連絡員や士官たちはよろめき、必死にバランスを取ろうとした。〈キーリング〉は猛烈に旋回し、そのひずみのせいで艦全体がうめいているようだった。

「取舵いっぱい」暗闇のなかから操舵員の声がした。

〈キーリング〉は旋回を続けていたが、黒い船影はどんどん目前に迫っていた。

「見張り員より報告、正艦首に船」電話連絡員が言った。この張りつめた空気のなか、今ごろになって発せられる警告が滑稽だった。〈キーリング〉は波の上を滑って旋回していた。艦橋のすぐ脇に商船の高い上部構造物が見えた。誰かがそこから声をかぎりに叫んでいるのがはっきりと聞こえた。正面衝突は免れたが、まだ艦の右舷後方が商船にぶつかる危険がある。

「面舵に当て！　面舵いっぱい！　取舵に当て！」

不意に視界から商船が遠ざかった。〈キーリング〉は今、船団の縦列と縦列のあいだを飛ぶように進んでいた。両舷に巨大な塊となった暗い船たちが見えた。

「両舷前進原速」

命令が下に伝えられた。

「機関室より応答、両舷前進原速を了解しました」〈キーリング〉の振動が収まるにつれ、操舵室内の緊迫した空気も和らいだようだった。

レピーターコンパスのわずかな明かりと、速力通信機の文字盤を通して見えるほのかな光だけがあった。〈キーリング〉は船団がかきまぜた海の上で動揺していた。突然の静寂が訪れ、両舷側をのろのろと進む船団の船首波の音さえ聞き取れるかに思えた。だが、この静寂の時間は二秒としないうちに終わった。右舷側で信号弾が一発打ちあげられ、破裂した。機銃が攻撃を始めた。右舷後方で巨大な炎の幕が突如として天を衝き、すさまじい爆発音が操舵室を揺るがした。先ほどもう一歩のところで仕留めそこねたUボートが、船団の一列向こうで破壊のかぎりを尽くしているのだ。〈キーリング〉の右艦首に当たる狙いすましたオレンジ色の炎がにわかに近く、明るくなった。次の瞬間、あたり一面で激しい不規則な音がした。金属の耳障りな甲高い音、それよりは音楽的なガラスの落ちる音。縦列の最後尾の船の誰かが、この暗闇と興奮のために駆逐艦とUボートの区別をつけられず、眼についた〈キーリング〉に五〇口径機銃を乱射したのだ。操舵室の前面、クラウスの頭上すれすれのところが左から右まで掃射され、窓ガラスが内側に割れた。冷たい空気が流れ込んでくるのを感じた。戦場で〈キーリング〉が初めて受けた攻撃、クラウスの生命を初めて脅かした銃弾は味方の手で発射されたものだった。しかし、この問題について考えている暇はなかった。

「負傷した者は？」クラウスは反射的に尋ねたが、返事は待たなかった。

黒い船影は消えており、あたりには何もなくなっていた。右舷正横の彼方、燃えあがる船の炎に照らされているあれは何だ？

「面舵いっぱい！」

Uボートの上部構造物だ。海上で波に持ちあげられている。

「面舵いっぱい」

〈キーリング〉と張り合うように船団の隣の列に入り込んだUボートだ。

「取舵に当て！　ようそろ」

波が持ちあがり、さがったときにはUボートは姿を消していた。急速潜航したにちがいない――それとも今のは眼の錯覚か？　ちがう、確かに見た。〈キーリング〉が艦首を向けている方向の九百メートル前方に。クラウスはじっと時計を見た。

「爆雷用意、中深度設定！」肩越しに短く命じた。

背後でその命令を送話口に向かって伝える声がした――当直の砲術士候補、ポンド中尉だ。

「ソナーによる探索を始めろ」

潜航したUボートは船団の音を隠れ蓑にしようとするはずだ。

「面舵。舵戻せ。ようそろ」

「ソナーより報告。妨害音がひどいとのこと」

当然だ、三十隻以上の船のスクリューが同時に回転しているのだから。こちらの原速十二ノットで九百メートル。Uボートの移動距離も考慮に入れなければならない。合わせて三分といったところか。予測されるUボートの地点に到達しなければならない男にとっては絶望的なまでに長い時間だが、考慮すべきことがあまりにも多い場合は絶望的なまでに短い時間だ。

「ポンド中尉！」

「一番発射！」ポンドが言った。「二番発射！」

クラウスが振り向くと、ポンドのすぐうしろに水雷長兼砲術士のノース大尉がついているのが見えた。大いに結構。K型爆雷投射機が吠えた。艦尾方向を見ると、〈キーリング〉の航跡のなかで最初の爆雷が爆発し、海が下から照らされた。海中が燃えている。次の爆雷でもう一度。さらにもう一度。広い範囲にわたって。投射機から打ち出された爆雷が深度五十メートルで爆発し、同時に爆雷ラックからも次の爆雷が投下されている。水面下の炎は網膜への焼きつきだけを残して消えた。泡立つ海は炎上する船の赤い輝きをおぼろげに反射していた。

「面舵。ポンド中尉、反転して今度は別の深度に投下する」

「アイアイサー」

「舵戻せ。ようそろ」

炎上している船は〈キーリング〉の位置と針路を判断するうえで有益な基準になっていた。クラウスは先ほど爆雷を投下した一帯と遠ざかっていく船団とのあいだの水域に爆雷を投下するつもりだった。そこが一番可能性が高い。といっても、二キロほどの誤差があるかもしれない。

「ポンド中尉!」

「一番発射」ポンドが言った。「二番発射」

〈キーリング〉は炎上する船めがけ、一直線に進んでいた。クラウスが見ているうちにその船はどんどん大きく、明るくなっていった。そのあいだにも背後で爆雷が轟音と閃光を放っていた。前方の船からは炎が噴き出し、はるかな高みにあがっていた。船全体が炎に包まれているため、識別しようにもできない。次に激しい閃光が上空の雲を照らし、クラウスが立っている場所まで爆風が届いた。それから、とてつもない爆発音。そして何もなくなった。暗闇。沈黙。眼は何も見ず、耳は何も聞かず、それは感覚がゆっくりと戻ってくるまで続いた。まず耳が〈キーリング〉が海を切る音を捉え、次いで眼が周囲に点々と泡の浮く水面をぼんやりと捉えた。操舵室内の沈黙を破るものは、誰かの神経質な咳だけだった。

「前方に船です」伝声管が言った。「方位一七五度、距離一・八キロ」

〈カデナ〉が救助活動をしているのだろう。その方位だと、〈キーリング〉の左艦首付近ですれちがう。〈カデナ〉は船団の定位置に戻ったばかりだというのに、この新しい任務のためにまた引き返さなければならないのだ。

「船団の様子は？」

「三隻がずいぶん遅れています。一番近い船の方位が一六〇度、距離は三・七キロです」

すばらしい。これは朗報だった。〈カデナ〉以外に定位置を外れたのがたったの三隻とは。Uボートと駆逐艦が船団のまっただなかを突っ切り、そのどまんなかで船一隻が雷撃を受けたことを思えば。

海から叫び声がした。悲鳴だ。不安と恐怖の極致にあって、助けを求める人間の悲痛な金切り声。多少距離があるらしく、かすかにしか聞こえないが、とてもはっきりしている。それがかえって、事態が急を要することを物語っていた。

「左艦首付近に何かある！」左舷側の見張り員が報告した。

暗い海面に暗い何かがあり、そこからまた荒々しい叫び声が聞こえた。生存者たち――少なくとも一名の生存者――が船の残骸か救命ゴムボートに乗って浮かんでいた。幸運な男たち。炎に包まれるまえに船外に身を投げ出して、そこに浮かんでいたゴムボートを見つけたか、いや、たぶんあらかじめ海にボートを投げ落としておいたのだろう。さらに幸運なことに、最期を迎えようとしていた船が漂流していき、その場に取り残されたおかげで、爆死を免れた男たち。それを幸運と呼べるだろうか？　凍死するのも時間の問題、分の問題だ。〈カデナ〉に注意を呼びかけるか？〈カデナ〉は二キロ近く離れていて、こちらから接近して拡声器で呼びかける以外に知らせる手立てはない。知らせたとしても、あんなに小さな物体だ。見つけられずに終わるだろう。それに〈カデナ〉をもう二キロも船団から遠ざけてしまっていいものだろうか？　こちらを魚雷射程内に捉えたUボートがいるというのに？　答えは否だ。たとえひとりふたり、あるいは六人の命を確実に助けられたとしても、〈カデナ〉にはそれ以上の価値がある。では自分で救助に行くか？　キリスト教の博愛精神で？　北大西洋にキリスト教の博愛精神は存在しない。そんなことをすれば、この艦を危険にさらしてしまう。〈キーリング〉とその乗組員には商船の乗組員千人分の命と同じ価値がある。もしかしたら二千人分の。とはいえ、救助しないことのリスクはどのくらいだろうか？　ひとりでもふたりでも、人命には価値がある。このまま彼らを見殺しにして行けば、〈キーリング〉の乗組員たちは遅かれ早かれそのことに気づくだろう。それはどんな影響を与えるだろうか？　よくない影響だ。それに国際親善はどうなる？　生存者の命を救うことは連合国の結束を強めることにつながるかもしれない。彼らを救助すれば、連合国の結束が意味を持つ場所で、その話が徐々に広まっていくだろう。

「面舵いっぱい」それから伝声管に向かって言った。「ここに戻るための針路を教えてくれ」

命令は瞬時にくだされていた。クラウスの剣先が震え、ぐるぐると円を描いていたのは、かわし（デガジェ）と突き（ファント）、そのどちらにも対応できるようにしておくためだったからだ。平時に百回も繰り返してきた落水者救助訓練から、少なくともこれが難しい作業であること、迅速な行動が必要不可欠であることはクラウスの頭に叩き込まれていた。

「両舷前進微速。六ノットとせよ」

「六ノット。機関室より応答、六ノット」

「副直士官は誰だ？」

「自分です、艦長」暗闇から声がした。「ウォレスです」

「急ぎ、左舷に行け。救命索を準備しろ。二、三人に持たせて海に投げられるようにしておけ」

「アイアイサー」

「救助が完了したらすぐに大声で知らせろ」

「アイアイサー」

次は操艦術だ。舵をいっぱいに切ったことで、〈キーリング〉のスピードは急速に落ちつつあった。チャーリー・コールの声が伝声管越しに位置を知らせてきた。しかし、もう一度その暗い物体を目視したところ、艦の左舷風下側にそれを位置させるには、もっとまわり込む必要がありそうだった。次の命令は正確なタイミングで出さなければならない。横っ腹に吹きつける風が〈キーリング〉を押しはじめ、一段高くなった艦首楼を打つ風が艦体を旋回させはじめるタイミングで。そこまで考えに入れなければならない。落水者救助訓練ではサーチライトをつけ、救命ボートを準備し、転落位置がわかるように照明つきの救命浮き輪を投げることになっているが、今はそのいずれもできない。

「両舷後進半速」

「両舷後進半速。機関室より応答、両舷後進半速」

「両舷停止」

「両舷停止。機関室より応答、両舷停止しました」

ここからの数秒がまた難しい。〈キーリング〉は停止し、波になされるがままに揺られていた。ソナーがまだ鳴っていた。右舷側の海の音と艦を取り巻く風の音のせいで、左舷側から聞こえてくる小さな物音はほとんどかき消されていた。操舵室内は沈黙していた。

そのとき、下からウォレスの声がした。

「全員乗せました！　救助完了です！」

「舷外には何もないな？」

「ありません。前進準備よし」

「両舷前進原速」

「両舷前進原速。機関室より応答、両舷前進原速」

「取舵。面舵に当て」

これはその場に残した救命ゴムボートを艦尾のスクリューに巻き込まないようにするための命令だった。

〈キーリング〉にもう一度生命が宿った。常ならず風の音だけが聞こえる静けさは終わった。伝声管に向かって言った。

「カデナはどこだ?」

「方位一八七度、距離千八百」

「面舵。針路一九〇度」

〈カデナ〉はまだ生存者を捜索しているにちがいない。この距離と方位ということは、〈キーリング〉が円を描いていたあいだに船団のもとに引き返そうとしていたわけではなさそうだ。

「浮流物、左艦首!」

「浮流物、右艦首!」

残骸。木甲板の破片。すのこ。ハッチカバー。爆発した船から吹き飛ばされた残骸。声はしない。暗闇のなかから現われたウォレスがクラウスの隣に立った。

「四名を救助しました。艦医に診せています。うち二名は火傷していますが、程度はわかりません。暗くて見えなかったので」

「よろしい」

若いウォレスが焼けただれた男たちを見なかったのは、まさに〝よろしい〟ことだったかもしれない。クラウスはこれまでに一、二度見たことがあったが、もう二度と見たくない。ウォレスがこの仕事を手早く片づけたことは覚えておかなくては。

左艦首に〈カデナ〉の船影が迫っていた。距離は一キロ弱。〈カデナ〉がどちらの方角に向かっているのか、注意深く見きわめなければならない。声が届く距離に横づけするため、慎重に操艦命令を出してから、クラウスは拡声器のもとに向かった。

「カデナ！」

かろうじて聞き取れる程度のか細い返答があった。声質からすると、向こうも拡声器を使っているらしい。

「こちらは護衛艦隊指揮官、キーリングだ。四名の生存者を収容した」

「こちらはゼロです」拡声器が言った。

「船団を追うんだ。針路は八七度。落伍船が出ていないか注意しておいてくれ」

「わかりました」

「取舵。針路〇〇〇度」クラウスは操舵員に言った。

真北は悪くない針路だ。その方位上のどこかに、先ほど〈キーリング〉が追跡して爆雷攻撃を仕掛けたUボートがいるかもしれない。可能性としてはほかの方位よりも高い。が、そのことに大して意味があるわけではない。北に針路を取れば、船団側面を目指しつつ、その方位を捜索しておける。船団後方での警戒を続けるか、もう一度船団のまえに出るか、捜索しているあいだに心づもりもしておける。

「射撃指揮所より報告」暗闇のなかで電話連絡員が言い、それから送話口に向かって言った。「もう一度お願いします」

数秒後、電話連絡員はまた口をひらいた。

「射撃指揮所より報告、二度目の砲撃時、潜水艦に一、二発命中させたと思うとのことです」

一、二発命中か。〈キーリング〉は潜水艦が船団のなかに突っ込むのを阻止できなかった。そこで少なくとも一発の魚雷を打たれ、こちらが再攻撃するまえに潜航されてしまった。潜航したと思ったのが、実は沈没だったら？　ちがう、それでは話がうますぎる。五インチ砲の砲弾は炸裂（さくれつ）するまえに潜水艦の上部構造物を貫通してしまうことがある。その場合、潜航性能は少しも損なわれない。

「報告者は誰だ？」

「ミスター・カーンです」

「よろしい。了解したと伝えろ」

カーンは正しいのかもしれないし、自分では正しいと信じているだけで、まちがっているのかもしれない。自分の楽観主義を押しつけようとしているだけかもしれない。現時点ではほとんど意味のないこの報告をするのに、艦が落ち着くまで待ったことは評価できる。が、カーンの分別と眼をどれだけ当てにできるかについて、なんらかの評価をくだせるほどにはこの若者のことを知らない。残念ではあるが、クラウスとしてはそう結論せざるを得なかった。

「船団の方位は？」クラウスは海図室に尋ねた。

「最左列最後尾の船が本艦の右舷正横、方位〇八五度。距離五・五キロです」

「よろしい」

反転して船団後方をもう一度捜索してみるとしよう。

「面舵。針路一七〇度」

今しがた艦橋に入ってきてレピーターコンパスをじっと見ているあの黒い影は、ワトソン航海長にちがいない。海図台の上に身を乗り出していたかと思うと、今度はそこで何かにつま先をぶつけ、がちゃんと金属音がした。もちろんそれは——言うまでもなく、クラウスのサンドイッチとコーヒーのトレーだった。床に置かせたまま忘れていた！　そう気づいた瞬間、激しい空腹と渇きが甦った。空腹が先で、次に渇きだったが、思い出した順番はともかく、喉の渇きのほうが切実だった。

「それは私のトレーだ」クラウスは言った。「食べるとしよう」

ワトソンはそれを神聖な海図台の上に置いた。

「きっと冷めていますよ。新しいものを取ってこさせましょう」

「伝令、新しいコーヒーポットを頼む。おまえが自分で持ってきてくれ。司厨員に頼むのではなく」

「アイアイサー」

けれど、待っていられなかった。空腹と渇きを覚えたのは何も今が初めてというわけではないのだ。手探りでコーヒーポットを探し当てた。まだ半分残っている。カップがどこに行ってしまったのかは皆目見当がつかなかったが、そんなことはどうでもよかった。ポットに直接口をつけ、石のように冷たくなったコーヒーを飲みに飲んだ。コーヒー豆のかすが口のなかに入ったが、一緒に飲み干した。がぜん食欲も湧いてきた。手袋をはめた手がサンドイッチと思われるものに触れた。それを両手でつかみ、がつがつと貪った。サンドイッチは今の今まで冷蔵庫に入っていたかのように冷たく、パンはぱさぱさで、同時にふやけてもいたが、大きくひと口かぶりつき、むしゃむしゃと咀嚼した。スライスしたパンのあいだに、マヨネーズを塗りたくった分厚いコンビーフが入っていて、その上に生のタマネギを厚めに輪切りにしたものがのっかっていた。多少なりとも生気を感じさせるのはタマネギくらいのもので、マヨネーズはパンの内側の表面から、すっかりなかまで染みていた。ふた口目で下のパンがこぼれたコーヒーのクリームを吸っていることに気づき、三口目で上のパンに濡れた部分があることに気づいた。割れた窓から入ってきた波しぶきを一、二度浴びでもしたのだろう。いずれもどうでもいいことだった。パンの塊が上あごにくっついたが、輪切りのタマネギは歯と歯のあいだでさくさくと音をたてた。暗闇のなかでかぶりつき、咀嚼し、飲み込んだ。四口目で唇に何かがぶつかった。実に不快な感触だった。サンドイッチをつかんでいる毛皮の手袋ごと嚙んでしまったのだ。五口目には手袋の風味が加わった。

「レーダーに輝点、艦尾方向！」伝声管から声がした。「方位〇〇五度。距離千八百」

「取舵いっぱい。針路〇〇五度」クラウスはサンドイッチの縁を左手に持ったまま命じた。

先ほど痛い目に遭わせた潜水艦にちがいない。どうしようもなくしつこいやつだ。砲撃を受け、爆雷まで投下されているのに、またぞろ顔を出し、スピードをあげてふたたび船団のもとに向かおうとしているとは。

「針路〇〇五度、ようそろ」操舵員が言った。

「目標、東に向かっています」伝声管が言った。「針路〇八五度、今のところ、一番近いと思われる数値ですが。方位〇〇六度。〇〇七度」

「面舵急げ、針路〇一〇度」クラウスは言った。

戦術上の問題は先ほどとほぼ同じだ。Uボートを先まわりする。攻撃すべきかどうかは? 近づけるだけ近づくまで控えたほうがいいだろう。一回でも斉射すれば潜航のきっかけを与えてしまう。この漆黒の夜なら、敵に姿を見られずに忍び寄れる可能性はそれなりにありそうだ。

「艦長より射撃指揮所へ。発砲はするな」

クラウスはブリッジウィングに出た。沈黙と風の音ばかりの闇のなかで声を張りあげるのは奇妙な感じがした。ありえないに決まっているが、千八百メートル先にいるUボートに声を聞かれはしまいかと心配だった。

「浮上した潜水艦が前方にいる。油断なく見張れ」

不用意に一歩踏み出したせいで、氷の張った甲板でまたも足を滑らせてしまった。手すりをつかんでから、食べかけのサンドイッチを手袋の手のひらの柔毛部分で押しつぶしてしまったことに気づいた。きっとひどいことになったにちがいない。暗いおかげでこの惨事を見ずにすんで感謝したいくらいだった。クラウスは手についたサンドイッチを手すりになすりつけようとした。

「目標、方位〇〇八度。距離千六百五十」

〈キーリング〉はUボートに迫っていた。

「艦長、無線通話です」ウォレスが言った。

〈ドッジ〉〈ジェイムズ〉〈ヴィクター〉がいっせいに艦間通話をしていた。彼らは船団前方で多くの目標を捉え、激戦を繰り広げている。〈キーリング〉がこうしてふたたび後方を捜索しているあいだに、彼らは船団前方で多くの目標を捉え、激戦を繰り広げている。とはいえ、こちらでも目標を捉えている以上、掩護には行けない。軽蔑されるだろうか？　クラウスは自分がどう思われようとかまわなかったが、護衛艦隊の結束にひびが入ることを恐れた。

「レーダー画面がひどく不鮮明です」伝声管からチャーリー・コールの声がした――重大な局面を迎え、いつものように海図室に戻ったのだ。「ですが、方位はほぼ一定のようです。〇〇八度――〇〇七度。距離千四百五十。千三百五十」

Uボートの見張り員たちが最初に発見するのは〈キーリング〉の艦首波だ。それは暗闇のなか、かすかな白として見えるだろう。それからもう一度よく確認しようとするはずだ。敵の見張り員たちは次にどうするだろうか。彼らは〈キーリング〉の艦影より先に艦首波を見る。艦の上部構造物がまだ見えないうちに、こちらの針路にだいたいの見当をつけるだろう。それで向こうの知りたいことはあらかた知られてしまう。船団の落伍船ならほぼ真北ではなく、ほぼ真東に向かっているはずだからだ。それにこのスピード。〈キーリング〉が出している十二ノットというスピードで見抜かれてしまう。Uボートは〈キーリング〉を敵とみなし、警報を鳴らすだろう。あとはこちらの上部構造物を見ることも、水中聴音機で〈キーリング〉の特徴的なスクリュー音を識別することもなく、潜航してしまう。ならば、もっとずっと東に変針し、速力を八ノットに落としたらどうだろう？　Uボートと交差する針路を取りつつ、うまく欺いてもっと接近できるかもしれない。そこまで考えたところではっとなった。そんなことをすれば魚雷の格好の餌食になってしまう。狩りに夢中になるあまり、獲物が恐ろしい武器を持っていることをすっかり忘れていた。思わず鼻をこすったあとで、押しつぶしてしまったサンドイッチのことを思い出したが、もう遅かった。冷たいマヨネーズが鼻についた感触があった。

「ソナーより報告。目標を探知。方位〇〇五度。距離不明」

「よろしい」

今の報告には大きな、とても大きな価値がある。

「チャーリー、ソナーとの方位差を把握しているか？」

「はい」とチャーリー。

より精度の高いソナーに合わせてレーダーを調整するチャンスだ。

「レーダーでは距離千二百。方位、約〇〇七度です」

Uボートがこちらの接近をここまで許しているのは、探知機の性能が〈キーリング〉のものほどにはよくない証拠だ。もしくは乗組員が油断しているのか、艦長が大胆不敵なのか。それ以上のことは報告を送って海軍情報部に分析してもらうしかない。

「レーダーから輝点が消失!」チャーリーが言った。「まちがいありません。消えました」

敵もようやくこちらに気づいて潜航したか。

「ソナーより報告。目標、方位〇〇五度。距離千百」

Uボートはまだソナーが届く範囲に留まっている。クラウスは艦内電話の受話器を取り、戦闘用回線を使って言った。

「こちらは艦長。当直のソナー担当は誰だ?」

「ブッシュネルです。それからマノン」

エリスが教育した二等無線員たちだ。

「エリスは非番か?」

「は」

「よろしい」

エリスを呼び出し、ソナーを担当させたい気がしたが、やめておいたほうがいい。この先も長い戦いが待ち受けている。エリスの体力と注意力もいざというときのために温存しておくべき戦力の一部だ。まだ使うべきではない。

「ソナーより報告。強い反応あり。方位〇〇〇度。距離九百メートル」

また例のかくれんぼ、テーブルの周囲をまわる追いかけっこだ。Uボートを迎撃できる針路に〈キーリング〉を動かさなければならない。

「取舵急げ、針路〇〇〇度」クラウスは命じた。

Uボートの針路を判断できる報告が入るまでは、目標を正艦首に据えたままにしておくことしかできない。

「針路〇〇〇度、ようそろ」

「よろしい」

「ソナーより報告。目標、正艦首。距離七百五十メートル」

ということは、〈キーリング〉はUボートのまうしろを取ったということか。敵はじきに旋回するはずだが、左と右のどちらに舵を切るかはまだわからない。

「ソナーより報告。目標、正艦首。距離六百五十メートル。五百五十メートル」

「艦長、やつは動いていません」思いがけず背後から声がした。ポンド中尉にちがいない。

「ありがとう。私もそう考えていたところだ」

「ソナーより報告。目標、正艦首。距離四百五十メートル」

冷水層でじっとしているつもりか？　ありえなくはない。だが、それよりも可能性が高いのは――

「ソナー、感度なし」

むくむくと頭をもたげていた疑念が確信に変わった。〈キーリング〉が追跡していたのは〝欺瞞気泡（ピレンヴェルファー）〟だったのだ。こちらが気泡を追いかけているあいだにUボートは逃走してしまった。ソナーが探知できないほど近くまで寄ってしまったわけではない。最後に探知していた時点での距離は四百五十メートル。ソナーの最短の探知限界距離まではまだ余裕があった。

「ソナー、感度なし」

失敗だ。完全にしてやられてしまった。いや、完全にではない。思いがけない幸運のおかげで。あともう少しだけ長く、あと五分も長く気泡が出つづけていたら、〈キーリング〉は今ごろきっと爆雷を投下し、さらに反転してもう一度投下し、幻を相手に爆雷と時間を空費していただろう。ソナーが失探するまえに抱いていた疑念は、爆雷攻撃を思いとどまらせるほど強いものではなかったから。

「面舵。針路〇八〇度」クラウスは短く命じ、伝声管に向かって尋ねた。「船団の位置は？」

「最も近い船の方位は〇八九度。距離七・五キロです」

「よろしい」

「針路〇八〇度、ようそろ」

「よろしい」

船団最左列に接近し、船団の後尾付近をもう一度捜索しなければならない。

「二キロまで近づいたら報告しろ」

「アイアイサー」

艦内が慌ただしくなり、いくつかの人影が操舵室に入ってきた。当直が交替する二〇〇〇時になったのだ。必死に頭を働かせたのと戦闘のせいで、時間が飛ぶように過ぎていた。〝千年といえども主の御眼には昨日のように過ぎ去り、夜の見張りのひとときのよう〟クラウスの隣で誰かがハーバットの声と話し、敬礼をしたようだったが、ほとんど見えなかった。

水曜日　初夜直　二〇〇〇～二四〇〇

「当直を外れたことを報告にまいりました。針路〇八〇度。原速十二ノット。現在、第二配置に就いています。未実行の命令はありません」

「現在の当直士官は？」

「カーリング大尉です」

「よろしい。ハーバットくん、眠れるうちに眠っておけ」

「アイアイサー」

「カーリングくん！」

「は！」

カーリングに戦況を伝えておく必要があった。艦橋に来る途中、海図室で情報を与えられているはずだが、そこから明確なイメージをつかめていない可能性もある。予想されるUボートの位置と針路、もう一度迎撃するための計画を伝えておかなければ。自分が別の問題の対応に追われるようなことがあれば、その場でカーリングに操艦指揮を委ねなければばならなくなるかもしれない。気を失って倒れることも考えられるし、流れ弾が次は自分に当たるかもしれない。その場合もやはり、一時的にしろ、カーリングに指揮を任せなければならない。

「理解できたか？」できるだけ簡潔明瞭に説明してから、そう訊いた。

「は」

カーリングの声音から積極性は微塵も感じられなかった。いつもどおりだ。殺気立った熱意のようなものもない。この期におよんで、海軍に入ったことを後悔しているのかもしれない。まあいい、有能な士官もいれば、そうでないのもいる。チャーリー・コールが報告に来ているのに気づき、クラウスはほっとした。

「三直と四直が当直に就いています。食事は全員すませています。一直と二直は今、食事を摂っているところです」

「ありがとう、少佐。食事が終わったら少し睡眠を取らせてやってくれ」

「アイアイサー。艦長はどうなさいますか？」

「私はまだ疲れていない。今は艦橋を離れられないが、一直と二直には心機一転して零時から四時の当直に臨んでもらいたい」

それに、夜明けまえに総員戦闘配置を発令することになっているから、彼らの次の非番の時間はその分短くなってしまう。今のうちに眠れるだけ眠らせておくべきだ。

「そのように手配します。ですが、私が静かにさせないかぎり、ほとんどの者は興奮して寝つけないでしょう」

「なら、静かにさせてくれ」

「やってみます」

「それと、君もひと眠りするように」

「やってみます」

「よろしい。ありがとう、少佐」

「ありがとうございます、艦長」

クラウスは時計を見た。欺瞞気泡に気づいて針路を変更してから十五分以上が経っている。あの地点はすでに五、六キロ以上後方だが、船団までの距離はまだ二キロも縮まっていないだろう。時間はあるし、便所がだいぶ近くなってきたので、今のうちにもう一度行っておこう。そう考えたら、もう一刻も我慢できなくなった。

「カーリングくん、操艦指揮を執れ」

「アイアイサー」

クラウスは赤いサングラスをかけ、駆け足で階段をおりると、ファイバーグラス製のカーテンをくぐった。眼がすっかり暗闇に慣れていたので、赤いサングラスをかけておけば上に戻った際にまた暗順応するのを待たずにすむ。手探りで進んだ。トイレにたどり着くやいなやベルが鳴り、伝声管から声がした。

「艦長！　レーダーに輝点です！」

　伝声管越しではあったが、カーリングの声はクラウスがいる場所からでも充分に大きく、切迫して聞こえた。対応の遅れは避けられなかった。操舵室に戻ったときにはたっぷり一分は経過していたにちがいない。クラウスが真っ先にしたのは下の海図室に呼びかけることだった。

「艦長だ」

「輝点の方位二一九度。距離七千三百メートル」

「よろしい。カーリングくん、私が操艦指揮を執る。現在の針路は？」

「〇八〇度です」

「面舵いっぱい。針路一七〇度。カーリングくん、今度同じことがあったら、次は目標のほうに回頭しておくように」

「アイアイサー」

　カーリングがほぼ確実に潜水艦から遠ざかる針路を維持していたせいで、かなりの時間を空費していた。この男に操艦指揮を任せて下におりるべきではなかった。

「針路一七〇度、ようそろ」

「よろしい」

「輝点の方位二一八度——二一七度。距離七千百」

距離が急速に縮まっているが、方位も変化している。予想どおりだ。Uボートはまた〈キーリング〉の艦首方向を横切り、船団に追いつこうとしている。欺瞞気泡を放ったあと、右に十二点——一三五度——ほど旋回し、危険が去ったとみて再浮上したのだ。Uボートは七キロほど離れた地点にいる。前回の遭遇時、〈キーリング〉は潜水艦の艦首右舷側にいた。少し針路を変えてやれば、今度は潜水艦の艦首左舷側から同じように迎え撃てるだろう。しかし、先ほど敵は間一髪のところでこちらに気づき、潜航して難を逃れた。背後から忍び寄ったほうがいいだろう。前方はしっかり見張っていても、後方の監視はおろそかになっているかもしれない。Uボートを〈キーリング〉と船団のあいだに挟むのは危険だが、それがいい結果を招くかもしれない。潜水艦との現在の距離は七キロ。

「輝点の方位二一六度。距離六千八百」

この問題に三角法を当てはめて考えるため、クラウスは眼を閉じた。たとえ暗闇のなかであっても、そのほうが集中力が増す。次の方位と距離が読みあげられるのが聞こえた。この問題を下の海図室に伝えて代わりに解かせることもできるが、それは自分の考えを誤謬(ごびゅう)なく説明できればの話だ。時間もかかるし、挙げ句、見当ちがいの答えが返ってくる恐れもある。もう一度方位と距離が読みあげられるのを聞き、心を決めた。今の状態では、潜水艦が安全圏より少しだけまえに出るのを許してしまっている。クラウスは眼をあけ、命令を出した。

「取舵急げ、針路一六五度」

舵を取っているのはマカリスターだった。また当直がまわってきたのだ。当直士官が当てにならなくても、頼りになる操舵員がいれば心強い。

「敵の背後から忍び寄るつもりだ、カーリングくん」クラウスは言った。

「は、はい」

ちっとも複雑なことではないのに、カーリングは戦況をよく理解できていないようだった。奇妙なことだが、事実そうなのだ。この半時間ほど艦橋にいたのなら、戦況は火を見るより明らかなはずだ。だから戦況が複雑なせいではない。カーリングのこの呑み込みの悪さは緊張によるものだろう。クラウスはそう気づきはじめていた。過度の興奮か動揺か、ひょっとすると恐怖のあまり頭が働いていないのだ。そういう性質の男は確かにいる。クラウスは自分も今朝、武者震いに襲われたことを思い出した。興奮で手を震わせもしたし、職務怠慢という罪を犯してしまったことも一度ならずあった。カーリングはがちがちに緊張しているのかもしれない。しかし今朝、総員戦闘配置を発令するレバーに手をかけていたことはどうだ？　あれは当直士官の責任から逃れたいという不安の表われだったようにも思える。まあいい、これ以上カーリングにかかずらっている暇はない。幸い、先ほどから読みあげられている方位と距離はクラウスの頭に刻み込まれていた。

「目標の針路と速力は？」伝声管で海図室に尋ねた。

「針路〇八五度、速力十一ノットです。おおよそ、ですが」

　おおよそであろうとなかろうと、クラウスが見積もった数字と一致していた。

「現在の針路だと、どのあたりで敵の航跡を横切る？」

「敵の二キロほど後方、いえ、もっと後方かもしれません。三、四キロ以内です」

「よろしい」

　狙いどおりだ。方位は変化しているが、距離は着実に縮まっている。さあ、砲撃か爆雷か、また例の問題だ。砲撃の閃光は眼をくらませる。重大な局面でこちらの視力が奪われるリスクはあるが、砲が命中する可能性に賭けてみるべきか？　近距離ならどうだ？　だが、海は荒れているし、距離もめまぐるしく変化している。艦を思いどおりに動かすだけで精いっぱいだ。砲撃はよすとしよう。

「当直の水雷士官は？」

「は、自分です」

　若手のサンド中尉だった。女性関係のトラブルで家庭が揉めているが、海の上では傍目（はため）にはしっかりした士官だ。

「近距離への爆雷投射用意。目標の頭上を高速で通過する。ぎりぎりまで引きつけろ。設定は浅深度だ」

「近距離投射。浅深度設定。アイアイサー」

この命令を出すことはさらなる可能性に賭けることだった。潜水艦が潜航するのにさして時間はかからない。水上で不意を突かれた潜水艦はまずまちがいなく、出せるかぎりのスピードで深く潜ろうとするはずだ。クラウスは相手が深く潜るだけの時間はないと踏んでいた。この読みが当たれば、深深度設定の爆雷は敵よりはるかに深い地点で爆発し、損傷を与えられない。爆雷はUボートの真横付近で爆発させる必要がある。

クラウスは艦内電話を使って呼びかけた。

「当直の機関士官は?」

返事をしたのはイプセン少佐だった。ということは、機関長のイプセンも休まなかったのだ。

「こちらは艦長だ。命令があり次第、二十四ノットを出せるようにしておいてくれ」

「二十四ノット、アイアイサー。海はかなり荒れています」

「わかっている。ほんの二、三分のことだ。艦に一度本調子を出させて、それがすめば原速に戻す」

「アイアイサー」

次は見張り員へ。電話連絡員のほうを振り返って。

「艦長より見張り員へ。次の回頭直後、浮上している潜水艦がほぼ正艦首に見えてくるはずだ。片時も油断するな」

クラウスは電話連絡員がこの命令を復唱するのを聞いた。

「見張り員よりアイアイサーと返答ありました」

「ソナーは待機していろ」

〈キーリング〉が発するソナーの音はただでさえUボートに捕捉されかねない。今から一、二分間、〈キーリング〉は無防備になる。そのリスクは引き受けなければならない。が、長時間にはならないはずだ。すぐに速力があがり、そのスピードが艦を守ると同時に、ソナーを無用の長物にする。ピーンという音がやむと同時におりた静寂は、不吉な予感をはらんでいた。

「目標、方位〇八七度。距離二千二百」

「取舵いっぱい、針路〇八五度」

これは〈キーリング〉の旋回にともなう前進距離を考慮に入れたかたちだ。

「目標、方位〇八五度。距離二千三百」

正艦首。

「両舷前進いっぱい。二十四ノットとせよ」

「両舷前進いっぱい。機関室、二十四ノットを了解しました」

「よろしい」

今がそのときだ。〈キーリング〉がスピードをあげはじめると、振動が強烈になった。クラウスは右舷側のブリッジウィングへ、真っ暗闇のなかへ出た。〈キーリング〉は十三ノットの速力差で潜水艦を追いかけている。四、五分で見えてくるはずだ。そこから敵の直上を通過するまでにもう二分半といったところか。それだけの時間があれば、水上の潜水艦は余裕で潜航できる。その時間をもっと短くしたい。今はまうしろから追いあげているから、すぐには気づかれないはずだ。敵が深く潜ったり、遠くに逃げたりする時間はないだろう。

「目標、方位〇八五度。距離二千百、二千」

〈キーリング〉はなおも速力を増していた。左艦首が海面にぶつかると衝撃音が聞こえ、艦が震えるのを感じた。波しぶきがクラウスの顔に勢いよくかかった。艦は半狂乱になって跳ねあがっていた。スクリューが海面から飛び出したら、タービンをやられてしまうかもしれない。

「距離千八百、千七百」

視界がどれくらいあるかわからないが、当てずっぽうでいえば一キロ弱くらいだろうか。

「千六百、千五百」

クラウスは息を呑んだ。いや、ちがう。あれはただの波頭だ、自分が探しているものではない。甲板は不安定で足元が滑り、手袋をした手でつかんでいる手すりも凍っていて頼りにならなかった。クラウスは本能的にまっすぐ立ち、かぎられた視界を少しでも広げようとしていたが、あきらめて身を乗り出し、方位盤に向かって両腕を伸ばすと、両脇でがっしりと抱え込んだ。

「一千、九百」

〈キーリング〉が激しく揺れ、眼下の主甲板から水があふれる音が聞こえた。

「前方に潜水艦！　〇〇五度、〇〇五度！」

　クラウスも見た。波頭の上に。墨を流したような闇に浮かぶ硬質な何かを。

「面舵！　取舵に当て！」

　また見えた。

「取舵！　面舵に当て！　ようそろ！」

〈キーリング〉が波の面（おもて）を滑降し、前方の別の波の上に乗りあげるあいだも、艦首はぴたりと敵に向けられていた。また見えた。約四百メートル。一分で追いつく距離だ。消えた？　しばらく確信が持てなかった。隣にサンドが立っていた。サンドはうねる甲板に二度足を滑らせたが、片方の腕を支柱に巻きつけ、体を支えていた。

「一番発射！　二番発射！　爆雷投射機、発射！」

「両舷前進原速。面舵」

艦の後方に眼をやると、雷雲のなかで稲妻が光るように、上下する黒い海のなかで爆雷が爆ぜていた。

「機関室、両舷前進原速を了解しました」

「よろしい。操舵員、針路読みあげ」

「現在一一〇度。一二〇度。一三〇度」

〈キーリング〉は舵に合わせて身を傾けながら、変わりつつある針路と減じつつある速力に戸惑うように揺れていた。

「一六〇度。一七〇度」

「サンド中尉、次は深深度設定で遠距離に投射しろ」

「深深度設定、遠距離に投射、アイアイサー」

「用意」

「アイアイサー」

「二一〇度。二二〇度」

すでに攻撃した地点に隣接する海域を攻撃するため、〈キーリング〉は完全な円を描こうとしていた。

「ソナーによる捜索を再開しろ」

「一四〇度。一五〇度」

「ソナーより報告。計器混乱中」

「よろしい」

どのみちまだスピードが出すぎているし、〈キーリング〉の航跡が描く渦と爆雷による水面下の渦もソナーに干渉している。

「一八〇度。一九〇度」

〈キーリング〉は後方から波を受け、船酔いをもよおす動きで艦尾をもたげると、海面の上で身をくねらせた。

「二〇〇度。二一〇度」

外の闇夜のなかで何かが起きているのだろうか？　破壊された潜水艦が浮上している？　海中深くで圧壊している？　生存者が水中で必死にもがいている？　どれも可能性としてはありえるが、どれもちがう気がする。

「二二〇度」

「ソナーより報告。表示はなおも混乱中」

「よろしい」

「二三〇度」

先ほどのコースに平行して、隣接する海域にもう一度攻撃を仕掛けるため、クラウスは頭のなかで〈キーリング〉の旋回半径を図に描いていた。潜航し、爆雷攻撃を受けた潜水艦が次にどう出るか。それを知るすべはなく、推測するすべも皆無といっていい。どの方向に転舵していてもおかしくないし、制限があるとはいえ、どの深度に潜航していてもおかしくない——が、思いきり深く潜っている可能性が高い。

「深深度設定、準備できています」

「よろしい。針路を二六七度に」

「針路二六七度、了解しました」

「よろしい」

周囲に見えるものは何ひとつなかった。

「針路二六七度、ようそろ」

「よろしい」

待つのだ。〝主を待ち望む者は新たなる力を得る〟と『イザヤ書』にある。

「ソナーより報告。計器混乱中」

「よろしい」

〈キーリング〉がもう一周するあいだに海中の状態とソナーが元どおりになることは期待できないだろう。今が頃合いだ。

「サンド中尉、今だ」

「一番発射！」サンドが言った。「二番発射！」

艦尾の海中にふたたび稲光が走った。〈キーリング〉の航跡のなかに白い水柱があがったのがかろうじて見えた。最後の一発が爆発してから一分待て。

「取舵。針路〇八七度」

反転してもう一度平行に薙ぎ払おう。

「サンド中尉、もう一度、深深度設定だ」

「アイアイサー」

「ソナーより報告。計器混乱中」

「よろしい」

「針路〇八七度、ようそろ」

「よろしい。サンド中尉、食らわせてやれ」

先ほどの爆発に平行して、もうひとつ楕円形の爆発。クラウスはカスコ・ベイの対潜学校の課程を修了し、イギリスが潜水艦との二年半におよぶ戦いで得た知識のすべてをまとめた無数の機密文書を、苦労の末に読み通していた。数学者たちはその才能と創意工夫とでもって、海中の潜水艦に爆雷が命中する確率、しない確率を導き出そうとしてきた。このうえなく感度の高い測定機器が考案され、このうえなく強力な兵器が開発されてきた。なのに、Uボート艦長の心理、すなわち敵が左右のどちらに転舵するつもりなのか、海中深く潜るか海面近くに留まるつもりなのかについて、単純な推測から確実な読みを導く方法を考えついた者はひとりもいなかった。それに駆逐艦の艦長に忍耐力、粘り強さ、判断力を提供してくれる装置も存在しない。

「面舵、針路二六七度。サンド中尉、もう一度深深度設定だ」

「アイアイサー」

「針路二六七度、ようそろ」

「よろしい。サンド中尉！」

「一番発射」サンドが言った。

このパターンで攻撃したあと、最後にもう一度攻撃しておく必要がある。爆雷を投下した一帯を斜めに通過し、それから北に向かい、東に戻り、もう一度旋回して南西に向かうよう操舵命令を出した。目標を再探知すべく、ソナーが海の深みを探っていた。報告すべきものは何もなかった——感度なし、感度なし。それまでの規則正しい航行とは裏腹に、艦は暗闇のなかをあてどなくさまよっているようだった。

「艦長！」クラウスとともにブリッジウィングから外の暗闇を見つめていたサンドが言った。刺すように冷たい風が吹いていた。「艦長、何かにおいがしませんか？」

「におい？」

「はい」

クラウスは反射的ににおいを嗅いだ。もう一度、吹きすさぶ風の冷たい空気を鼻から吸い込んだ。こんな状況でにおいを確かめるのは容易ではない。とりわけ今は、何かのにおいを嗅ぎ分けようとすると、前回の当直時間中に食べた生タマネギのにおいが気になってしょうがない。だが、サンドが言っているのがこのにおいのことであるはずはない。

「消えました……いえ、またにおいます。カーリング大尉にも訊いてみてよろしいでしょうか?」

「かまわん」

「カーリング大尉、何かにおいがしませんか?」

カーリングも出てきて、クラウス、サンドと並んでくんくんと鼻を動かした。

「油か?」カーリングは言ったが、自信はなさそうだった。

「私もそう思いました。艦長はどうですか?」

油! だとすれば、敵は相当な被害を受けたことになる。大量に漏れていれば、海中から二キロほどの範囲に油の湖が広がり、撃沈まちがいなしの証拠になる。もう一度嗅いでみた。確信は持てなかった——というより、なんのにおいもしないというほうが近かった。

「なんとも言えないな」

「そこの見張り員!」サンドが呼ばわった。「油のにおいがしないか?」

「今はしません。少しまえはしたような気がしますが」

「艦長、お聞きになりましたか?」

三人で眼下の暗い海を見つめたが、揺れる艦橋からはほとんど何も見えなかった。もし油が海面に浮いていても、こう暗くては見分けがつかない。

「やはりなんとも言えんな」

油が浮いていると確認できればどんなにうれしいだろうか。そう思ったことがクラウスをかえって疑り深くさせた。とはいえ、もともと自己分析をする習慣のないクラウス自身はそのことに気づいていなかったし、自分がそのような反応をしているとは夢にも思っていなかった。それはともかく、イギリス海軍省が動かぬ証拠を求めていることがクラウスに影響を与えていることはまちがいなかった。

「私も今はにおいを感じません」とサンド。「最初ににおいを感じた地点から、もうだいぶ遠ざかりましたから」

「いや」クラウスは言った。この言葉にはまったく感情が込められていなかった。この議論についてはあらゆる感情を排除しようと固く決めていた。「とりたてて言うほどのことは何も認められない」

「承知しました」

クラウスの考えでは、文字どおり、とりたてて言うほどのことは何も認められなかった。報告書を書くときもこの件が言及されることはないだろう。クラウスは不充分な証拠で功を立てようとするような男ではなかった。〝すべてのものを吟味し、よいものを守れ〟それでも、撃沈した可能性があることが次の決断の決め手になった。

「先へ進もう」

ひとつの可能性ともうひとつの可能性を天秤にかけてみると、船団の後方にいてももう得るものはないように思えた。あの敵潜は沈没した可能性がある。そうでなくても海面下にいることは確かだし、しばらく潜ったままでいるだろう。おそらくだいぶ後方に遠ざかったので、かなりの長時間、こちらに害を与えてくることはない。今こそ船団前方に復帰し、ほかの三隻の護衛艦が繰り広げている戦闘に加勢すべきだ。クラウスの「先へ進もう」は意見を求めて出した提案ではなく、決意の表明だった。士官たちは一瞬の迷いもなくそれを理解した。

「カーリングくん、操艦指揮を執れ。実行可能な最大速力で船団の左側面に出たい」

「アイアイサー」カーリングが言った。それから一瞬の間があって、「ジグザグ航行はしますか？」

「いや」

どやしつけてやりたいくらいだった。暗闇のなかで〈キーリング〉に二十ノット以上出させようというこのときに、ジグザグ航行するかどうか尋ねるなど、どうかしている。が、カーリングがそんな馬鹿げた質問をしなければならなかったという事実そのものが、カーリングが自分を律しきれていない何よりの証拠だ。ここで厳しく叱責したら、この男は完全に自信をなくしてしまうだろう。逆に簡単きわまりない操艦を任せ、それをつつがなくこなさせれば、自制心を取り戻し、ゆくゆくは立派な士官に育つかもしれない。壊すことだけが駆逐艦長の責務ではない。育てることも仕事のうちだ。

とはいえ、カーリングに操艦を一任する必要があるからといって、艦橋を離れるわけにはいかなかった。どんな緊急事態にもただちに対処できるようにしつつ、頓着していないふりをしなければならない。クラウスは無線通話機のもとに行き、片耳を受話器に当てた。そうやってカーリングに背を向けながら、もう一方の耳でカーリングのしていることに聞き耳を立てた。カーリングの行動はいたって正常だった。海図室を呼んでクラウスの指示どおりに艦を動かすための針路を訊き、必要な操舵指示を出すと、速力を二十ノットにするよう命じた。

「ジョージよりハリーへ。ジョージよりディッキーへ。ジョージよりイーグルへ」クラウスは無線通話機に向かって言い、彼らの応答を待った。「本艦はこれより船団左側面に出る。ハリーは本艦に注意せよ」

「アイアイサー」

「本艦は船団内を通過した潜水艦を追跡していたが、撃沈できなかったようだ。連中の肝を冷やしてやったとは思うが」

カスコ・ベイで対潜戦を教えていたイギリス人士官は、前大戦時の陸軍の笑い話をよく引き合いに出していた。シラミを取ろうと、ふたりの歩兵が新発明の機械に服を入れる。

「なんだよ」仕あがりを見て、ひとりが吐き捨てるように言う。「シラミども、まだピンピンしてるじゃないか」

「そうだな」もうひとりが答える。「でもこいつら、さぞかし肝を冷やしただろうよ」

Uボートと駆逐艦の遭遇では、Uボート側が多少肝を冷やす目に遭うものの、無疵で逃れることがほとんどだ——というより、あまりに多い。海からUボートというシラミを一掃するには、息の根を止めてやらなければならない。間一髪で逃げられてしまうことを何度繰り返したところで、狂信的な愛党精神を持ち、デーニッツの鉄の手によって送り込まれてくるUボート艦長たちを怖気づかせることはできないだろう。

「こっちでは、肝を冷やしているのはむしろ我々のほうですがね」無線通話機から声がした。

これを聞いて胸がちくりと痛んだ。今のは当てつけだろうか？　護衛艦隊のほかの艦長たちは二年と半年にわたってこの戦争を戦ってきたが、制服の袖章が二本と半分しかないばかりに、二十ほど歳上とはいえ、敵に向かって砲撃すらしたことのない三本線のアメリカ人の指揮下に入る羽目になった。このめぐり合わせを彼らがおそらく腹立たしく思っているであろうことは、クラウス自身が一番身に沁みて感じていた。船団は海を渡らなければならず、連合国は結束してそれを護衛しなければならない。クラウスはたまたま階級が高かっただけのことだ。幸い、艦長たちはクラウスの心を同じように苦しめている別の事情には気づいていない。それはクラウスがある言葉、一見なんでもないようだが、実にいまいましい〝適格なるも保留〟という言葉で評価され、二度も昇進を見送られてきたという事実だった。クラウスがようやく中佐になれたのは、一九四一年の海軍拡張のときだった。

反対に、艦長たちがまちがいなく気づいているのは、今日、二度の危機に際し、護衛艦隊指揮官が船団後方に姿を消したことだ。そのどちらについてもクラウスは命懸けで戦い、〈キーリング〉はやるべきことをやった。それは〈キーリング〉が最も適任だったからだが、彼らはそうは思っていないだろう。指揮官が未熟だとか、あるいはもっとひどいことを言っている心ない者もいるかもしれない。そう考えるのはつらい、ほんとうにつらいことだった。腹立たしくもあった。クラウスは怒りに吠えくるってもおかしくなかったが、そうしないことが当然の義務だった。〝怒りを遅くする者は勇士(ますらお)に勝り、己の心を治むる者は城を攻め取る者に勝る〟怒らず、平板な口調で、ひとつひとつの言葉をはっきりと発音し、感情を微塵も見せない。それがクラウスの務めだった。

「本艦はそちらの十一キロ後方にいる。三十分以内に追いつくだろう。船団の左側面に出る。以上だ」

クラウスは千々(ちぢ)に乱れる思いを抱えて無線通話機から離れた。さっきの発言はただの軽口だったのかもしれないが、心にわだかまりが残った。

「ときにカーリングくん」クラウスは言った。今、無関心と冷静さを装わなくてはならないのは、別の理由によるものだ。「少なくともあと二、三ノットは出せると思う。試してみてくれ」

「アイアイサー」

クラウスは腹が減り、喉も渇いていた。飲み食いするなら今をおいてほかにないだろう。さっき伝令に取りに行かせたコーヒーポットはどうなった？　さっぱりわからなかった。わかっているのはまだ口にしていないということだけだ。最後に飲んだコーヒーは、そのひとつまえのポットに入っていた、氷のように冷たくなったものだ。しかし腹が減り、喉も渇いているというのに、ちっとも食欲が湧いてこない。緊張のせいで、食い物のことを考えるだけで気持ちが悪くなってしまう。が、このあとも求めに応じて動くために、是が非でも飲み食いしておかなければ。

「伝令！」

「は」

「士官室に行ってコーヒーポットとサンドイッチを持ってきてくれ。サンドイッチにタマネギは入れるなと司厨員に伝えておけ、でないと必ず入れられるだろうからな。できあがりを待って、自分で運んできてくれ」

「アイアイサー」

タマネギ抜き。もしまた油のにおいを嗅ぐ機会があったら、今度こそちゃんと確かめたい。それから、どうしてもというわけではないが、今のうちに下におりて用を足しておいたほうがいいかもしれない。いや。どうしてもというわけではないのなら、カーリングひとりに操艦を任せきりにするのはやめたほうがいいだろう。赤色懐中電灯に照らされた海図台のうえに覆いかぶさるようにして、操舵員が航海日誌をつけていた。さぞ難儀な仕事だろう。機関室からの定時報告もなしに、このところの〈キーリング〉の目まぐるしい動きを記さなくてはならないのだから。それでも操舵員はさらさらと書きつづけていた。艦内が慌ただしくなり、人の声と階段をのぼりおりする音が聞こえてきた。それで気がついた。もう当直交替の時間だ。この操舵員は早く非番になりたくて、それでこんなふうに航海日誌をつけているのだ。いくつもの人影が操舵室内に流れ込んできた。またひとつ当直が終わり、船団はまた六十キロほど安全な海域に近づいた。

木曜日　深夜直　二四〇〇～〇四〇〇

「いい仕事をしてくれた」操舵員の当直を外れようとしているマカリスターに対し、クラウスは声をかけた。「よくやった」

「ありがとうございます」

マカリスターが舵を取っていたからこそ、〈キーリング〉はまっすぐに敵の航跡を目指し、Uボートめがけて突き進めたのだ。

カーリングが暗闇のなかで敬礼して、当直を外れることを報告し、一見すると落ち着いた様子で決まり文句の口上を述べた。決まり文句といっても、その一言一句が重要だ。

「現在の当直士官はミスター・ナイストロムです」カーリングは報告を締めくくった。

「ありがとう、カーリングくん。よろしい」

クラウスは平坦な声で応じた。何かがおかしいと思わせてはならない。

「艦長、あのう、コーヒーをお持ちしました」

何やら情けない声がした。さっきの伝令がトレーを持って四つの階段をあがってきたのだ。艦は波に揺られているうえ、当直の交替で階段は混雑している。操舵室も人でいっぱいだし、トレーを置く場所は、例によって例のごとく、操舵員が厳重に見張っている海図台の上しかない。

「海図台の上に置け。操舵員、スペースをつくってやれ。伝令、ありがとう」

中途半端な時間にコーヒーを取りに行かせたせいで、伝令はたっぷり十分は休憩時間をふいにしていた。戦場では致し方ないこととはいえ、クラウスが時間に気を配っていれば、当直交替まで待つこともできたのだ。クラウスは毛皮の手袋から右手を引き抜き、手袋を左腋の下に挟んだ。手はかじかんでいたが、ちゃんと動いてくれた。暗闇のなか、手探りでカップにコーヒーを注ぎ、少しすすった。火傷しそうなほど熱い。はるばる下の士官室から運ばれてきたというのに、熱すぎて飲めないほどだ。それでも味と香りは申し分なく、胃が活動を再開した。このコーヒーを待ち望んでいた。クラウスは大きなカップ八杯のコーヒーを毎日の習慣にしていた。自分が中毒といっていいほどのコーヒー狂だという自責の念を、うしろめたさを感じながらも脇へ押しやっていた。

コーヒーを冷ましているあいだにサンドイッチをかじった。タマネギはなし。パン、冷たいコンビーフ、マヨネーズのみのサンドイッチ。暗闇で狼のようにかぶりつき、夢中で咀嚼した。この十六時間ほど休みなく動きまわっていたというのに、口にしたものはサンドイッチ半分だけだ。今度のサンドイッチはほんの数口で食べきってしまい、指についたマヨネーズを未練がましく舐めてからコーヒーに取りかかった。ちょうどいい熱さになっていた。世間一般で飲みごろとされているのより少し熱めが好みなのだ。カップから口を離さずに一気飲みし、期待に胸を弾ませながらもう一杯注いだ。ひと口飲んだところで〈キーリング〉が激しく縦揺れし、大きく傾いた。突然の揺れに合わせて足の置き場を変えなければならなかったが、カップは暗闇のなかで水平に保たれていた。次にひと口飲むと、艦がひときわ大きく上下し、上唇を通り越して鼻までコーヒーが飛んだ。滴があごから流れ落ちたが、残りはすべて飲み干した。三杯目が残っていることを願いながら、暗闇のなかでポットを揺すってみた。もちろん入っていなかった——これまでに三杯分も入っていたことはなかった。底のほうにほんの少し残っている感触があったので、それも飲み干した。

　ポットをもうひとつ取りにやらせようかとも考えたが、この誘惑は潔く退けた。道を踏み外し、自分を甘やかすつもりはない。ほぼ満足するまで飲めたのだから、コーヒーのことはきっぱりあきらめるべきだ。さっきはあまりに気が逸っていたので、トレーにかぶせてあったナプキンをどこかに放り投げてしまっていた。探そうにも、この暗さではどうしようもない。重ね着しているせいでハンカチも取り出せなかったが、真っ暗闇で誰の眼もないのをいいことに、手の甲で口のまわりを拭ってから元どおり手袋をはめた。少しの邪魔も入らずに飲み食いができ、食べ物と飲み物のおかげで世界が輝いて見えた。さっきからのふさぎの虫もどこかに消えていた。が、海図台から離れようと歩き出した途端、嫌でも脚の疲れを感じた。疲れに気づいたのはこのときが初めてだった。その瞬間、気づかなかったことにしようと決めた。揺れる甲板に立ち、十六時間ぶっ続けでバランスを取ったことなら、これまでに何度もある。まだやらなくてはならない任務がある。任務には昼も夜もなく、いつ終わるとも知れない。

「レーダー画面には何が映っている？」伝声管で下に訊いた。

下の誰かが距離と方位を知らせてきた。目視はできないが、船団は今〈キーリング〉の右舷正横後一キロ弱の地点に位置していた。それから五・五キロ前方に輝点がひとつ。

「イギリスのコルヴェット艦です」

「よろしい」

「画面が非常に不鮮明で、映像も途切れ途切れです」

「よろしい」

無線通話機に向かい、〈ジェイムズ〉に呼びかけた。

「ジョージよりハリーへ。聞こえるか？」

「ハリーよりジョージへ。聞こえます。感度三」

「本艦から見て、貴艦は方位〇八〇度に位置している。そちらのレーダーで本艦を捕捉しているか？」

「は、捕捉しています。方位二六二度、距離六・五キロ」

「よろしい。本艦は貴艦の後方を横切る。これより減速し、ソナーによる哨戒をおこなう」

「アイアイサー」

　クラウスは受話器を置いた。

「ナイストロムくん、原速に落とせ。ソナーによる捜索を開始する」

「アイアイサー」

「ジェイムズとヴィクターの艦尾を通過する針路に設定しろ。船団にあまり近づきすぎるなよ」

「アイアイサー」

　脚の疲れがぶり返し、ひどく苛々した。まだ疲れを感じている場合ではない。しかも食事を摂ったばかりだというのに、またふさぎの虫が顔を覗かせはじめ、暗い気持ちになった。そうなるとわかっていた。何しろ唐突に、苦々しい思いとともに、イヴリンのことが頭に浮かんだからだ。イヴリンと黒髪でハンサムなサンディエゴの若い弁護士のことが。それは暗い大西洋の夜、光を通さない漆黒の海の上で、波に揺られながら思い出すには恐ろしいものだった。今にして思えば、彼女がクラウスにうんざりしたのももっともなことだ。クラウスはつまらない男だった。口論もした。すべきではなかったが、洋上で過ごす時間が長すぎると文句を言われると自分を抑えられなかった。イヴリンが理解してくれなかったのは、ちゃんと説明できなかった自分の落ち度だった。もっと利口な男だったら自分の気持ちや使命感をうまく伝えられただろう。もう三年もまえの話だが、思い出の苦さは今も変わらない。

当時のことを思い出すのは、あらゆる意味で実際に経験するのと同じくらい苦痛だった。〝適格なるも保留〟——このおぞましい言葉はクラウスにとっては大きすぎるほどの意味があったが、イヴリンにとってはなんの意味もなかった。言い争いの日々。イヴリンと弁護士のことを初めて聞いたときの刺すような恐ろしい痛み。生涯最悪の痛み。これまでに経験したどんな肉体的な痛みよりもひどい痛み。結婚生活は二年続いた。幸福だったのは一ヵ月。慎ましい幸福だった。イヴリンは自分が結婚した男が朝晩にひざまずいて真剣に祈りを捧げる男だと知って驚いたが、それをおもしろがった。が、つまらない仕事を副長に押しつけて艦を抜け出し、パーティに出席するような男ではないとわかると、その驚きに少しの苛立ちが加わった。そうしたことが少しずつ結婚生活を蝕(むしば)んでいった。

クラウスはこの記憶を振り払おうとした。冷静に自己分析ができていないため、気づいていなかった。これが深夜直に典型的な憂鬱症状だとは。今が零時から四時という、潮が引くように生命力が引いてしまう時間帯で、そのせいで後悔と胸を焦がす想いに襲われているとは。それでもそうした感情と戦っていた。ついでにいえば、クラウスがこうして荒れくるう大西洋上にいるのも、あの黒髪の弁護士が理由だ。西海岸のサンディエゴやコロナドにいたら、イヴリンとばったり顔を合わせたり、彼女にまつわる噂を小耳に挟んだりするかもしれない。そんな可能性があることに耐えられず、大西洋沿岸の勤務を自ら希望したのだ。あの弁護士のことがなければ、多くの戦友たちとともに真珠湾に散っていたかもしれない。

　そう考えれば気分もましになったかもしれないが、クラウスにはそうは思えなかった。この暗い気分は、ある意味では戦闘行為による緊張の反動でもあった。すぐれた軍人というものが得てしてそうであるように、クラウスは戦闘中に爽快感にも似た研ぎ澄まされた高揚を感じた。そして今、どちらかといえば静かなこの時間に、その代償を利子つきで支払っているのだった。初めての実戦だったので、いっそう痛みをともなって。クラウスは夜の闇のように近く、夜の闇のように見通すことのできない、かぎりない悲しみに包まれていた。こうして艦橋に立ちながら、イヴリンと彼女の弁護士のことを考え、益体もない苦しみを味わっていた。月をひと眼見たいと願っていた。実際にはありえないなんらかの方法で、結婚生活に彩りと純粋さを取り戻せていたらよかったのにと願っていた。ピーンピーンというソナーの音が、失った幸福への挽歌だった。

「艦長、イーグルより無線通信が入っています」ナイストロムが言い、クラウスは無線通話機に近づいた。

「イーグルよりジョージへ！　イーグルよりジョージへ！」

イギリス人連絡士官の声は切迫した響きを帯びていた。

「ジョージよりイーグルへ。どうぞ」

「本艦から見て方位〇五〇度に目標を探知。これより追跡します」

「本艦もそちらに転舵する。距離は？」

「かなり遠くです」

「よろしい」

悲しみは去った。去っただけでなく、最初から存在しなかったかのように消えてなくなった。クラウスは下の海図室に針路を尋ねた。

「ナイストロムくん、私が操艦指揮を執る」

「アイアイサー」

「ディッキーよりジョージへ。ディッキーよりジョージへ！」

新しい針路を命じるやいなや、〈ドッジ〉からも連絡が入った。

「本艦のソナーも目標を探知しました。遠距離、方位〇九七度。レーダー画面にも輝点が表示されています。方位一〇一度、距離二十二キロ」

「よろしい。イーグルを支援したのち、そちらへ向かう」

「ジョージ！　ジョージ！」別の声が回線に割り込んできた。〈ジェイムズ〉だ。「こちらハリー。聞こえますか？」

「ジョージよりハリーへ。聞こえている」

「レーダー画面に輝点が表示されました。距離二十二キロ、方位〇二四度」

「よろしい」何かほかの言葉をつけ足さなくては。「できるだけ早くイーグルをそちらに向かわせる」

敵は仕切り直してきた。たぶん決着をつけるつもりだ。深夜直もなかばを過ぎ、闇が最も深まり、こちらの体力と注意力が低下しきるこのときを狙って仕掛けてきたのだ。

「イーグルよりジョージへ。目標が旋回しています。そちらへ向かっていくようです」

「よろしい」

「ソナーが目標を探知。遠距離、方位〇九〇度」

「よろしい」

ほぼ正艦首だから、まだ舵を切る必要はない。

「イーグルよりジョージへ。目標、本艦から見て方位二七一度。距離二キロ」

「その目標は本艦から見て方位〇九〇度にいる。ソナーの測定ではまだ遠距離だ」

「〇九〇度、遠距離、アイアイサー。回頭してこの目標を追跡します」

「本艦は〇八五度に回頭する」

「〇八五度。アイアイサー」

〈キーリング〉と〈ヴィクター〉のあいだの距離はせいぜい四キロ。こうしなければ暗闇のなかで正面衝突してしまう。

「取舵急げ、針路〇八五度」

「取舵急げ、針路〇八五度。〇八五度、ようそろ」

「ソナーより報告。目標、前方。方位不明。ドップラー、高くなりました」

ドップラーが高い。クラウスの予想していたとおり、この報告が送信された瞬間、Uボートと〈キーリング〉はほぼ真正面で向かい合っていたのだ。

「イーグルよりジョージへ。目標はなおも旋回中。方位二七六度、距離千三百五十。本艦もこの目標を追ってまだ旋回中です」

「本艦は現針路を維持する」

二隻の艦が暗闇のなかでタッグを組む。潜水艦は完全に一周するか、途中で逆方向に転舵してS字を描くだろう。問題はこの敵を〈キーリング〉で迎え撃つか、〈ヴィクター〉のほうへ押し戻すかということだ。そのいずれかひとつ、あるいは両方を実行する。両艦が衝突しないよう、互いの計器に干渉しないよう、注意を払いつつ。

「ディッキーよりジョージへ！　本艦は攻撃をおこないます」

〈ドッジ〉のカナダ人の声が割り込んできた。

「よろしい」

まるで三つのボールで同時にお手玉をする曲芸師だ。

「ソナーより報告。目標、方位〇八七度、距離一・八キロ。ドップラーありません」

「ソナー担当は誰だ?」

「エリスです」連絡員が答えた。

それは何よりだ。欺瞞気泡に欺かれる可能性が低くなる。

「イーグルよりジョージへ。敵潜はまた反転しているようです」

「よろしい。本艦は現針路を維持する」

「ソナーより報告。遠方で爆発音」

「よろしい」

〈ドッジ〉の爆雷の爆発音だろう。

「ソナーより報告。目標、正艦首。ドップラー、高くなりました。距離千三百五十メートル」

「よろしい。ジョージよりイーグルへ。敵潜はまた本艦に向かってきている。距離を取れ」

「イーグルよりジョージへ。アイアイサー」

イギリス人連絡士官の声は冷静で落ち着いている。この狩りに興奮しているような気配は微塵も感じられない。

「イーグルよりジョージへ。本艦の針路〇一〇度」

〈ヴィクター〉はUボートのまうしろにいて、敵が右に転舵したら迎撃できる針路に向かっている。

「ソナーより報告。目標、正艦首。ドップラーかなり高い。距離千百メートル」

どうやらUボートは〈キーリング〉の存在にまだ気づいていないようだ。〈ヴィクター〉を振り切ることに全神経を集中させているのだろう。それか、〈ヴィクター〉がすぐ近くにいるせいで聴音器が混乱しているか。〈キーリング〉と完全に艦首と艦首を向け合っているので、もしかしたら聴音器が効かなくなっているのかもしれない。

「ソナーより報告。反響音が混乱。目標、ほぼ正艦首。ドップラーなし。距離約一千」

「よろしい」

Uボートはようやく〈キーリング〉の存在に気づき、何かしようとしているようだ。

「ソナーより報告。目標、正艦首。気泡です。距離九百」

Uボートが欺瞞気泡を放ち、エリスがそれを見破った。が、気泡のせいでUボートが取った新しい針路がわからなくなってしまった。

「ソナーより報告。目標らしきものを探知。方位〇九二度。距離千メートル。気泡、依然正艦首にあり」

となると、Uボートは取舵を取った可能性が最も高い。敵にとってはそれが最も生き延びられる確率が高い。それに欺瞞気泡のおかげで距離も稼いでいる。Uボートは〈キーリング〉を出し抜いたのだ。

「面舵。針路一〇〇度。ジョージよりイーグルへ。目標は左に転舵し、気泡を放ったようだ。本艦は右へ旋回中。針路一〇〇度」

「針路一〇〇度、アイアイサー」

「ソナーより報告。反響音が混乱。目標は左艦首と思われます」

目標をはっきり捕捉できずにいるのは〈キーリング〉が旋回中だからだろう。

「イーグルよりジョージへ。本艦が探知したのは気泡だけです。ほかは何も探知できていません」

「よろしい」

敵は〈キーリング〉と〈ヴィクター〉の中間にいる。互いに現針路を維持するなら両艦の距離は急速にひらいていくことになるが、状況がはっきりするまでの対応としてはそれが最上だ。

「ソナーより報告。反響音が混乱。目標、方位〇八五度。距離千百メートル。気泡のようです」

気泡にまちがいない。しかし潜水艦はいったい何をしているのか。どうにも思い描けない。急激な深度変更をしていて、それで捕捉が難しくなっている可能性もある。〈キーリング〉も〈ヴィクター〉も最後に目標がいたと思われる地点から離れつつあるが、このままの針路で踏ん張ったほうがいい。

「ソナーより報告。目標、方位〇八〇度。距離千二百メートル。弱い反応」

だいぶ遠ざかっている。

「取舵急げ、〇九〇度。ジョージよりイーグルへ。本艦は左に旋回中。針路〇九〇度」

「針路〇九〇度、アイアイサー」

「針路〇九〇度、ようそろ」

「よろしい」

「ソナーより報告。微弱ながら別の目標を探知。距離不明、方位三五〇度」

三五〇度？　転舵したのに正横後に反応があるのはなぜだ？

「ジョージよりイーグルへ。本艦から見て方位三五〇度に何か探知できるか？　距離は不明だ」

「探ってみます。方位三五〇度」

何かがおかしい。だが、水面下の獲物を目隠しして追っているのだから、おかしなことが起こる可能性はつねにある。

「イーグルよりジョージへ！　イーグルよりジョージへ！　何かあります。非常に微弱な反応。本艦から見て方位二二〇度です」

「では大至急追跡しろ」

〈ヴィクター〉から見ても正横後だ。敵は船団のスクリュー音を隠れ蓑にできる位置にずっと近く、旋回中の駆逐艦が描く危険なふたつの円の外に出かかっている。あの潜水艦は〈キーリング〉と〈ヴィクター〉を見事に出し抜いたのだ。いったいどうやったのか。おそらく欺瞞気泡を二度放ち、その合間に鋭く旋回しつつ、深度を大きく変更して逃れたのだろう。〈キーリング〉に比べて〈ヴィクター〉のまわり込みが甘かったのだ。ここは〈ヴィクター〉に敵を追跡させ、〈キーリング〉はその航跡を避けて外側から向かうことにしよう。

「面舵。針路二六〇度」

〈キーリング〉は回頭した。波の谷間をのたうち、斜め後方から波を受け、上下にくねりながら。ふたたび狩りが始まった。微弱な反応を幾度も追いまわし、闇のなかですれちがうたびに互いを避けながら、二隻の駆逐艦は旋回を繰り返した。〈ヴィクター〉がすんでのところでUボートを船団から遠ざけた。〈キーリング〉は旋回した敵に振り切られた。〈ヴィクター〉は反転した敵に振り切られた。次第に目標が近くなった。〈ヴィクター〉からの爆雷。〈キーリング〉からの爆雷。爆雷は風吹きすさぶ夜のなかを転がっていき、つかの間、眼下の底知れぬ深みを照らした。ソナーが使いものにならなくなり、捜索を再開できるようになるまで、長く不安な待ち時間が続いた。方位と針路の報告が両艦のあいだを飛び交った。円運動と転舵。このUボート艦長は狡猾だった。〈キーリング〉が無防備な艦尾を波に向けると、低い乾舷を乗り越えて波が乗りあげてきた。波は艦首楼にぶつかって砕けた。狩りまた狩り。計器が示すどんな小さな変化もおろそかにできない。曖昧なデータからすばやく推測できるよう、極限まで気を張る。〈ジェイムズ〉と〈ドッジ〉からの突然の報告。彼らも船団の両側面でそれぞれの戦いをしている。そちらの戦局も心に留め置かなければならない。「取舵」「面舵」。命令が繰り返される。〈ヴィクター〉が予想外の転舵をし、いったん出した命令が取り消された。死神とのうんざりするようなゲーム。しかし決して倦むことはない、一瞬も気を抜けないゲーム。

「面舵。針路〇四〇度」

「面舵、針路――」

「ソナーより報告。魚雷が発射されました」

操舵員の復唱を遮って電話連絡員が言った。すでにこれ以上ないほど張りつめていたはずの操舵室内の緊張が一気に高まる。

「ジョージよりイーグルへ。魚雷が発射された」

「こちらでも聴きました」

「針路〇四〇度、ようそろ」操舵員が言った。操舵室内の規律は保たれている。

魚雷。獲物には毒牙があり、自分を追いまわす者たちに向かってその牙を剝いた。

「ソナーより報告。魚雷音、遠ざかります」電話連絡員が言った。

〈キーリング〉を狙ったものではなかったようだ。〈キーリング〉が転舵していたことと、目標との距離から考えて、そうなのだろうとすでに見当はつけていたが。

「イーグルよりジョージへ。本艦は避退行動中です」イギリス人連絡士官の声はいつになく弱々しかった。「針路〇七〇度。〇八〇度」

クラウスは外を見つめた。この暗闇のなか、複数の魚雷が〈ヴィクター〉めがけて五十ノットで疾駆している。あと五秒もすれば炎の幕があがり、爆発音が聞こえてくるかもしれない。意外に思えるが、潜水艦というものは護衛艦に対してそれほど魚雷を打ってこない。標的としてはあまりに小さく、捕捉しづらいからだ。喫水もかなり浅い。それにおそらくデーニッツは、二十二本の魚雷は一本残らず貨物船の土手っ腹に打ち込むよう尽力せよとUボート艦長に厳命しているだろう。

「ソナーより報告——」

「イーグルよりジョージへ。魚雷は外れました」

「よろしい」英国流にぶっきらぼうにすませてもよかったが、ここは気取らず、温かい関係を築くことに努めるほうがいい。「神に感謝する。心配していた」

「自分の面倒は自分でみられます。それはともかく、ありがとうございます」

礼儀作法のためとはいえ、貴重な数秒を費やしてしまった。無駄にする時間は一秒もない。Uボートが駆逐艦の描く円から逃れようとしている。クラウスは肩越しに操舵員に短く命令を出してから、もう一度無線通話機に向かって話しかけた。

「本艦は針路〇八〇度を取る」

「針路〇八〇度、アイアイサー。本艦は右への避退を続けます」

〈ヴィクター〉が転舵を余儀なくされたので、円はほぼ限界まで広がりきっていた。命中の見込みが低いのに潜水艦が魚雷を発射したのは、おそらくはその安心を手に入れるためだろう。追跡を再開し、戦いを続けるには、もう一度円軌道を引き締める必要がある。これまでと同じく、駆逐艦の一隻が距離を詰め、もう一隻が迎撃針路を取る。この荒れた暗闇のなかで複雑な動きを計算し、いつでも役割を入れ替えられるようにしながら——数年前、〝模擬戦時訓練〟という名の平時演習を計画した将官たちが予想だにしなかった必死の操艦。取舵。面舵。深深度設定。雷、嵐、緊張。そのとき、〈ジェイムズ〉が船団左側面で照明弾を打ちあげ、その方向に砲火が見えたと見張り員が報告した。〈ドッジ〉が右側面で敵を撃退すると、今度は遠距離で爆発音が聴こえたとソナーが報告した。そのあいだも船団は夜のなかをゆっくりと進んでいた。東へ、着実に東へ、果てしなく遠い安全な海を目指して。

木曜日　朝直　〇四〇〇〜〇八〇〇

〈キーリング〉がまた新たな針路を取ると、ナイストロムが話しかけてきた。

「当直を外れたことを報告にまいりました」

深夜直が終わった。これでまた六十キロ近く進んだ。四時間が経過していた。半分は失意のうちに、半分は必死の集中のうちに。

「よろしい。ナイストロムくん、今のうちに少し休んでおくように」

「アイアイサー」

休む？　自分のその言葉で、クラウスは両脚が猛烈に痛むことに気づいた。精神的な緊張で無意識のうちに張りつめていた筋肉が、休むことを考えた瞬間、関節と一緒になって口やかましく主張を始めたのだ。クラウスはぎくしゃくと脚を動かして、操舵室の右隅の艦長用スツールのもとに向かった。洋上に出ているあいだ、これに座ったことは一度もない。艦長は座るべきでないというのがクラウスの持論だった。自分を甘やかすものはなんでも疑ってかかるというのと同じ類いだが、そうした持論は実地での経験によってたやすなく翻るものだ。スツールに腰をおろすと、痛みと気の緩みからうめいてしまいそうになったが、代わりにこう言った。「面舵。針路〇八七度」

座ったことでひとつ気づいたことがあった。すぐにもう一度下におり、便所に行かなくてはならない。座るという甘えを許したせいで、灼熱のコーヒーを何杯も何杯も喉に流し込みたいという、耐えがたいほど魅力的な考えも生じた。が、〈キーリング〉は急速に目標に接近しつつあり、秒読みの段階に入っている。距離が近くなればソナーは効かなくなる。疲れた頭に鞭打って、Uボート艦長の次の手を推測しなければならない。

「ポンド中尉！」

「一番発射。二番発射。爆雷投射機、発射」

ふたたび海面下に雷鳴と電光。ふたたびすばやい思考。鋭い操舵命令。

「ソナーより報告。計器が混乱中」

「よろしい。ハーバットくん、操艦指揮を執れ」

「アイアイサー」

クラウスは赤いサングラスをかけてトイレにおりた。ろくに休ませていない脚では揺れる階段をうまくおりられるはずもなかった。操舵室に戻る際は足が言うことを聞かず、両手で体の重みを支えながら、一段一段を踏みしめなくてはならなかった。

少しのあいだ艦橋を離れたおかげで、捕捉中の潜水艦を撃沈するという眼のまえの喫緊の問題だけでなく、ほかの問題についても考える余裕ができた。階段をあがりきったところで命令を出した。操舵室に戻ると、その命令がラウドスピーカーを通して艦内に伝えられるのが聞こえた。

「全員聞け。全員聞け。今回の当直では、日課となっている総員戦闘配置は発令しない。もし発令されたら、それは正真正銘の戦闘だ。緊急事態が発生しないかぎり、非番の者はまる四時間休め」

自分がこの問題に気がつき、その考えを行動に移せたことがうれしかった。一日じゅう敵と接触していたが、そのうち大半の時間は総員戦闘配置を発令することなしに切り抜けられていた。総員戦闘配置は夜明けの一時間前に実施するのが日課になっているが、非番の乗組員たちの休憩時間を犠牲にしてしまうし、今のように艦全体が緊張し、いつでも戦える態勢なら、あえて実施する必要はない。第二配置の緊張だけでも悪影響が出るのだ。〈キーリング〉には新型の兵器と機器が配備されており、それらに人員を配置するため、余計に乗組員を乗せている。そのせいで居住区画ははちきれんばかりになっているが、訓練された乗組員が不足しており、第二配置中に三交替制を取ることができない。腕の立つ乗組員もちゃんと乗り組んでいるのかもしれないが、彼らがどこで眠り、どうやって食事を摂っているのか、クラウスには見当もつかなかった。訓練された乗組員の不足に対処するため、全乗組員を四直に分け、第二配置中はその半分を当直に就かせ、残る半分を非番にするようにしてあった。乗組員に無用な負担をかけたくなかったし、できるだけ休ませたかったからだ。士官の数についてはもう少し恵まれていて、その多くは四時間当直に就き、八時間休んでいる。だとしても、総員戦闘配置命令はむやみに出すべきではない。

クラウスは階段をのぼりおりする時間のすべてを割いてこの決断にいたっていた。操舵室に戻ったときには、眼前の問題の対応を引き継ぐ心がまえができていた。赤いサングラスを外す動作はその切り替えを表わす動作でもあり、それと同時に艦内の問題から外界の問題に注意を向けた。

「ソナーより報告。目標と思われるものを探知。距離不明、方位おおよそ二三一度」

「ハーバットくん、これは私が下へおりてから初めての探知か？」

「は」

「ヴィクターはどこにいる？」

ハーバットが答えた。この三分のうちに、戦況は通常の流れに沿ってゆっくりと進展していた。

「ハーバットくん、私が操艦指揮を執る」

「アイアイサー」

「面舵いっぱい。針路一六二度」

「面舵いっぱい。針路一六二度」

狩りの再開だ。

「針路一六二度、ようそろ」

「イーグルよりジョージへ。本艦は針路〇九七度で目標に接近中です」

「よろしい」

今回の追跡はすでに三時間におよんでいる。潜水艦に損傷を与えるにはいたっていないが、少なくとも船団に手出しはさせていない。クラウスたちは船団の通り道から敵を追い払い、側面に追い立ててきた。対潜戦で三時間というのは長い時間ではない。イギリス海軍には二十四時間以上追跡を続けた記録がある。とはいえ、この三時間、敵は三ノットの鈍足で忍び寄ったり、海中でじっと息を潜めていたりしたわけではなく、ずっと六ノットの全速で動きまわっていた。バッテリーを著しく消費しているはずだ。酸素はまだたっぷりあるにしても、Uボート艦長はそろそろバッテリー残量が気がかりになっているにちがいない。最初にこちらが探知したときにはまだ潜航したばかりで、バッテリーも酸素も最大限にあったと仮定しても(そう考えるのが最も妥当だ)。

二隻の駆逐艦に追われ、爆雷攻撃を受け、バッテリーも尽きかけているとなれば、Uボート艦長の懸念はクラウスのそれとは比べものにならないだろう。敵を船団側面に追い立てることはできたが、そのせいで船団前方ががら空きになってしまっている。〈ドッジ〉と〈ジェイムズ〉が余裕のあるときに送ってくる報告から察するに、彼らも自分たちのことで手いっぱいだ。徘徊（はいかい）しているUボートがこの弱点に気づくのも時間の問題かもしれない。駆逐艦二隻とコルヴェット艦二隻で大きな船団の全周を守るのは、難しいどころの話ではない。統率が取れ、覚悟を決めた敵が相手の場合、不可能といっていい。別の射法で爆雷攻撃をおこなっている際に少し余裕ができたので（二十時間におよぶ戦闘で〈キーリング〉もクラウスも鍛えられ、爆雷攻撃中にしばし手が空いたのだ）、クラウスは理想の護衛艦隊の姿を思い浮かべてみた。〈キーリング〉と〈ヴィクター〉で敵を追撃するとして、船団前面を守るためにあと三隻コルヴェット艦が要る。〈ドッジ〉と〈ジェイムズ〉の支援にもう二隻。後方を守るためにもう一隻。そうだ、追撃用の駆逐艦はもうひと組ほしい。コルヴェット艦八隻と駆逐艦四隻なら、いい仕事ができるだろう。それから航空支援。疲れた脳内に、航空支援についての考えがロケットのように急浮上した。小型空母を建造中と聞いている。レーダーを搭載した航空機があれば、狼たちの群れもおいそれとはこちらに手出しできない。アメリカ、イギリス、カナダは急ピッチでコルヴェット艦、駆逐艦、護衛空母を建造中だ——新聞と機密文書の情報から、その点はまちがいないと思えた。あとはどうにかして乗組員をかき集められれば、一年かそこらのうちに、船団の守りはずっと厳重になるだろう。しかし、それまでは今あるもので最善を尽くし、戦って道をひらかなければならない。それがクラウスの任務だった。〝この土台の上に、誰かが金、銀、宝石、木、草、または藁（わら）を用いて建てるならば、それぞれの仕事ははっきりとわかっ

てくる〃

「面舵いっぱい。針路〇七二度」クラウスは言った。「ジョージよりイーグルへ。貴艦の次の攻撃後、本艦は貴艦の航跡を横切る」

クラウス本人が座るのを忘れていても、脚は忘れていなかった。無線通話機から一歩離れると、激しい痛みをもって脚が座れと訴えてきた。クラウスはスツールに深々と座り、脚を広げた。どうせここは真っ暗なのだ。操舵室にいる者たちは、艦長がこんなにだらしない姿勢でスツールに腰かけているとはまず気づかない。なんとしても座らなければならない。そう考えることで、座ることを自分に許してしまったという気持ちに折り合いをつけていたが、いつも厳しい艦長がとくに理由も説明せずにだらけているのを乗組員に見られたら、艦の規律と団結にどんな影響が出るだろうか。

「後部見張り員より報告。船団から火の手があがっています」電話連絡員が言った。

自分を甘やかした報いか。そんなことをくよくよと考える間もなく、また立ちあがった。あそこだ。炎が見える。その上空の夜に向かって信号弾が打ちあがっている。見ていると、また新たに鋭く赤い輝きが一隻の船の上部構造物を照らし、別の船の上部構造物の輪郭を浮かびあがらせた——クラウスの見ている眼のまえで魚雷が爆発したのだ。爆発と次の爆発の時間の間隔から察するに、扇状に打たれた魚雷が複数の船に命中しているわけではない。このUボートは慎重に、一隻ずつ狙いを定めている。

「ソナーが目標を探知。方位〇七七度」電話連絡員が言った。

〈キーリング〉と〈ヴィクター〉は一隻のUボートを追跡していた。Uボート艦長がひとつでもミスを犯せば、いつでも撃沈できる状態だ。〈キーリング〉の後方で、冷酷な狙撃手の犠牲になった男たちが闇のなかで死にかけている。どちらかを選ばなければならない。これまでに経験してきたなかで最も苦しい瞬間だった。イヴリンの話を聞いたときよりもずっと。その男たちは見殺しにしなくてはならない。

「爆雷発射」無線通話機から声がした。

今現在の追跡を打ち切ったとしても、魚雷を放ったもう一隻のUボートを探知できるかどうかはわからない。わからないどころか、たぶん無理だろう。それに、そのUボートによる損害はすでに出てしまっているのだ。

「ソナーより報告。反響音が混乱」電話連絡員が言った。〈ヴィクター〉の爆雷のせいだ。何人かの命は救えるかもしれない。かもしれない。しかし、この暗さと取り乱した船団の混乱を考えると、それすら見込めない。おまけに自艦を深刻な危険にさらすことになる。

「本艦は左に変針します」〈ヴィクター〉が言った。

「よろしい」

船団に被害を与えたUボートは、少なくとも魚雷を再装填するまでの短いあいだ、無害になったと考えていい。一瞬でもそんなふうに考えて慰めを見出そうとする自分が不甲斐なく、怒りを覚えた。胸のうちで沸き返る怒り、やるせない腹立たしさ、そして、逆上して艦を走らせ、手当たり次第に攻撃を仕掛けたいという気持ちに抗った。身内で緊張の糸がぴんと張られるのを感じた。怒りに我を忘れてもおかしくなかったが、二十四年間の鍛錬がものを言った。クラウスはどうにかして自分に言い聞かせた。海軍兵学校で教わったじゃないか。いや、敬愛する父から子供のころに聞かされたのだったか。クラウスはいつものように冷静に、科学的に考えようと努めた。

「ソナーより報告。目標、方位〇六八度」

「取舵急げ、方位〇六四度。ジョージよりイーグルへ。本艦は左に旋回して目標を迎撃する」

自分の背後で男たちが、自分が守るべき男たちが死んでいく。クラウスがしなくてはならないのは、簡単な三角法の問題をすばやく正確に暗算し、落ち着いて命令を出し、情報をわかりやすく伝え、昨日からやっているのと同じように、潜航しているUボートの動きをできるだけ鮮明に、迅速に予測することだった。感情を持たず、疲れを知らない機械にならなくてはならない。ワシントンとロンドンの参謀たちにこの護衛任務は失敗だと思われているとしても、そんなことには思い煩わされない機械に。

「ソナーより報告。目標、方位〇六六度。距離九百メートル」電話連絡員が言った。「ですが、気泡と思われます」

気泡だとすれば、Uボートはどちらに変針しているだろうか？　深度は？　船団の男たちが死にゆくなか、クラウスはこれらの問題に専念した。そして、連続二百回目になる操舵命令を出した。

闇はもはや見通せないものではなくなっていた。ブリッジウィングからは舷側の白い波頭や前方の艦首さえも見ることができた。新しい一日が東からゆっくりと近づいていて、黒から灰色へ、えもいわれぬゆっくりとした変化を見せていた。灰色の空、灰色の水平線、青灰色のうねる海。〝夜はよもすがら泣き悲しんでも、朝とともに喜びが来る〟そんなのは嘘っぱちだ。〝もろもろの天は神の栄光を表わす〟この天が？　光の到来に気づくと、よく知る『詩篇』の句がクラウスの脳裏に浮かんだ。かつて太平洋やカリブ海で払暁(ふつぎょう)を迎えたときもそうだったが、今は苦く皮肉な不快感とともに思い出している。側面を打ち砕かれた船団。救命ゴムボートの上で凍える死体。無慈悲な灰色の空。この苦痛は自分が耐えられなくなるまで続くという確信――すでに限度を超えている。戦いをあきらめて、自らの義務も、神に対する義務も、何もかも投げ出したくなった。そして、その誘惑を退けた。

「ジョージよりイーグルへ。本艦は現針路を維持する。離れていろ」クラウスの声はいつもどおり平板で明瞭だった。

〝愚かな者は心のうちに言う。神などいないと〟危うくこの聖句も口にするところだった。

まだ背筋をぴんと伸ばせるというのに。痛む脚で、まだ無線通話機のもとまで歩けるというのに。

「目標、方位〇六七度。距離一千メートル」

「よろしい」

隠れている敵を撃沈できないか、もう一度試してみよう。一度だけではない。必要なら何十回でも、何百回でも。〈キーリング〉が攻撃に向かい、電話連絡員が距離を復唱しているあいだに、クラウスは頭を垂れた。〝どうか、私を隠れたとがから解き放ってください〟

「ポンド中尉、深深度設定」

「アイアイサー」

振り切って逃げるUボート。転舵命令が出され、再度攻撃位置へ。〈ヴィクター〉に指示を出し、敵の針路をふさがせる。〝私たちは善をおこなうことに倦み疲れてはならない〟

風はまだ吹いていた。海はまだ荒れていた。〈キーリング〉はまだ横に縦にと身をくねらせていた。この強風のなか、こうして床の動揺に合わせ、百年もバランスを取っているような気がする。暗闇に慣れた眼に、操舵室内部の様子がうっすらと見えてきた。ぼんやり光る文字盤がひとつふたつと、操舵員が使う赤色懐中電灯の光以外、何時間も何も見えなかった。今では見える。砕けた窓ガラスが。一枚は銃弾で丸い穴があき、ほかは破片となって床に散乱している。それからクラウスの使ったトレーが。こちらにはカップ、あちらには汚れたナプキンがくしゃくしゃに丸まって落ちている。

「ハーバットくん、ここを片づけてくれ」

「アイアイサー」

明るさを増す光の下で〈キーリング〉の姿を見ると、何かがおかしかった。上部構造物が氷に覆われ、霜で白くなっていた。支柱、ロープ、魚雷、救命索、何もかもが氷に覆われていた。マスト上部の就役旗も風になびくことなく、信号索にだらしなく巻きついたまま凍っていた。この長い夜じゅう、無線通話機を通してやり取りしていた〈ヴィクター〉の姿も見えた。〝私はあなたのことを耳で聞いていましたが、今は私の眼であなたを見ます〟〈ヴィクター〉の上部構造物も同じように凍りつき、灰色の空に白くそびえていた。〈ヴィクター〉は先ほど転舵すると無線通話機で報告してきていたが、その動きを実際に目視できた。こちらもそれに合わせて〈キーリング〉を動かさなくてはならないが、これからは机上の三角法だけでなく、実際に眼で見て判断できる。

「取舵。針路〇六〇度」

もう夜明けといっていいだろう。昨日はこの時間に総員戦闘配置を解除した。今日は乗組員にその負担をかけずにすんだ。あれは昨日の出来事だったのか？　銃弾が操舵室を切り裂いたのはほんとうに昨夜のことなのか？　一年もまえの出来事のように思えた。昨日のこの時間、クラウスは自室に引っ込むことができた。ベーコンエッグを食べ、コーヒーで腹を満たしていた。祈りを捧げ、シャワーを浴びていた。信じられないくらい幸福だった。改めて考えてみれば、そのあとの二十四時間で口にしたのはサンドイッチをひとつ半とコーヒーを何杯かだけだ。それにほぼ立ちっぱなしだった。今この瞬間も立っている。

クラウスは足を引きずり――もう歩けなくなっていた――スツールのまえまで行くと、また腰をおろした。筋肉が弛緩すると、脚はずきずきと痛んだ。唇が乾き、喉が渇いていた。吐き気と空腹を同時に感じた。クラウスは近づいてくる〈ヴィクター〉を見ながら、電話連絡員の報告を聞いていた。

「艦長、喫煙許可のランプを点けてもよろしいでしょうか？」ハーバットが訊いた。

泥沼に足を取られた男のように、クラウスの心は自分が意識を集中させていたものから離れようともがいた。

「許可する。面舵に当て、操舵員！　針路そのまま」

「全員聞け、全員聞け」ラウドスピーカーから声が流れ、クラウスが与えたばかりの喫煙許可を艦内に知らせた。ハーバットは煙草(たばこ)を口にくわえると、まるで天国の空気でも吸うかのように深々と吸い込み、肺を煙で満たした。今ごろ、甲板での任務に就いている者たちは、艦のいたるところで嬉々として一服しているだろう。マッチや煙草の火を敵に見られる可能性のある持ち場に就いている者は、夜間の喫煙を禁じられている。クラウスはふわりと漂う煙草のにおいを鼻から吸い込み、またいっときイヴリンを思い出した。彼女は愛煙家だった——夫が吸わないことを知ると、少し困惑してはいたものの、おおむねそれをおもしろがっているようだった。任務を終えてコロナドの憩いの我が家に戻り、家のなかに足を一歩踏み入れると、いつもかすかな煙草の香りと、イヴリンが使っていた香水のほのかな残り香の入り混じったにおいがしたものだ。

「ソナーより報告。目標、方位〇六四度。距離一千メートル」

Uボート艦長はまたもクラウスを出し抜いていた。左に追い立てようと画策していたのに、Uボートは右に旋回している。追いつくにはまた大きく円を描かなければならない。クラウスは操舵員に慎重に命令を出し、〈ヴィクター〉に情報を伝えた。

「伝令！　指揮船がまだ視界内にあるかどうか、信号艦橋に訊いてきてくれ」

Uボートを撃沈しようと旋回を続けているあいだも、やるべきことは山ほどあった。敵も隙あらばこちらを撃沈しようとしているのだから。もう一度転舵。〈ヴィクター〉は鋭い旋回ができず、Uボートに攻撃を仕掛けられずにいる。〈キーリング〉なら攻撃できるかもしれない。これまでに何度もそうされたように、Uボート艦長に適切なタイミングで適切な行動を取られてしまえば話は別だが。

「ポンド中尉、タイミングは計っているだろうな」

「は」

「目標、方位〇五四度。距離七百三十メートル」

また逃した。敵は小さな旋回半径のおかげでずっと命拾いしている。〈キーリング〉の艦首と一〇度もずれていれば、両者がともに舵いっぱいで旋回した場合、Uボートは魔法のように〈キーリング〉から逃れてしまう。

「イーグル！　こちらジョージだ。目標は本艦の左艦首一〇度。距離七百三十メートル。高速で旋回している」

「本艦のアスディックでも探知していますが、距離不明です。本艦は目標に接近します」

「よろしい。本艦は右に転舵する。以上だ。操舵員！　面舵。針路〇九五度」

「面舵。針路〇九五度」

伝令がクラウスのそばに立っていた。

「信号艦橋より、指揮船は見えているとのことです。ちょうど通信文を受信中です。長い通信文です」

「よろしい」

そこに頬を紅潮させたドーソン通信長がやってきた。ひげの剃り跡も真新しく、こざっぱりして、通信文を挟んだクリップボードを手にしている。

「ドーソン通信長、重要な知らせはあるか？」

「とくにありません」それはありがたい。「気象予報が二件入っているだけです」

もっと冷え込むのか？　吹雪か？　強風か？

「予報ではなんと言っている？」

「天候は回復するようです。二〇〇〇時までに南から南西の風になります。風力は三です」

「ありがとう、通信長」

そう言って無線通話機のほうを振り返ったところで、ふとした考えが頭に浮かんだ。ドーソンはこれから士官室におりて朝食を摂るのだろう。おそらくハムエッグと、そば粉のパンケーキ。たっぷりのシロップの海に泳がせて……それにコーヒー。何ガロンものコーヒー。

「Uボートはまた反対方向に旋回しています」無線通話機から声がした。「本艦は左に旋回中です。針路〇六〇度」

「よろしい。追跡を続けろ。本艦は貴艦の右舷後方にまわり込む。以上だ。面舵。針路一二五度」

「面舵。針路一二五度。針路一二五度、ようそろ」

「よろしい」

電話連絡員が伝える距離と方位が次々とクラウスの頭のなかに書き込まれていった。差し当たって〈キーリング〉は積極的に追跡しておらず、〈ヴィクター〉がその役割を引き継いでいる。今は〈ヴィクター〉がしくじった場合に〈キーリング〉をもう一度突入させられる位置に就けようとしているところだ。〈ヴィクター〉といつ役割を交替することになってもおかしくないが、どちらかというと控えめなこの役割を受け持っているあいだは、Uボートの尻を追いかけまわしているときよりも余裕がある。といっても大して楽ができるわけではないが、信号艦橋からやってきてクラウスを待っている伝令から信号用箋を受け取るくらいの余裕はあった。用箋に眼の焦点を合わせるまえに、それを読もうとするだけで胃がむかむかしてくるのを感じるくらいの余裕は。

〝船団指揮官ヨリ護衛艦隊指揮官ヘ・判明シタル夜間ノ損害ハ――〟

信号員の下手な活字体で書かれた四つの名前がクラウスを見つめていた。その先を読んでいくと、船団の隊列がひどく乱れ、ここに記された四隻だけでなく、ほかの船にも損害が出ている可能性があることがわかった。〈カデナ〉が何名か救助していた。船団指揮官は続けて、落伍船が出ているので船団後方を守る必要があると訴えていた。

〝生存者救助ノ見込ミアリ〟

「イーグルよりジョージへ！　イーグルよりジョージへ！　Uボートはまだ旋回しています！　貴艦は敵の艦首を横切ります」

「よろしい。攻撃する」

クラウスは距離と方位の報告を待った。頭のなかで三角法を用いて、Uボート艦長がどう出るかを考えた。

「本艦は針路を一二〇度に取る。以上。取舵急げ、針路一二〇度」

しかし、次に報告された方位によると、敵潜は反対方向に向かっていた。

「面舵——静かにだ」

新しい針路を命じようとしたとき、脳裏にひらめいたものがあった。次の方位の報告を聞き、ひらめきが確信に変わった。

「取舵に当て！　取舵！　ようそろ！」

「ソナーより報告。目標、正艦首。近距離」

ひらめきと迅速な行動が功を奏し、巧みに逃げを打つ敵を艦首の真下に捉えていた。一回ではなく二回フェイントをかけたことで、相手が剣を引っ込めた隙に突きを繰り出せたのだ。

「ポンド中尉！」

「いつでもいけます」

「ソナー、感度なし」

「一番発射！」ポンドが言った。「二番発射！」

爆雷が沈んでいく。最初の低い轟音が聞こえ、そびえる水柱が一発目の沈降を知らせた。

ソナーは正確で感度もいいが、重大な欠点がいくつもある。たとえば、追跡中の潜水艦の深度についてはおおまかな測定すらできない。二百七十メートル以内に接近すると探知不能になる。艦のスピードが十二ノット以下でないと使えず、爆雷が爆発したあとの数分間は使用不能になる。駆逐艦の艦長はハンディキャップを負って鴨猟をしている狩人のようなものだ。猟銃は美しく威力も充分だが、手首についているおもりのせいで腕をすばやく振れない。鴨がどれくらいの高度を飛んでいるか推測することもできない。おまけに引き金を引く二秒前に眼を閉じ、撃ったあとも三十秒間閉じたままでいなくてはならない。

「面舵。針路二一〇度」

ソナーのこうした欠点はなんらかの形で解消されるべきだ。設計を改良すればもっとちゃんとしたものがつくれるかもしれない。爆雷を五百メートル前方に飛ばせる砲や投射機を考案するのだって難しいことではないはずだ——だが、そうすると駆逐艦がその直上を通過しているあいだに爆雷が爆発し、艦底を吹き飛ばすことになる。

「針路二一〇度、ようそろ」

「よろしい」

雷鳴のような爆発も水の火山も、なんの成果ももたらさなかった。今回投下した四発のうち、海中に潜む敵の二十メートル以内で爆発したものは一発もなかったのだ。攻撃を引き継ぐため、〈ヴィクター〉が回頭していた。信号艦橋からやってきた伝令はまだクラウスの脇に立っていた。この短い待ち時間のあいだに、クラウスは一隻のＵボートとの戦いから船団全体の安全という問題に、疲れた頭を切り替えた。先ほどの恐ろしい通信文にもう一度眼を通す。〝生存者救助ノ見込ミアリ〟見込み――雷撃を受けたのは数時間前のことで、その地点はもう何キロも後方のはずだ。生存者が救命ゴムボートに乗っていたとしても、この荒れた冷たい海のなかですでに死んでいるだろう。ゴムボートではなく、ちゃんとした救命ボートに乗っていたとしたら、ひょっとすると……駄目だ、引き返して生存者を捜索し、船団に再度合流するには、駆逐艦でもまる一日かかってしまう。

「イーグルよりジョージへ。本艦の右艦首一〇度に目標を捕捉しました」

「よろしい。回頭して追跡しろ」

船団後方を守れ？　そのために割ける軍艦がもう一隻あればよかったのだが。喪失船舶として記された四つの名前。これでこの二十四時間の戦いで六隻の商船が撃沈されたことになる。死者の数は三桁にのぼる。一方、こちらから敵に与えた損害は〝撃沈確実〟が一隻と、それから可能性はかなり低いが、撃沈したかもしれないのが一隻。ワシントンはこのくそったれのゲームで有利な手札交換ができたと考えるだろうか？　ロンドンは？　トーチカに守られたロリアンの前線司令本部で、デーニッツは何を思うだろうか？　誰がどう思おうとかまわないが、命のやり取りに有利不利があるのか？　仮にあったとして、自分には果たすべき義務がある。戦局が不利だろうと有利だろうと。ひたすら先を目指し、死力を尽くして戦うしかない。

「イーグルよりジョージへ。本艦は現在攻撃中」

頭は疲れていても、電話連絡員が伝える距離と方位が自動的に脳裏に記憶された。傍らで、フィプラー砲術長がクラウスが気づくのを待っていた。なんの用だろうか？〈ヴィクター〉の一発目の爆雷が爆発していた。

「静かに面舵。取舵に当て！　ようそろ！」

〈キーリング〉は爆雷で苛(さいな)まれた水域のへりに艦首を向けていた。そうしておけば、次に攻撃が可能になったとき、時間を無駄にせずにすむ。クラウスは今も信号用箋を手にしていた。風は今も強く吹いていた。ここまでのところ、天候が回復する兆しは見られない。〈キーリング〉は今も海面の上下に合わせて身をくねらせていた。信号用箋を伝令に返した。

「よろしい」この件についてほかに言えることはなかった。やれることはすべてやっている。〝これは主が設けられた日である〟

「ポンド中尉、爆雷発射用意！」

「アイアイサー」

次の方位の報告で、予想していたとおり、Uボートが変針していることがわかった。

「面舵。針路……針路三二〇度」

命令を言いよどんだことに気づき、時間が許すかぎり自らを責めた。針路を命じるまえにレピーターコンパスを確認しておかなくてはならなかったのに、もろもろのことに心を乱され、戦況をとっさに思い出せなくなっていたのだ。

「ソナー、感度なし」

「よろしい」

「一番発射！」ポンドが言った。

クラウスはようやくフィプラーのほうを向いた。定められたとおりの射法が実行され、暗い水中を爆雷が落下しているこの数秒間は、ほかの問題に頭を切り替えられる自由な時間だった。爆雷が爆発し、潜水艦に損傷を与えたという証拠が浮かんでくるまでは――ほんとうに損傷を与えていたらの話だが――それまでは、攻撃の結果に思いを馳せたり、期待を募らせたりする必要はない。

「砲術長、どうかしたのか？」

クラウスは手をあげて敬礼に応えた。フィプラーはやけに改まった様子だった。これはいい兆候ではない。

「艦長、よろしければ爆雷の消費量についてご報告しておきたいのですが」

その瞬間にふたりの背後で爆雷が爆発した。

「なんだ？」

「これまでに三十四発を投下しました。今の攻撃で三十八発になります」

この二十四時間で〈キーリング〉は七トン以上の爆薬を投下したことになる。

「それで？」

「残りはあと六発。それで全部です。いざというときのために保管しておいたものを、前回の当直中に乗組員の居住区画から運び出しておきました」

「わかった」

またひとつ肩の荷が増えた。爆雷を持たない駆逐艦は、たとえ蛇のように賢くとも、鳩のように無力だ。それはさておき現時点での攻撃は完了した。〈キーリング〉を動かさなくては。

「面舵。針路〇五〇度」

次の命令をくだすまでにあと一分、一分だけ使える。昨日、戦いを経験するまえのクラウスであれば、この時間にいそいそと周囲を見まわしていただろう。このちょっとした空き時間、まる一分の時間、実際には何も期待できないこの時間に、おそらく。

「ありがとう、フィプラー砲術長。ではこの攻撃パターンはやめなくてはならないな」

「まさにそうご提案しようとしていました」

爆雷が残り六発？　たった一日の戦闘で手持ちのほぼすべてを使い切ってしまうとは。あと何度か攻撃すれば全部なくなってしまうだろう。数学者の計算によれば、一回の攻撃パターンで探りを入れられる海域の広さは爆雷の数の二乗に比例する。爆雷の数を半分にすれば、命中する確率はわずか四分の一になる。爆雷の数を三分の一にすれば、命中する確率は九分の一。たったの九分の一。だがその反面、Uボートの乗組員に聞こえる距離で一発でも爆発させられれば、敵の士気に大きな影響を与え、戦意を喪失させ、少なくともしばらくのあいだは避退行動に専念させられる。

最後におこなった攻撃に効果があったかどうか、そろそろわかるころだ。もしほんとうに効果があったのなら。クラウスは右舷後方、爆発による泡が消えかけているあたりを振り返った。見るべきものは泡しかなかった。〈ヴィクター〉がソナーで目標を探知しようと待機していた。

さて、これからどうやって攻撃すればいいだろうか。明日の朝には航空支援を受けられる海域にぎりぎり到達できるはずだ。空からの脅威にさらされている場合、Uボートは交戦を嫌う。これまでに読んできた機密文書でも、カスコ・ベイの対潜学校での講義でも、そう力説されていた。天候が回復すれば航空支援を期待できる。それに、このごろUボートは大西洋東部では船団を襲っていない。これは周知の事実であり、以前眼にした極秘の月別船舶沈没記録にもその事実がはっきりと表われていた。

「イーグルよりジョージへ！　敵がまたこちらの内側を旋回しています。本艦の右艦首。距離約一千」

クラウスは目測でその距離と方位を確認した。

「よろしい。そのまま追跡しろ。本艦は次の旋回で攻撃する」

「アイアイサー」

「操舵員、面舵。針路〇九五度」

クラウスは三発の爆雷を直線上に投下するパターン、四発を菱形に投下するパターン、三発の別パターンでV字に投下するパターンを頭のなかに思い描いた。カスコ・ベイの対潜学校の黒板と、そこに描かれた図を思い出していた。〝潜水艦がいる可能性のある範囲〟を示す直径二百七十メートルの円のなかに、〝致命的効果を与えられる範囲〟を表わす小さな円がぽつぽつと打たれている図を。数学的にいえば、四発のほうが三発よりはるかにすぐれている。

クラウスはもう一度無線通話機の〈ヴィクター〉の声に耳を傾け、その針路を判断し、ソナーからの次の報告を待ち、〈キーリング〉をさらに右に向けた。

この二十四時間、気前よく爆雷を使いすぎていた。子供のころ、年に一度の郡の祭りに初めて行き、何も考えずに小遣いを浪費してしまったときのように。あのころ、ポケットを空っぽにし、対価が必要なもろもろを指をくわえて眺めていたあのころは、やさしい父とほほえみをたたえた母が、こっそりと十セント硬貨を、それぞれが十セント硬貨一枚を、クラウスの熱くなった手に握らせてくれた。当時は食料を買うために数十セントでも大事にしなければならなかったというのに。しかし今、使いすぎた爆雷を〈キーリング〉の火薬庫にそっと差し入れてくれる者はいない。クラウスは疲れた頭のなかいっぱいに、一秒のうちに甦った思い出を振り払った。その一秒のあいだに、寒々しく陰気なこの操舵室で、カリフォルニアの熱い陽射しを感じていた。客引きの声や蒸気オルガンの音を聞いていた。家畜のにおいを嗅ぎ、綿菓子を味わっていた。そして、愛情あふれる両親に囲まれた子供のあふれんばかりの自信を思い出していた。今クラウスはひとりだった。ひとりで決断しなければならなかった。

「フィプラー砲術長、爆雷は今後一発ずつ発射する。タイミングは正確でなければならない。最後に予測された目標の針路と、設定深度までの投下にかかる時間を忘れず考慮に入れろ」

「アイアイサー」

「爆雷投下の号令を出す士官たちが当直に就くまえに、今言ったことが伝わるよう手配しておいてくれ。私にはその時間がないだろうから」

「アイアイサー」

「差し当たってはポンド中尉に伝えておけ。よろしい、砲術長」

「ありがとうございます、艦長」

「面舵。針路二八七度」

それが迎撃に最もいい針路だ。

「ジョージよりイーグルへ！　本艦はこれより攻撃をおこなう」

一発だけとなると、敵の避退行動まで計算に入れることはできない。敵が何もしていなければここにいるだろうと思われる場所に落とすしかない。いるだろうというだけではなく、それ以外の場所よりはるかに確率が高い場所に。最大限の正確さで攻撃をおこなうことが、これまで以上に喫緊の課題になる。だが、これまでもつねにそう心がけてきた。それ以上にといっても無理な話だ。明晰に、整然と、感情に流されずに考えなくてはならない。頭を働かせるために、疲れきった脳に鞭打たなくてはならないとしても。だんだんと、我慢できないほどに便所が近くなってきているとしても。どれだけ喉が渇き、腹が減り、関節が凶悪に痛んだとしても。

そろそろ攻撃方法を変える頃合いだ。Uボート艦長も〈キーリング〉がここ何度か同じルーティンを繰り返していることに気づきはじめているだろう。

「ジョージよりイーグルへ。今回は攻撃後、そのまま直進する。本艦の左艦首を維持し、本艦通過後ただちに航跡のなかに突っ込め」

「アイアイサー」

木曜日　午前直　〇八〇〇〜一二〇〇

クラウスは距離と方位の報告を聞いていた。潜水艦が〈キーリング〉の内側に入り込んでいる可能性はなかった。このときになってようやく気づいたが、当直は少しまえ、自分がフィプラーと話していたときに交替していた。操舵命令を復唱する声がちがっていたし、操舵室内に乗組員たちの行き来があった。カーリングがまた当直に戻ってきて、クラウスに報告する機会を窺っていた。が、爆雷投射を担当するのはノース水雷長のようで、口元に通話装置を装着していた。ノースが受け持ってくれるなら安心だ。

「よろしい、カーリングくん」

カーリングは何時間か眠ったはずだ。腹もハムエッグでいっぱいになっただろうし、便所もすませているだろう。

「目標、方位二八二度。距離近い」

うまく迎撃できそうだ。こちらの計算どおりなら、Uボートが描いているはずの円と接することができる。

「ノース大尉！」

ノースは慎重にタイミングを見計らっていた。

「一番発射！」ノースが言った。

四発の投下をさんざん繰り返してきたあとで一発だけ投下するのはなんとも妙だし、あまりこの状況にそぐわないような気がする。〈キーリング〉はそのままの針路を維持していた。〈ヴィクター〉が近づいてきた。互いの左舷側がすれちがう。距離はかなり近い。正面からのシルエットに過ぎなかったものが、みるみるうちに艦の凍りついた横顔がくっきり見えるようになってきた。ポーランド国旗が颯爽と風に翻り、就役旗がはためいているのも、防寒服に身を包んだ見張り員の姿もよく見えた。艦橋にいる人々の姿も。クラウスは自分の通話相手のイギリス人連絡士官が艦橋にいるのか、下にいるのかは知らなかった。ややあって、艦尾の吹きさらしの持ち場に就いている爆雷当番員たちの姿が眼に入ってきた。

「イーグルよりジョージへ。貴艦はずいぶん寒そうですな。本艦もそう見えますか？」

Uボートと戦うだけでなく、冗談も言わなければならないとは。くたびれた頭に活を入れ、すばやく反応しなければならない。軽妙で気の利いた冗談を考えようとしたが、クラウスは冗談を言うのが苦手だった。そこで、学術的観点から見ておもしろいと思われる台詞をひねり出し、学術的な駄洒落をこしらえた。

「ジョージよりイーグルへ。貴艦はイーグルというよりイグル、、ー、のようだ」

すれちがった直後、〈キーリング〉の左艦首が〈ヴィクター〉の航跡に突っ込んだ。やれやれだ、仕事に戻ろう。

「ジョージよりイーグルへ。本艦は左に回頭する。操舵員、取舵。針路〇〇〇度」

〈キーリング〉は何度か時計まわりに円を描いたのち、今は逆方向に、反時計まわりに旋回している。が、Uボート艦長もこちらと同じことを考えているかもしれない。

クラウスは左舷側のブリッジウィングに出ると、足を滑らせないよう、細心の注意を払って歩を進めた。〈ヴィクター〉が攻撃を仕掛けようとしていた。〈キーリング〉が急旋回しているので、〈ヴィクター〉が目標を追跡しながら転舵しているかどうかを肉眼で判断するのは難しかった。操舵室に戻ると、窓が割れているにもかかわらず、ブリッジウィングよりも暖かかった。

「イーグルよりジョージへ。敵を本艦の正艦首に捉えました」

一隻の攻撃をかわしたと思ったら、もう一隻の真正面に出てしまったのだから、敵の艦長は冷や汗をかいているはずだ。そうであってほしかった。それより何より、〈ヴィクター〉の次の攻撃で潜水艦が海の藻屑となってくれることを心底から願った。爆雷が爆ぜるのが見えた。三発だけだ。航跡のなかで一発、両舷で一発ずつ。〈ヴィクター〉はV字形のパターンで攻撃したということだ。一発をUボートがいると思われる地点に投下し、左右への避退を計算に入れてもう二発を両舷側に投射したのだ。

「ジョージよりイーグルへ。本艦は左に旋回する。距離を取れ」

「アイアイサー」

「取舵いっぱい。針路〇六九度」

〈キーリング〉は自らの航跡と〈ヴィクター〉の航跡が描いた魔法の円の中心に向かっていた。

「目標、方位〇七九度。距離、遠い」

敵潜は〈ヴィクター〉の攻撃後に反転したようだ。次の報告でもう少しはっきりするだろう。それまでは目標を正艦首に捉えたままにしておこう。

「面舵急げ、針路〇七九度」

「ソナーより報告。目標、正艦首。距離、遠い」

では、Uボートはこちらと同じ直線上を航行しているということか？　だとすると、こちらに向かっている？　それとも遠ざかっている？

「艦長よりソナーへ。ドップラー効果はどうか」

「ソナーより返答。ドップラー効果ありません」

「よろしい」

「ソナーより報告。目標、正艦首。距離千三百五十メートル」

クラウスの心に疑念が芽生えた。Uボートが行動不能に陥り、海中で静止しているならともかく――いや、それは高望みのしすぎだ。次の報告を聞き、疑念はますます深まった。

「ソナーより報告。目標、正艦首。距離千二百メートル。気泡のような音がするとのこと」

やはりそうか。このUボートがあの装置を使ってからずいぶん時間が経っている。気泡を放ったあと、どちらに舵を切ったのか？　気泡を放ったのは〈ヴィクター〉が攻撃するまえか、それともあとか？　純粋に確率の問題でしかないように思えたが、ともかく状況分析を試みた。〈ヴィクター〉に眼をやって前方の距離に見当をつけ、Uボート艦長ならどうするだろうかと考えた。敵艦長は〈ヴィクター〉が自分めがけてまっすぐ向かってくるという報告を受けた。〈キーリング〉が左右どちらに回頭していたかはまったくわからなかっただろう。〈キーリング〉が左に舵を切ったのはずいぶんしばらくぶりのことだ。たぶんUボート艦長は〈キーリング〉が右に転舵すると予想し、左に舵を切っただろう。だとすると、こちらはもっと右に舵を切らなければならない。

「面舵急げ、針路〇八九度」

操舵員が命令を復唱しているあいだに次の報告が入ってきた。

「目標、正艦首。距離一千メートル。やはり気泡のようです」

「ジョージよりイーグルへ。敵は気泡を発射した。本艦は右舷側に抜ける。貴艦は本艦の左舷正横に接近し、捜索しろ」

「アイアイサー」

潜水艦は二、三分、ないし四、五分の猶予を勝ち取っていた。

「ソナーより報告。気泡、方位〇九九度、距離八百メートル」

気泡の持続時間がわかれば、判断材料として役に立つ。記憶を遡り、過去に見聞きしたことを思い出そうとしたが、これに関するデータはなかった。

「ソナー、感度なし」

気泡は消えたということか。欺瞞気泡は自らの発した泡によって引きあげられ、重力によって押しさげられ、深みへの入口でゆらゆらと不安定に動いていたが、それをやめた。今では重力が勝り、その謎に満ちた装置は下へ下へ、海の底へと暗闇のなかを沈降している。

「ソナー、感度なし」

池に投げ込まれた小石の立てる波紋が広がっていく。一秒が経過するごとに、〝潜水艦がいる可能性のある範囲〟を表わす円がどんどん広がっていく。

「ジョージよりイーグルへ。本艦、ソナー感度なし」

「本艦もありません」

〈ヴィクター〉の最後の攻撃が命中したのかもしれない。Uボートは欺瞞気泡を放った直後、真横に投下された爆雷によって内破したのかもしれない。なんの痕跡も残さずに沈没したのかもしれない。いや、ありえない話だ。そんな可能性は考えるべきではない。Uボートはまだどこかに、近くにいる。敵意と危険に満ちたUボートが。とはいえ〈キーリング〉は十二ノットのスピードでこの円周にだいぶ接近しており、Uボートがその外側に出ている可能性はない。〈ヴィクター〉は円の中心からかなり進んだところにいる。

「取舵。操舵員、針路読みあげ。ジョージよりイーグルへ。本艦は左に回頭する。貴艦も左に回頭しろ」

「アイアイサー。アスディック(ソナー)が冷水層からの反響音を捉えています」

大いにありえる。おそらくUボート艦長は外部の水温を計る温度計に注意を払っていて、温度が急上昇したことに気づくと、下にある冷水層を見つけ出し、深く深く潜航したのだろう。ミリグラム単位でトリムを調節し、死んだように息を潜め、不可視で繊細な高密度の冷水層に守られ、水温境界層ぎりぎりのところで奇跡的にバランスを保っているのだ。

〝しかし、主はその聖なる宮にいる。全地はその御前に沈黙せよ〟——そんなふうに思うことは、神への冒瀆(ぼうとく)かもしれない。

「現在〇四〇度。〇三〇度。〇二〇度」

〈キーリング〉は旋回していた。時間が急速に経過していた。その一秒一秒が貴重だった。左舷後方では〈ヴィクター〉が〈キーリング〉より緩やかに旋回しながら、まだ探っていない斜め後方を捜索していた。

「三四〇度。三三〇度。三二〇度」

〈ヴィクター〉が〈キーリング〉の左艦首に位置した。それから正艦首に。

「ソナー、感度なし」

「よろしい」

「三八〇度。二七〇度。二六〇度」

「ソナーより報告。反響音あり。目標は探知できず」

「よろしい」

先ほど〈ヴィクター〉が少し遠くから報告してきたのと同じ反響音だ。このあたりはそこかしこに冷水の流れがあるらしい。ソナーの音波が跳ね返されてしまうため、潜水艦が冷水のなかにいたら探知できない。とはいえ、そこからこっそりと逃げ出し、すでに四、五キロ離れた場所にいる可能性もある。Uボートの乗組員は二隻の駆逐艦がまるで見当ちがいの場所をぐるぐるぐるぐると捜索している姿を遠くから見物して、腹を抱えて笑っているのかもしれない。

「二〇〇度。一九〇度。一八〇度」

もうすぐ完全に一周する。このまま捜索を続ける意味はあるだろうか？　クラウスは夜ごと夕べの祈りを捧げるまえに、その日一日の行動を省みることにしていた。その際に用いる厳格で妥協のないやり方で、この疑問を検討してみることにした。ここで敵の捜索を打ち切るのは、意志薄弱、臆病、優柔不断、軽率な者のすることだろうか？　自分が疲れていることは認識していた。疲労が判断力に影響していないだろうか？　便所に行きたい。食い物も飲み物も欲しい。こうした人間的な弱さのせいで、自らが持ちつづけなければならない意志の強さに翳りが出ていないだろうか？　クラウスはこういうやり方の自己分析しか知らなかった。このたうつ虫けらを、弱く罪深いクラウス中佐という生き物を、誘惑にやすやすとそそのかされ、隙あらば過ちを犯す信用ならない生き物を、心の眼で冷酷に眺めた。それでもやはり、不承不承認めざるを得なかった。この場合はおそらく、この意志薄弱な生き物の言っていることが正しい。

「一二〇度。一一〇度」

「針路〇八〇度」と命じてから、無線通話機に向かって「本艦は東進し、船団前方に出る。針路〇八〇度」

「〇八〇度、アイアイサー」

「貴艦はもう一度周囲を捜索してから、落伍船を見まわれ」

「落伍船の見まわり、アイアイサー」

「針路〇八〇度、ようそろ」

「よろしい」

この狩りを始めてからいったいどのくらいの時間が経ったのか。よく覚えていないが、七時間かそこらのはずだ。それを今、あきらめようとしている。ほんの一瞬、後悔に襲われ、自分の判断を疑った。潜水艦の追跡を打ち切るのはこれが初めてではない。むしろ幾度もある。だとしても、その事実が敗北感を和らげることはなかった。〈キーリング〉の左舷側、左舷正横前から正横後にかけての水平線上に、船団の姿がかろうじて見えていた。夜のうちに受けた雷撃のせいで隊列が乱れていることはまちがいない。煙突から伸びる煙のように、列が長く伸びている。これからしばらく、〈ヴィクター〉は船団の無防備な側面を守り、落伍船を隊列に戻すだけで手いっぱいになるだろう。クラウスはくたびれ果ててスツールに戻り、深々と腰をおろした。太ももとふくらはぎの筋肉、膝の関節、股関節、そのどれもがひどく痛んだ。座って最初の数秒は、血液の循環が甦って余計に鋭く痛んだ。肉体の疲労と不快感が、とりあえずは胸のうちの失意と無力感を紛(まぎ)らわせてくれた。〈ヴィクター〉をあとで支援に向かわせると〈ジェイムズ〉に言ったのは、もう何時間もまえのことだ。〈ドッジ〉には〈キーリング〉が加勢に向かうと言ってあった。ずいぶん気安く約束したものだ。あの約束には条件をつけてあった。〝できるだけ早く〟と〝イーグルを支援したのちに〟という条件を。あのときはこの追跡劇がどれだけ長引くか、どれだけ徒労に終わるかは考えていなかった。クラウスは無線通話機で〈ドッジ〉と〈ジェイムズ〉を呼び出し、彼らの報告を聞いた。細心の注意を払おうと気を引き締め直しながら。

〈ドッジ〉は〈キーリング〉の右艦首十三キロの地点にいた。夜のあいだの作戦行動でそれだけ遠くまで行っていたのだ。今は敵を見失い、所定の護衛位置に戻ってこようとしている。その方角に双眼鏡を向けると、水平線上の靄のなかに、〈ドッジ〉の艦影が靄よりはいくぶんはっきりした点として見えた。〈ジェイムズ〉は左側面、船団の向こう側にいるので目視はできないが、やはり護衛位置に戻ろうとしていた。

「指揮官、少々お時間をいただけますか」無線通話機から声がした。長距離電話の交換手のような風変わりな話し方が、イギリス人特有の几帳面なアクセントと奇妙な対照をなしていた。クラウスが初めて耳にする声だった。

「こちらはハリーの艦長、ロード少佐です」

「おはよう、艦長」クラウスは言った。改まって話しかけられるのは、何かよくないことがあった証拠だ。

「信号灯が届く距離に入ったらすぐ、お耳に入れておきたいことがあります。今はそれだけお伝えしておきたく」

「今言うことはできないのか?」

「駄目です。この回線は夜間に一度ならず割り込まれました。敵方に英語を話せるやつがいて、下品な言葉で妨害してくるのです。そいつに聞かれたくないと思いまして」

「よろしい、艦長。報告を待つ」

むろん悪い知らせに決まっている。まずまちがいなく燃料の問題だろう。爆雷が足りなくなったという報告かもしれない。しかし今この瞬間、クラウスは個人的な問題を抱えていた。すぐに下におりて、便所に駆け込まなければならない。何時間もまえからずっと我慢していたが、思い出してしまった今はもう一分たりとも我慢できない。副長のチャーリー・コールが操舵室に入ってきた。

「チャーリー、ちょっと待っていてくれ。カーリングくん、操艦指揮を頼む」

「アイアイサー」

疲れた体を引きずって階段をおりていくあいだも、チャーリーが艦橋にいてくれると思えば多少は安心できた。たとえ操艦指揮を執っているのがカーリングだとしても。クラウスは用を足し、またのろのろと階段をあがった。こんな状態だと、自分の艦が、すっかり慣れ親しんだ〈キーリング〉が、見知らぬ場所のように思えた。よく知るはずの眺め、音、においが、何か恐ろしいもののように感じられた。海図にない狭い海域に入っていく船を取り囲む、ごつごつした岩礁か何かのように。あまりにも長いこと艦橋に立ち、極度に集中していたせいで、現実の世界を非現実的に感じてしまうのだろう。思考の流れを途切れさせないために、この現実世界のことは考えないようにしなければ。

艦橋に出る最後の一段をのぼるのは並大抵の努力ではなかった。のぼりきるとチャーリーが待っていた。たどり着くやいなや、クラウスは恥も外聞もなくスツールに座り込んでしまった。

「艦長のお食事を用意するよう命じておきました」チャーリーが言った。「士官室で召しあがる時間はないと思いましたので」

「そうだな」

護衛艦隊の効率を維持するにはどうすればいいか、クラウスはまだ頭のなかで詳細を詰めていた。チャーリーをよく見ると、日焼けした肉づきのいい顔にいくらか疲労の色が浮かんでいる。身だしなみに気を遣うチャーリー・コール少佐が頬にひげを生やしっぱなしにしているのは、きわめて異例のことだ。

「ひと晩じゅう海図室にいたな」クラウスは咎めるように言った。

「ずっとではありません」

「君こそちゃんと食べたのか？」

「大したものは。これから食べに行こうとしていたところです」

「そうか。ちゃんと朝食を摂ってくれよ」

「アイアイサー。先に艦尾を見まわって……」

「駄目だ。そんなことはするな。まともな朝食を摂って、せめて二時間は眠れ。これは命令だ、少佐」

「アイアイサー」

「少なくとも二時間だぞ。よろしい、チャーリー」

「アイアイサー」

○・五秒にも満たない時間ではあったが、チャーリー・コールは敬礼をためらった。艦長を艦橋に残していきたくなかったのだろう。頬が落ちくぼみ、眼をぎらぎらさせた青白い顔の艦長を。しかし、ひとたび命令がくだされれば、もう議論の余地はない。それが海軍の規律だ。規律は乗組員全員を厳格に支配し、戦争という緊急時にその引き締めはかえってきつくなる。〈キーリング〉は敵をまえにしており、艦橋にいるクラウスは任務中だ。この場を離れようとは考えもしなかった。海軍規則と海軍管理法の条項にも、それはきわめて明確に定められている。ほかの道を検討することは、狂人の考えよりも突飛な空想の世界に足を踏み入れることだ。艦橋に艦医を呼び出して任務不適格のお墨つきをもらえば、持ち場を離れて休息できる。が、そんな屈辱を自ら進んで味わおうとする士官が存在するだろうか？　そう考える者がいるとすれば、それは狂人だけだ。けれど、不撓の矜持と途方もない義務感を持つクラウスのような男がそんな真似をするとは、どんな狂人だって夢想すらしないだろう。実際、そんな選択肢はクラウスの脳裏をよぎりもしなかった。それは職務放棄と同じくらいクラウスの頭から遠くにあるものであり、つまりは絶対に起こりえないことだった。

伝令がトレーを持ってやってきた。

「副長に言われまして。残りのものができあがるまえにこれをお持ちするようにとのことでした」

コーヒーだった。クラウスが絶対に使わないクリームと砂糖もついているのは言わずもがなとして、クラウスは聖杯を見つけたときのガラハッド卿もかくやという眼つきでじっとそれを見た。手袋を引っこ抜き、ポットをつかんだ。手がかじかんでいて、カップに注ぐときに少し震えた。ぐいと飲み干し、お代わりを注ぎ、また飲んだ。喉を滑り落ちるコーヒーの熱さで、体が冷えきっていることに気づいた。ぴりぴりとした寒さでも、凍死するような寒さでもないが、もはや何をもってしても体が温まることはないと思えるような、芯からの寒さだった。

「ポットをもうひとつ頼む」クラウスはカップをトレーに戻しながら言った。

「アイアイサー」

ところが伝令が立ち去ると、入れ替わりにフィリピン人の司厨員がやってきた。こちらも両手にトレーを持っている。そこにかけられた白いナプキンの起伏が、その下にあるものを大いに物語っていた。ナプキンを取るとすばらしいものが眼に飛び込んできた。ベーコンエッグ——いや、ハムエッグのハッシュドブラウンポテト添え！　トースト、ジャム、コーヒーのお代わり！　チャーリー・コールは大した男だ。しかし脚が弱っている証拠に、これだけの馳走をまえに、スツールに座り込んだまま、次にどうしたものかと考えあぐねてしまった。膝にのせて食べるには、スツールはちょっと高すぎる。トレーを海図台の上に移して、立ったまま食べる手もあるが、そうしようと腹をくくるまでに若干のためらいがあった。

「テーブルの上に置け」クラウスは言い、足を引きずりながら司厨員のあとをついていった。

ようやく食事に取りかかろうとしたところで、また一瞬のためらいが生じた。空腹感が消えうせ、もうちょっとで司厨員にトレーをさげろと言ってしまいそうになった。が、ひと口食べるとそんな気分は吹き飛んだ。操舵室の割れた窓から入る寒風が吹きつけるなか、猛烈な勢いで朝食をたいらげていった。揺れる床の上で立ち食いするのに目玉焼きはもってこいの食事というわけではなかったが、そんなことはどうでもよかった。黄身がシープスキンのコートにこぼれても気にしなかった。スプーンでハッシュドブラウンポテトをすくって口に入れ、卵がついたナイフでトーストにジャムを塗った。トーストの最後のかけらで皿をきれいに拭い、それも食べた。それから三杯目のコーヒー。一杯目や二杯目のように夢中でがぶ飲みするのではなく、真のコーヒー好きがそうするように、もっとゆったりと味わった。四杯目も飲めるとわかっているので、いっそう喜びを嚙みしめながら。食前の祈りがすんでいなかったことを唐突に思い出したが、それでも喜びが損なわれることはなかった。クラウスは少しのあいだ頭を垂れた。

「主よ、あなたのお恵みに感謝します――」

　クラウスにはかつて、やさしく理解ある父がいた。その思い出のなかで、クラウスは幸福だった。父自身は聖人のような生活を送りながらも、子供の他愛ないやんちゃを笑って許してくれた。クラウスが祈りの言葉を忘れていたことに気づいたのは、食事をあらかたいらげたあとだったが、そのせいで罪の意識に苛まれることはなかった。それは理解され、許されるはずだった。〝文字は人を殺し、霊は人を生かす〟クラウスにとって最も厳しく容赦のない判事、自分が恐れている判事はクラウス自身だったが、幸いなことに、その判事が祈りの捧げ方に口を出してきたことは一度もなかった。

　三杯目を飲み終え、四杯目をカップに注ぐと、そばにいた伝令のほうを振り返った。伝令は新しいコーヒーポットをのせたトレーを持っていた。そのポットを持ってこいと頼んだときには、朝食のトレーが運ばれてくることを知らなかったのだ。多少面食らって、どうしたものかと考えた。

「今はもう飲めないな」クラウスは言い、助けを求めて周囲を見まわした。「カーリングくん、コーヒーを一杯どうだ？」

「いただきます」

　まるまる二時間、寒い艦橋にいたカーリングは、自分でカップにコーヒーを注ぐと、クリームと砂糖を入れ、自分はそういう種類の男だと自ら表明した。

「艦長、ありがとうございます」コーヒーを飲みながらカーリングは言った。

満ちたりた気持ちの今なら、カーリングと歯を見せて笑い合うことができた。ちか、ちか、ちか。はるか北の水平線上で信号灯が明滅しているのが視界の端に映った。先ほど予告のあった通信文を〈ジェイムズ〉が送ってきているのだろう。それでもクラウスは喜びを少しも損なうことなく四杯目を飲み終えることができた。冷たい手に手袋をはめ直すと、司厨員にトレーを片づけさせ、足を引きずりながらスツールまで戻った。食事のおかげでいくらか疲れが回復していた。必要以上に疲労を溜め込まないよう、自ら進んでスツールに座った。一昼夜におよぶ戦いがクラウスを歴戦の軍人にしたのだ。

腰をおろすとすぐ、信号艦橋から通信文が届いた。

〝ジェイムズヨリ護衛艦隊指揮官へ・夜間ノ戦闘ガ長引キタルタメ――〟

やはりそうだった。〈ジェイムズ〉の燃料残量は危機的な状況に達していた。爆雷も九発しか残っていない。まる一日強行軍するか、半時間ほど交戦すれば、〈ジェイムズ〉は行動できなくなる。通信文にはそうした事実がありのままに書いてあるだけで、なんの提案もなされてはおらず、釈明らしきものといえば冒頭の言葉だけだった。〈ジェイムズ〉を単独で先行させるか？　経済速力なら〈ジェイムズ〉はロンドンデリーまで到達できるだろう。このまま船団に同行させれば、そうできるかどうかは非常に疑わしい。小さなコルヴェット艦がアイルランド島北部の沖合でなすすべもなく漂泊し、敵の餌食になるさまが想像できた。敵は多いにちがいない。空中に、海中に、おまけに海上にもいるかもしれない。とはいえ、〈ジェイムズ〉にはまだ護衛艦としての価値がある。浮上した潜水艦が相手なら砲で打ち負かせる――敵が浮上していればの話だが。残りの九発の爆雷も、一発ずつでもタイミングを見計らって投下すれば、ここぞというときに潜水艦を数時間は船団から遠ざけておけるかもしれない。ソナーだって、〈キーリング〉か〈ヴィクター〉がとどめの一撃を仕掛けるのを導いてくれるかもしれない。ピーンピーンという音だけでも、絶えず流していれば、聴音機で聞き耳を立てている敵への抑止効果があるだろう。

今日の昼と夜を生き抜けば、明日には何がしかの航空支援を期待できる。そうなれば、〈ジェイムズ〉を曳航することもさほど難しくないはずだ。商船の一隻が牽引してくれるだろう。クラウスは生じうる損失と利益を秤にかけた。〈ジェイムズ〉の艦長が艦の状況について護衛艦隊指揮官に注意を促したのは、まったくもって適切な行為だった。報告しなければ〈ジェイムズ〉の艦長の職務怠慢になっていただろうが、これで責任はクラウスが負うことになった。クラウスは信号用箋と鉛筆を取り、返信を書きはじめた。熱いコーヒーを飲んだというのに、体はどうにか読める程度の文字が書けるくらいにしか温まっていなかった。

〝護衛艦隊指揮官ヨリジェイムズヘ・燃料・弾薬ヲ最大限倹約シ・任務続行セヨ〟

いったん決断してしまえば、そこまでは簡単に書けた。が、いちおう励ましの言葉も添えておいたほうがいいだろう。ところが奇妙なことに、まだこうして状況を把握し、分析することもできるのに、それ以上のことを求められると、クラウスの脳は言うことを聞かない頑固なラバのように嫌がった。〝貴艦ヲ欠クワケニユカズ〟と書いてみたが、熟慮に熟慮を重ねた末、太い三本線を引いて消し、その部分は絶対に送信されないようにした。この言葉は真実そのものではあったが、相手が神経質だったり気難しかったりすると、護衛任務を解いてほしいという言外の訴えに対する回答と受け取られる可能性がある。〈ジェイムズ〉からの通信文にそのような言外の意図は込められていなかった。クラウスは自分が戦っている大義にとって正当な理由がないかぎり、人の感情を害することはしたくなかったし、〈ジェイムズ〉の艦長の感情を害することがその大義のためになるともまったく思わなかった。そこで、スツールの上で鉛筆を宙に浮かせたまま、ふさわしい言葉を探した。何も思いつかなかった。脳がもっとましな言葉を考えようとしないので、ありきたりの表現を使うしかなかった。

〝幸運ヲ祈ル〟

通信用箋を伝令に返そうとしたところで、ふと思い浮かんだ。

〝ミナソレヲ必要トシテイル〟

これなら形式的な表現の冷たい感じが和らぐだろう。クラウスはこうした関係には人間味があるのが望ましいことを知識として知っていた。自分自身に対してそうしてほしいとは一度も感じたことがなかったにしろ。自分は上官の無神経な言葉遣いの命令で死んだとしても本望だし、言い方が丁寧でないからといって憤ったりもしない。そんなクラウスが今感じているのは、〈ジェイムズ〉の艦長に対するつまらない嫉妬だった。今後、あの艦長はただクラウスの命令に従い、軍人として能力のかぎりを尽くすだけでよく、それ以上の責任を果たす必要はないのだ。クラウスは伝令に用箋を返した。〝死にいたるまで忠実であれ〟——危うく『ヨハネの黙示録』のこの一節を口にしそうになった。敬礼しかけていた伝令は艦長が口をあけてまた閉じたのを見て、ほかに言い足すことがあるのだろうかと待っていた。

「それを信号艦橋に」クラウスは厳しい口調で言った。

「アイアイサー」

伝令が行ってしまうと、これまでにない妙な感覚に囚われた。今すぐに片づけなければならない問題がひとつもなくなったのだ。瞬時に重要な決断をくださなくていいのは、この二十四時間以上で初めてのことだった。やっておいたほうがいい細々とした仕事はごまんとあるが、そのどれに手をつけるかは自分の裁量で選べる。疲れきった頭で、この奇妙な事実についてつらつらと考えた。夢を、悪夢ではない夢を見ている男が、眼のまえで展開している不思議で新鮮な状況について考えるように。カーリングがやってきて敬礼をしたときも、この状態は変わらなかった。

「あと五分で船団が次の針路変更に入ります」

「よろしい」

これは船団全体の針路の定期的な変更で、カーリングはクラウスの定めた規則に従って通知しに来ただけだった。こちらが何も手を打たなくても、船団は向きを変えられる。とはいえ、何かしてやったほうがいいだろう。船団は隊列が乱れている。ここで変針すれば混乱が増し、長引くだろう。今回は見送ったほうがいいかもしれない。クラウスは船団指揮官に送信する通信文を考えはじめた。〝針路変更中止・現針路維持〟でどうだろう。いや、やはりそのままやらせたほうがいい。船団は変針に向けて準備しているだろうから、中止すればかえって混乱を招く恐れがある。それに次の定期針路変更の際、今度はどちらに変針すればいいのかという混乱も生じるだろう。〝命令（オーダー）、取り消し（カウンターオーダー）、混乱（ディスオーダー）〟海軍兵学校の講義で一度ならず聞かされた格言だ。二十年間の奉職中、この格言の正しさはこの眼で幾度となく見てきた。ルーティンはこのまま続行させよう。

「指揮船が針路変更の信号旗を掲げています」カーリングが言った。

「よろしい」

今度はなんだ？　また何か、これまでにない奇妙なものだ。吹きさらしになった操舵室に、現実離れしたこの明るさ。朝の灰色が薄れていく。信じがたいことだった。右舷正横前の上空に、ほんとうに見えていた。青白く湿っぽい太陽が。太陽というより月のようだが、太陽は太陽だ。流れていく高い薄雲の向こうにうっすらと顔を見せている。陽が射していたといえるのはほんの五秒ほどのことだったが、横揺れに合わせて甲板上を動く支柱がかすかな影を投げるには充分な時間だった。艦がひと揺れすると影は消えた。艦が左に揺れ、右に揺れると、その青白い円盤はこれで見納めとばかりに高い雲の背後に顔を隠した。〝光は快（こころよ）く、眼に太陽を見るのは楽しい〟

「旗がおろされました」カーリングが言った。

「よろしい」

操舵命令が出され、復唱されるのが聞こえた。だが次の瞬間――クラウスには次の瞬間に感じられた――気づけばスツールから落ちかけていた。体が一方に傾き、ときどき悪夢のなかでそうなるように、果てしなく落ちていった。四、五センチも傾かないうちにはっと気づいた。悪夢ではなかった。ほんとうに眠りかけ、スツールから落ちるところだった。体を起こし、背筋を伸ばしたが、自分のこのざまに大きなショックを受けた。〝眠りをむさぼる者は、ぼろを身にまとうようになる〟無意識のうちに、睡魔が忍び寄ってくるのを許してしまうとは。ほんとうに恥ずべきことだ。こんな経験は生まれて初めてだった。昨日二時間ぐっすり眠ったあと、総員戦闘配置の準備中に起こされてからまだ三十時間しか経っていないというのに。うとうとしてしまったことに対する言い訳は絶対にできない。が、クラウスはこれを自分に対する警告と受け止めた。この敵は狡猾だ。断固戦わなくてはならない。二度と同じことがないように。クラウスはスツールから腰を浮かせ、まっすぐに立った。脚の筋肉に文句を言わせておけば、起きていられるだろう。立ちあがると両足が痛んだ。まるで靴がきつすぎるか、一夜のうちに足がひとまわり大きくなってしまったかのようだ。履き慣れた相棒だったが、いっそ脱いでしまい、自室にスリッパを取りに行かせようかと一瞬考えた。しかし、そのような考えが首をもたげてくるやいなや、たちどころに切って捨てた。艦長は乗組員の手本となるべきであって、スリッパ履きで持ち場に就くなど言語道断だ。それに、肉体的にしろ、精神的にしろ、自分を甘やかす行為は危険だ。疑ってかかるべきだ。たった今、スツールの上で居眠りしたのがいい例ではないか。それに――それにこのままずっと立っていれば、いずれ足の感覚がなくなり、それほど痛まなくなるだろう。

「カーリングくん、針路を一二〇度に取り、もう一度船団前方を哨戒したほうがいい」

「一二〇度、アイアイサー」

数分前、ソナーの音はクラウスを眠りの世界に誘う単調な子守歌だった。今やそれは義務を果たせと強く、絶えず思い出させてくれるものになった。〝わが眼に眠りを与えず、わがまぶたにまどろみを与えず〟眼が乾いていたり、腫れぼったくなったりしているわけではない。まぶたをあけたままにしておくのは造作もないことだ。先ほど摂った食事が自分に対する裏切り行為にひと役買っており、満腹とともに眠気という罠を仕掛けていた。

このことからも、自分を甘やかす行為がいかに危険かわかるというものだ。

伝声管脇のベルが鳴り、こうした考えはすべて吹き飛んだ。応答するために大股で歩いていったが、足は痛まなかった。

「艦長だ」

「艦長、たった今レーダーに輝点が表示されました。少なくとも自分には輝点に見えますが、レーダー画面が不調でして。輝点の方位〇九二度、距離十七キロです。今消えました。はっきりしたことは言えません」

その方向に舵を切るか、現針路を維持するか？〈キーリング〉は今、その輝点らしきものと船団のあいだに割り込むような針路を取っている。現針路を維持したほうがよさそうだ。

「艦長、また現われたようです。はっきりしたことを言えず申し訳ありません」

この数日間、〈キーリング〉のレーダーは、レーダーというものに対して期待できる程度の働きは見せていたが、いつ故障してもおかしくなかった。それにこの距離では――もろもろの数字はクラウスの頭に叩き込まれていたが、無意識のうちに平方根を計算し、そこに係数をかけた。この距離では、海面にわずかに顔を出しているだけの潜水艦を捉えるのは、どんなレーダーでも難しいだろう。いずれにしろ、あと数分間は現針路で問題ない。

「その輝点はドッジから見て何度だ？」伝声管で下に尋ねた。暗算で近い数字を求めることもできたし、戦闘行動中ならそれをもとに判断していただろうが、今は珍しいことに、下に確かめるだけの時間的余裕がある。

「方位〇七〇度、距離二十五キロです」海図室から応答があった。

小型艦である〈ドッジ〉のレーダーアンテナは〈キーリング〉のものより低い位置にあるため、そう遠くてはこの目標を探知できない。となれば、今のところは交差方位法も当然使えない。

「よろしい」クラウスは言った。

「輝点にしては」伝声管から声がした。「距離も方位も変化していません。画面の故障かもしれません」

「よろしい」

レーダーの不具合かもしれない。それはそれとして、クラウスは右舷側のブリッジウィングに出て、後方を眺めた。船団からみっともないほどの量の煙があがっている。所定の位置に戻るため、船長たちが一、二ノットほど余計にスピードを出させた結果がこれだ。反時計まわりの風が穏やかに吹いているだけなので、煙は昨日より高くあがっている。これでは百キロ先からでも位置を知られてしまう。近くにいる潜水艦にもすぐに見つかってしまうだろう。その結果、〝逆サイド〟を取られたとしたら、敵は難なく〈キーリング〉に対して一定の距離と方位を保つことができる。自分が守るべき船たちがレーダーの有効範囲のはるか先にいる敵にまで、進んで自らの位置を知らせてしまっているのだとしたら、レーダーの意味とはいったいなんなのか？

そんなことを自問してはいたが、恨みがましい気持ちはなかった。そういう段階は過ぎていた。もう興奮に我を忘れるクラウスではなくなっていたのと同じく、一日のあいだに彼は大きく成長していた。少年時代のすばらしいしつけ、海軍兵学校での恵まれた教育、洋上での長い経験。それらは敵としのぎを削ったこの二十四時間に比べれば、なんでもなかったのだ。クラウスは手すりに手をのせていたが、気がつくと銀色の薄い氷がはがれて手袋についていた。手すりに眼をやると、下のカーブに沿って水滴がしたたっている。氷がどんどん解けだしているのだ。索具からも張り綱からも。凍りついていた就役旗も、本来そうあるように、風にはためいている。〈キーリング〉の砲の射程からそう離れていない地点に潜水艦がいるかもしれないというのに、クラウスはきわめて落ち着いていた。今のこの状態と昨日初めて目標を探知したときの興奮には、天と地ほどの差があった。が、これは疲労で感覚が鈍くなっているせいではなかった。

操舵室の伝声管がクラウスを呼んでいた。

「艦長、輝点は見えなくなりました」

「よろしい」

〈キーリング〉は船団前面に対して斜めに進んでいた。〈ドッジ〉は船団右側面の所定の護衛位置に就いていて、その艦影ははっきり見えていた。

「許可する」と、カーリングが艦内電話で話していた。クラウスに見られていることに気づくと、彼はこう説明した。「操舵索の交換を許可したところです」

「よろしい」

クラウスの定めた規則では、この決定は当直士官に一任してあった。だからカーリングは艦長に相談せずに許可を出した。敵潜がレーダーの探知可能範囲のぎりぎり外側にいるとしたら、今はうってつけのタイミングとはいえないかもしれないが、操舵索は毎日交換しなくてはならないものだし、今のところ目標は探知していない。それに、これはカーリングが当直士官としての責任を引き受けたということだから、評価の対象になる。この二十四時間でカーリングも何かしら学ぶところがあったのかもしれない。

〈キーリング〉の現在位置からは船団の右半分がよく見えた。視界はゆうに十五キロ以上。双眼鏡を覗くと船が見えた。色とりどりの塗装、さまざまな姿形の船。まだ後れを取っている船。そのすぐ向こうに、見まごうことなき〈ヴィクター〉の前部マスト。羊の群れを世話しているのだ。〈ヴィクター〉と落伍船は少しずつ近づいてきている。クラウスは満足して命令を出した。

「カーリングくん、そろそろ引き返そう」

「アイアイサー」

クラウスは無関心を装った。カーリングがどう反応するか知っておくのも仕事のうちだ。

「取舵。針路〇六〇度」カーリングが言った。

船団前方を哨戒しながら引き返させるのはさほど難しいテストではないが、カーリングはすばやく正確にやってのけた。海軍は拡張を急いでいるようだが、予定どおりにことが進むのなら、カーリングは半年後にはあっさりと駆逐艦の艦長になり、実戦をこなすようになっているかもしれない――そのときまで生きていれば。

「針路〇六〇度、ようそろ」操舵員が言った。

念のためもう一度トイレに行っておこうと思った。コーヒーをカップに四杯飲んでから一時間以上が経っている。

「潜望鏡！　潜望鏡！」右舷側の見張りが叫んだ。「右舷正横！」

クラウスはブリッジウィングに飛び出し、双眼鏡をかざして右舷正横の海面を探った。

「まだ見えます！」

見張り員は双眼鏡を覗き込んだまま、半狂乱になってその方向を指で示していた。

「右艦首〇九九度！　六キロ。いえ、七キロ！」

クラウスは双眼鏡をゆっくりと上に動かした。それに合わせ、拡大された八の字形のくっきりした視界が〈キーリング〉から遠ざかる方向に動いていった。見えた――消えた。艦の横揺れに合わせてバランスを取っていると、また見えた。根元に白いさざ波を立てて海面を滑る、細長い灰色の円柱が。言いようもなく危険な、蛇のような代物が。

「面舵いっぱい」クラウスは咆哮した。その命令を叫びながら、別の考えが頭に浮かんだ。

「今のは取り消しだ！　針路そのまま！」

カーリングが横に立っていた。

「あの方位を特定しろ！」クラウスは肩越しに鋭く命じた。

そのとき、ゆっくりと、まるで自信たっぷりにこちらをあざ笑うかのように、潜望鏡が少しずつ海中に沈んでいった。〝風がその上を過ぎると、うせて跡なく、その場所に訊いても、もはやそれを知らない〟

「艦長、一六〇度です」カーリングが言い、それから正直にこうつけ加えた。「断言はできませんが」

「よろしい」

クラウスはまだ双眼鏡を覗いていた。敵がまたすぐに潜望鏡をあげて周囲を見まわすようなことがないかどうか、確かめておきたかったのだ。ゆっくり二十まで数えた。

「カーリングくん、操艦指揮を執れ。針路は一七〇度だ」

「一七〇度、アイアイサー」

潜望鏡が出ていたあいだ、〈キーリング〉と潜水艦はほぼ反航していた。発見直後に出した「面舵いっぱい」の命令を取り消したのは、こちらは潜望鏡に気づいていないと敵に思わせるためだ。敵が得た最後の情報は、〈キーリング〉は危険に気づかず、のんきにそこから離れていっている、というものだ。敵は〈キーリング〉と〈ドッジ〉のあいだをまんまとすり抜けられたと、ぬか喜びしているかもしれない。これで誰にも邪魔されずに戦術上の重要地点に向かい、船団の至近距離、前方斜め四五度から、船団の無防備な横っ腹めがけて魚雷を次々と打ち込めると考えているかもしれない。

「ジョージよりディッキーへ！　ジョージよりディッキーへ！」クラウスは無線通話機に向かって言った。「聞こえるか？」

「ディッキーよりジョージへ。聞こえます。感度四」

「一分前に潜望鏡を視認した。距離六から七キロ、方位は本艦から見ておおよそ一六〇度」

「六から七キロ、一六〇度、了解」落ち着いたカナダ人の声が言った。

「潜水艦は針路二七〇度で船団側面に向かっているようだった」

「二七〇度、了解」

「本艦は針路一七〇度で迎撃に向かう」

「一七〇度、了解。艦長と代わります」

クラウスの耳にきびきびとした声が聞こえてきた。

「コンプトン＝クロウズです」この艦長はカナダ人には珍しく複合姓だった。「本艦の当直士官がデータを受け取りました。こちらは〇二〇度で迎撃に向かいます」

「よろしい」

小型の〈ドッジ〉が旋回するにつれて艦の上部構造物のシルエットが小さくなっていくのが、クラウスの立っているところから見えた。クラウスは潜水艦が最後に目撃された地点にまっすぐ向かうのが得策ではないかと思ったが、コンプトン＝クロウズは迎撃地点の確保に向かったほうが安全だと考えているらしい。そのほうが正しいというのも充分に考えられる。ここで第一に考えるべきは、潜水艦を船団から遠ざけることだ。撃沈することも重要だが、それだけが目的ではない。とくに今のこの――そこまで考えたところでコンプトン＝クロウズがふたたび口をひらいたが、クラウスは次の言葉を聞くまえから、彼が何を言うつもりなのかわかっていた。

「本艦が攻撃位置に就いたとしても」コンプトン＝クロウズは言った。「爆雷が残り少ないため、一発しか使えません」

「本艦も同じだ」

撃つまえに眼を閉じなくてはならない鴨猟師のたとえには、もう少し続きがあるのかもしれない。爆雷を一発ずつしか使えないとなると、それまでのハンディキャップすべてに加えて、ショットガンを捨ててライフルで、いや、銃身内に旋条のないマスケット銃で狩りをするようなものだ。

ればそれでいい」

「敵を追い払わなければならない」クラウスは言った。「船団が通過するまで足止めでき

「は。本艦の正午の燃料報告がまもなくそちらに届くと思います」

「かなりまずい状況か？」

「予断を許さない状況ではありますが、かなりまずいとまでは思いません」

そう聞いて多少の慰めにはなった。

「よろしい、艦長」クラウスは言った。

どちらの艦も姿の見えない潜水艦に向かっているというのに、こんなふうに穏やかな会話を交わしているのは、どこか現実離れしていた。クラウスでさえそれを感じた。戦いに赴くふたりの軍人というよりは、金融市場の動向について議論するふたりの銀行家のようだ。が、厳しい現実というものはあまりに過酷になると現実離れしてくるもので、それ以上は何に対しても驚いたり、うろたえたりしなくなる。狂人が自分の妄想に少しも驚かないのと同じだ。クラウスが冷静で落ち着いているのは、肉体的な疲労も多少は関係していた。コンプトン＝クロウズもおそらくそうなのだろう。だが、それよりも精神が飽和しているこのほうが問題だった。こうして戦いの初手を進めているというのに、子供にせがまれてまたいつものゲームをしているような気持ちになっていた。うまくできたほうがいいが、何がなんでも勝ちたいと躍起になるようなものでもない、と感じていた。

「貴艦も幸運を」コンプトン＝クロウズが言った。

「ありがとう。以上だ」

クラウスは伝声管で海図室を呼んだ。

「潜水艦の予測針路と交差するまで、あとどのくらいだ？」

「十二分です」

またしてもチャーリー・コールの声だった。さっき二時間の睡眠を命じたが、あれからもう二時間経ったのか？　それは訊かないほうがいいだろう。あいつは艦の一番遠いところで泥のように眠っていたとしても、潜望鏡発見の報を聞いて飛び起きるような男だ。そんな男を海図室から引きさがらせようとしても、どだい無理な話というものだ。

木曜日　午後直　一二〇〇～一六〇〇

とはいえ、ほんとうに二時間経っていたようで、当直の交替が始まっていた。カーリングが敬礼し、当直を外れる旨を形式どおりに報告した。ひとつ、ただちにやっておかなくてはならないことがある。

「ナイストロムくん、操艦指揮を執れ」

「アイアイサー」

クラウスは疲れた脚でラウドスピーカーのもとに向かった。

「こちらは艦長だ。新たに当直に就く諸君は、これから言うことをよく承知しておくように。本艦は十分前に敵潜望鏡を発見した。現在追跡中だ。くれぐれも油断するな」

昨日、総員戦闘配置を解除しておいてよかった。そうしていなかったら、昨日の朝からずっと総員戦闘配置が続いていたことになり、乗組員全員が自分と同じくらい疲弊していたはずだ。それはあまりいい状況とはいえない。疲れていると、ベストを尽くそうという気にすらならない者もいるからだ。

ブリッジウィングに出て現状を吟味した。あそこにいる〈ドッジ〉は、追跡を開始した時点では船団最右列先頭船の前方からそう遠くない位置にいたはずだ。ついでにいえば、それは〈キーリング〉も同じだ。また例の時間の加速だ。最初はゆっくり、それから事態はどんどん早く展開していくようになる。空間は縮み、時間は飛ぶように過ぎていく。

「ソナーが目標を探知。遠距離。方位一六〇度」出し抜けに電話連絡員が言った。

もうそんなところに？　ならば海中のUボートは、やろうと思えばできたはずなのに、最適な針路を取らなかったのだ。

「本艦から見て左艦首一〇度に目標を探知」クラウスは無線通話機に向かって言った。

「アイアイサー」

「ナイストロムくん、私が操艦指揮を執る」

「アイアイサー」

〈キーリング〉は潜水艦と衝突必至の針路を取っていると考えてよさそうだ。これは新しい敵との対戦において、剣と剣が初めて触れ合う瞬間だった。昔は、マスクの正面に突きつけられた対戦相手の剣先のボタンと、最初に剣を合わせたときに手首と腕を駆けあがってくる感覚から、可能なかぎりすばやく相手の実力、手首の強さ、動きの機敏さ、反応を見きわめなくてはならなかった。今、クラウスはそれと同じことをしていた。敵があまりに長時間潜望鏡を突き出していたこと。潜航してからも適切ではない針路を取っていること。この新手のUボート艦長は、今朝方〈キーリング〉と〈ヴィクター〉の追跡を振り切ったUボート艦長とはちがう種類の男だ。あの艦長のような手練手管はないし、注意力も足りない。経験が足りていないのか、無鉄砲なのか。あるいは疲れているのか。

「ソナーより報告。目標、遠距離。方位一六一度」電話連絡員が言った。

方位はほとんど変わっていないから、まだ操舵命令を出す必要はない。今は待て。ノースが隣に立っていた。

「爆雷は一発ずつのほうがよいかと思いますが、いかがいたしましょうか？」

疑問文の形式を取ってはいたが、これは意見表明だった。ノースは自分の意見を述べられるが、責任を取るのはクラウスだ。ハンディキャップを負った鴨猟師にも選択肢はある。ショットガンで一発か、ライフルで六発か。クラウスはこれまでの〈キーリング〉の攻撃パターンのうち、結果がともなわなかったものについて考えてみた。〈キーリング〉の目的はUボートの動きを封じ、鈍らせ、視力を奪い、船団が通過するまでのあいだ損害を抑えることだ。とはいえ、一回の攻撃パターンでうまいこと爆雷を散らせれば、この潜水艦を撃沈できるかもしれない。今回はまたとないチャンスに思える。誘惑はとてつもなく大きかった。だが反対に、ここで爆雷を一発残らず投下して外したら、どういうことになるだろうか。事実上、〈キーリング〉は無力で無用の存在になる。やはり当初の目的に従うべきだ。

「そうだな、一発にしよう」

クラウスは脚の疲れも足の痛みも忘れていた。今回は緊張が急速に高まっているわけではなかったが、迅速な決断をくだす必要を感じ、もう一度気を引き締めた。

「ソナーより報告――」

「潜望鏡！」もうひとりの電話連絡員の声が割って入った。それと同時に、操舵室内に前方からの大声が響いた。「前方の見張り員より報告、正艦首に潜望鏡」

クラウスは双眼鏡をかざした。艦橋のすぐ前方にある左舷側の四十ミリ機関砲が突如としてトンク、トンク、トンクと火を噴きはじめた。それからしばらくは何もなかった。四十ミリ砲弾が海水を跳ねあげる様子を眺めていると、電話連絡員二名が同時に口をひらいた。

「ソナーが先だ」クラウスは言った。

「ソナーより報告。目標、方位一六四度。距離千八百メートル」

「前方の見張り員より報告、潜望鏡、消えました」

「四十ミリ機関砲で正艦首の潜望鏡を射撃。命中弾を認めず」

このUボート艦長はひと味ちがうテクニックを持っているようだ。聴音器を信頼しておらず、潜望鏡で覗かずにいられない性分らしい。〈キーリング〉の艦首が自分にぴたりと向けられているのを見たら、どんな反応をするだろうか？　十中八九、回頭するだろう。

だがどちらに？　〈キーリング〉の艦首を突っ切るか、それとも腰を抜かして本能的に遠ざかろうとするか？　次の報告で明らかになるはずだ。深く潜ったか、それとも潜望鏡深度に留まっているかについては？　深く潜ったにちがいない。

「ノース大尉、深深度設定だ」

「アイアイサー」

「ソナーより報告。目標、正艦首。距離千三百五十メートル」

ということは、敵は〈キーリング〉の艦首を横切ろうとしている。おそらく左に舵を切って。

「面舵急げ、針路一八〇度」

「面舵急げ、針路一八〇度。針路一八〇度、ようそろ」

「ソナーより報告。目標、正艦首。距離千二百メートル」

Uボートはこちらの予想どおりに動き、鋭く旋回している。もう一〇度ほど偏差を取っておいたほうがいいだろう。

「面舵急げ、針路一九〇度」それから無線通話機に向かって「目標は本艦の艦首方向を横切っている。距離千二百メートル。本艦は右に旋回中」

「アイアイサー」

「針路一九〇度、ようそろ」

「よろしい」

「ソナーより報告。目標、方位一八〇度。距離一千メートル」

左舷一〇度？　怪しい。ソナーがドップラー効果も同時に報告してきたら、いよいよ怪しい。待とう。待て。

「ソナーより報告。目標、方位一七五度。距離千百メートル」

これでわかった。敵は反転しているのだ。〈キーリング〉が最後に取った面舵は不要どころか悪手だった。敵との距離がひらき、時間を無駄にした。クラウスは一瞬、自分が嫌になった。しかし敵はどこまで旋回するつもりなのか？　偏差を取るべきか、それともあとを追うべきか？

「取舵。針路一七五度」それから無線通話機に向かって「目標は円を描いている。本艦は針路を左に戻す」

「アイアイサー」

〈ドッジ〉はその円のへりに近づき、戦闘に加わろうとしていた。船団が着々と接近してきている。同時に検討しなくてはならない要素がいくつもある。

「目標、方位一七二度。距離千百メートル」

待とう。待て。待つんだ。

「目標、方位一六六度。距離千百メートル、変わりません」

目標はまだ旋回している。それも非常にゆっくりと。

「取舵いっぱい。針路一五五度」それから無線通話機に向かって「本艦は依然、左に旋回中だ」

「アイアイサー」

「ソナーより報告。目標、正艦首。距離九百」

今度はクラウスが点を稼いだ。獲物に二百メートル近づき、まだ正艦首に捉えている。この有利を維持し、また動きを読まなくてはならない。

「取舵いっぱい。針路一四〇度」

両者の描く円軌道が均衡状態に近づいていた。

「ディッキーよりジョージへ！　ディッキーよりジョージへ！　本艦も目標を探知。方位〇六四度。距離九百」

「よし、行け」

ネズミがテリアから逃れようとして、もう一匹のテリアのあごのなかに飛び込もうとしている。ただ残念なことに、この二匹のテリアにはもうほとんど牙が残っていない。クラウスが見ていると、〈ドッジ〉は新しい針路への回頭を終えた。追いつめられたUボートが円から離れようとするのに合わせ、少し、また少しと針路を調整している。急いで考えなくてはならない。百八十秒後に二隻の艦は衝突する——百八十秒。潜水艦を追跡する時間としては長いが、今のように味方艦に対して直角の針路で接近している場合には恐ろしく短い。ここは〈キーリング〉が道を譲り、〈ドッジ〉の攻撃が失敗した場合に追跡を引き継げるよう、絶好の位置で待っていなくてはならない。

「取舵いっぱい。針路〇八五度。行け、ディッキー。本艦は左に旋回する」

「アイアイサー」

ネズミはもう一匹のテリアのあごのなかに飛び込むか、それとも逃げおおせるか。その行方を眺めているうちに、また何秒もの時間が過ぎていく。ソナーから報告される方位に耳を傾け、現針路がほんとうに最適なのかどうか考える。〈ドッジ〉は今も右に旋回を続けている。そろそろまた左に舵を切る頃合いではないのか？

「針路〇八五度、ようそろ」

「魚雷が発射されました！」電話連絡員が言った。

考えるために一秒。Uボートの艦尾はまっすぐ〈キーリング〉の左舷正横に向いている。クラウスにわかるかぎりでは、Uボートの艦首は〈ドッジ〉の艦首から少し外れた方向を向いているはずだ。〈ドッジ〉は遠く、〈キーリング〉は近い。敵は〈キーリング〉が近くにいることには気づいているはずだが、〈ドッジ〉の接近に気づいているかどうかはわからない。剣先に剣先が押しつけられている。考えるために一秒――〇・一秒。この魚雷の狙いは〈キーリング〉だ。

「面舵いっぱい。針路一七〇度」

といっても直角に曲がれるわけではない。魚雷は〈キーリング〉の現在位置のやや前方を狙って放たれたはずだ。艦は旋回と同時に前進もしている。その前進距離を考慮に入れれば、おそらく〈キーリング〉の向きは魚雷の航跡とほぼ平行になる。

「両舷前進いっぱい!」

「魚雷接近中!」電話連絡員が言った。

「教わったとおりに報告しろ」クラウスはぴしゃりと言った。「やり直しだ」

「ソナーより報告。魚雷接近中」電話連絡員は一瞬口ごもってから言い直した。

どんな場合であろうと、電話連絡員は形式どおりに報告をおこなわなくてはならない。さもなければ混乱は免れない。

「針路一七〇度、ようそろ」操舵員が言った。

「よろしい」

「機関室、両舷前進いっぱいを了解しました」

「よろしい」

これで無線通話機に向かう時間ができた。先ほどからクラウスを呼んでいたのだ。

「貴艦に向けて魚雷が発射されました!」動揺し、緊迫したカナダ人の声。「貴艦の旋回を確認しました」

「ああ」

「幸運を祈ります」

十秒後には死んでいるかもしれない男の幸運を祈る。十秒後には沈みゆく残骸となるか、火柱をあげているかもしれない艦の幸運を祈る。できるかぎりの手は尽くしていた。艦を魚雷の航跡と水平になるように動かした。前進いっぱいを命じたことで、〈キーリング〉のスクリューは激しく回転し、艦の慣性に猛然と逆らっている。まっすぐに向かってくる魚雷から身をかわすうえで、これがなんらかの効果を生むかもしれない。とくにあれが対駆逐艦用の浅深度魚雷であれば。いずれにしろ、スクリューの高速回転により、〈キーリング〉は魚雷の着弾予定地点より数メートル前方に蹴り出される。一メートル、数十センチがものを言う。数センチの差が生と死を分ける。いや、重要なのは生か死かではなく、成功するか失敗するかだ。

「ソナーより報告。反響音が混乱」電話連絡員が言った。

「よろしい」

「魚雷、右舷へ！」

「後部見張り員より報告――」

「魚雷、左舷へ！」

見張り員が叫ぶなか、電話連絡員が報告を続けていた。ひとっ飛びで右舷側のブリッジウィングへ。形容しがたき禍々(まがまが)しい雷跡が〈キーリング〉の舷側に沿って走っていた。十メートルと離れていない。舷側に沿って一直線に。幸いにも旧式の魚雷で、ドイツが製造を開始したと噂されている追尾装置は搭載されていないようだ。

「もう一本はあちらに向かいました」左舷側の見張り員がはっきりしない方向を指さしながら言った。

「距離は？」

「六十メートルは離れていました」

「よろしい」

　ふたたび操舵室へ。

「両舷前進原速。取舵いっぱい。針路〇八五度」

　魚雷発射の報を受けてから四十秒が経過していた。長い一秒一秒が四十回繰り返されていた。その間(かん)、クラウスは注意がおろそかになり、〈ドッジ〉の突撃が功を奏したかどうか見ていなかった。〈ドッジ〉はまだ旋回を続けていた。旋回半径は驚くほど小さい。〈ドッジ〉は〈ヴィクター〉に比べて小まわりが利く。〈キーリング〉とは比べものにならないほどだ。こういう小型艦は居住性がびっくりするほど劣悪であるものの、対潜用の艦艇としては優秀だ。たった一発の魚雷で木っ端微塵になってしまうとしても。〈ドッジ〉はもう一度旋回していた。あんなふうにUボートの旋回半径の内側をまわれる艦の舵を取ったら、さぞ愉快にちがいない。

迎撃に最も適した地点に向けて、そろそろこちらも艦首をめぐらせておいたほうがいい。

「取舵。針路〇二〇度」

魚雷を避け、一時的にスピードをあげたことで、距離がかなりひらいてしまっている。

「ディッキーよりジョージへ。本艦の正艦首に目標を捕捉。すぐにも攻撃を開始します」

「よろしい」

「見事に回避されましたね。ほっとしました」

「ありがとう」

「本艦はふたたび右に回頭します」

「よろしい」

クラウスは操舵員のほうを向いた。

「取舵。針路三三〇度」

船団がぎょっとするほど近くに迫っていた。ソナーに干渉しはじめるのも時間の問題だろう。この新手の敵艦長は危険な男だ。ためらいなく魚雷を放ってくる。そういう男が相手なら、船団の横っ腹を狙えるチャンスを極力与えないよう、よくよく眼を光らせていなければならない。敵の周囲を航行する際、用心に用心を重ねなければならない。ともあれこれで敵は魚雷を二本消費し、船団に対する脅威は十パーセント減じた。デーニッツは無駄にした二本の魚雷について、艦長を問責するだろう——この男が生きてロリアンに戻れればの話だが。ちゃんと扇状に発射しなかったのはなぜか、そもそも運動性能にすぐれ、厳戒態勢にある、吃水の浅い戦闘用艦艇を狙ったのはなぜなのかと。護衛艦への雷撃にどれほどの効果があるかについては、ドイツ軍内でも答えが出ていない。今のやり方で敵の魚雷をすべて無駄打ちさせてやれないだろうか。そんな考えは荒唐無稽で、馬鹿馬鹿しい時間の無駄だ。そうわかってはいても、ひどく魅力的なアイディアに思えた。潜水艦があと十八本も魚雷を打って全部外すわけがない。こんなことを考えてしまうのは錯乱しかけているせいだ。たぶん疲れすぎているのだ。

「ディッキーよりジョージへ。爆雷を投下します」

「よろしい。こちらも行く。面舵。針路一一〇度」

〈ドッジ〉の航跡上に水柱が一本。たった一発だが、これで〈ドッジ〉のソナーは使えなくなった。

「ソナーより報告。海中で爆発音」

「よろしい」

「ソナーより報告。計器混乱中」

「よろしい」

〈ドッジ〉が接近して爆雷を投下するまでの三分のあいだに、敵艦長はいったいどんな行動を取っただろうか？　面舵？　取舵？〈キーリング〉のソナーからは決定打になるようなことは判明していない。そのソナーも使いものにならない今、Uボートはいったい何をしているのか？

「ソナーより報告。目標、方位〇七五度。距離千三百メートル」

推測はまちがっていたようだ。敵を追って旋回する。

「取舵いっぱい。針路〇六五度。ジョージよりディッキーへ。目標は本艦から見て方位〇七五度、距離千三百メートル」

「〇七五度、アイアイサー。本艦は右に旋回します」

敵を追って旋回する。もう一度。〈ドッジ〉に指示を出して追跡させる。攻撃位置に就き、爆雷を連続投射したくなる誘惑を退け、一発だけ投下する。この敵はいつ魚雷を扇状に打ってきてもおかしくない。それを忘れるな。だらけた頭に活を入れろ。機転を利かせろ。疲れた脚も、痛む足も、結局いつまで経っても感覚がなくならないが、忘れろ。くだらない尿意のことも考えるな。それがどれだけ突き刺すような尿意でも。まわれ、まわれ。いつ何かが起きてもいいように、片時も気を緩めずに。

その何かはすでに起きていた。〈キーリング〉が一度、〈ドッジ〉が一度突入し、一発ずつ爆雷を投下していた。が、そんな貧弱な攻撃ではなんの成果も期待できない。

「後部見張り員より報告。艦尾に潜水艦」

クラウスはブリッジウィングに駆け出た。灰色の姿がそこに見えた。五百メートルほど先に。艦橋と外殻が丸見えになっていた。〈キーリング〉艦尾の砲が火を噴いた。ワンオー、ワンオー、ワンオー。

「面舵いっぱい！」

次の瞬間、それは消えていた。猛烈な勢いで海面下に引っ込んでいた。

「取舵に当て！ようそろ！」

「ソナーより報告。目標、近距離。正艦首」

「ノース大尉！」

「舷側に潜水艦！　舷側に潜水艦！」

左舷側の見張り員の叫び声だった。舷側と舷側が擦れそうな距離。三メートルと離れていない。石を投げれば届くだろう。が、投げつけてやれるものは何もなかった。左舷側のK型爆雷投射機に爆雷は装塡されておらず、五インチ砲の俯角もそこまではさげられない。トンク、トンク、トンクと左舷の四十ミリ機関砲が発射されたが、敵を飛び越し、その先の海面に水しぶきがあがった。この兵装もこんなに近くのものは狙えないのだ。Uボートの艦橋側面に描かれた金髪の天使の絵が見えた。白いローブをなびかせ、白馬にまたがり、剣を振りかざしている。Uボートの艦首が鋭い角度で海中に沈み、艦橋もふたたび水のなかに突っ込んでいった。バンバンバンバンバン。誰かが五〇口径機銃を撃ちはじめたが、もう遅かった。

「取舵いっぱい!」

もう一度、〈キーリング〉の航跡のまっただなかに、水しぶきを散らしながらUボートの艦橋が現われ、すぐに消えた。それからまた現われて、また消えた。考えられる理由はひとつしかない。潜水艦の潜舵があげ舵のまま動かなくなったのだ。たんなる機械の故障か、先ほどの爆雷のうち一発が奇跡的に近くで爆発し、損傷を与えたか。

「面舵いっぱい!」クラウスは艦内の隅々にまで響き渡るほどの大声で叫んだ。

〈ドッジ〉が〈キーリング〉めがけてまっすぐに突っ込んできていた。舷側近距離に潜水艦を発見した興奮ですっかり忘れていたが、〈ドッジ〉が攻撃のために駆けつけてくるのは当然のことだ。二隻の艦の距離は二百メートルと離れておらず、互いに向かって旋回しながら、両者が出合う一点に向かっていた。衝突すれば大変なことになる。どちらにとっても命取りになるだろう。クラウスは本能で動いた。直感的に車道でのルールに従ったことが幸いした。二隻はゆっくりと内側への旋回をやめた。身の毛もよだつ一瞬、惰性により距離が縮まった。そして、舵にぶつかるスクリューの蹴りと、水に押しつけられる楔のように強固な舵の推力とで、二隻の艦はふたたびゆっくりと外向きに旋回しはじめた。

〈ドッジ〉が〈キーリング〉の左舷側、一分前に潜水艦がいたあたりを通過していく。

〈ドッジ〉の艦橋から誰かがクラウスに向かって軽やかに手を振ったが、両艦の合算速力により、すれちがったのはあっという間の出来事だった。クラウスは自分の体が少し震えているのに気づいたが、これまでどおり、そんなことを気にしている暇はなかった。これからおこなわれる〈ドッジ〉の攻撃を引き継げる位置に、〈キーリング〉を移動させなくてはならない。

「取舵に当て！」クラウスは吠えた。「取舵いっぱい！」

操舵室に戻り、どうにか自分を落ち着かせようとした。聞こえてきた電話連絡員の平板な声がその助けになった。

「ソナーより報告。反響音混乱中」

下にいるソナー担当は、上で起きていることを知ってか知らずか、規律正しく仕事をこなしている。

「面舵に当て！　ようそろ！」

クラウスは目視で〈ドッジ〉の針路を見きわめ、潜水艦の次の動きを予測しようとした。

「ディッキーよりジョージへ！　ディッキーよりジョージへ！」

「ジョージよりディッキーへ。どうぞ」

「本艦のソナー、感度なし。距離が近すぎるようです」

これが昨日なら、ただちに爆雷をめいっぱいばらまいているところだが、今日は潜水艦が二百七十メートル以内にいて損傷を与えられる確率、十分の一の確率に賭けて〈ドッジ〉の持つ残りの全攻撃力を投入するなど、論外だ。

「現針路を維持しろ。本艦は貴艦の艦尾を通過する」

「アイアイサー」

「取舵！　面舵に当て！　ようそろ！」

「現在、針路――」操舵員が針路を読みあげたが、クラウスはもう聞いていなかった。自艦のソナーで潜水艦の反響音を捉えられるよう、充分に距離を取って〈ドッジ〉の航跡を横切るつもりだった。〈ドッジ〉の速力は潜水艦の二倍。だからそれが捜索すべき範囲の目安になる。潜水艦は潜舵が故障し、バラスト・タンクのトリムを調整することでなんとか潜航を維持しているのかもしれない。潜航中であっても、Uボートは潜舵を――

「ジョージ！　ジョージ！　いました！」

クラウスは艦首右舷側越しに〈ドッジ〉を見た。穏やかに航行しているように見える小型艦のほかは何もなかった。

「近すぎる！」無線通話機から声がした。と同時に、受話器越しに砲声が聞こえた。一秒後、同じ音が空気中を伝わってきた。〈ドッジ〉は左に急旋回していた。砲が火を噴いていた。小口径の機銃の銃声が海上を伝わって聞こえてきた。〈ドッジ〉が旋回している。その灰色の舷側付近に、何かほかの灰色のものが見える。浮上したUボートだ。Uボートは艦首を〈ドッジ〉の艦尾に向け、〈ドッジ〉の旋回に合わせてまわっている。それぞれが互いの尻尾を追いかけている。舷側の視界に〈ドッジ〉が迫ると、〈ドッジ〉の脇腹に大きな赤い眼がひらき、クラウスに向かって一度まばたきした。〈ドッジ〉と〈キーリング〉の中間の海に水柱があがった。水柱のつけ根から何か黒いものが飛び出し、信じがたい速度で回転しながら頭上高く上昇すると、猛スピードで走り抜ける地下鉄のような轟音とともに視界の外に消えた。〈ドッジ〉が四インチ砲を極端に低い角度で打ったため、砲弾が海面に当たって跳ねたのだ。幸い、高く跳ねあがったので、跳弾は〈キーリング〉の頭上を通過した。砲手を責めるわけにはいかない。〈ドッジ〉は急旋回していたし、〈キーリング〉はその艦尾を横切っていた。状況が目まぐるしく変化していて、まさか〈キーリング〉が射線上に入るとは思いもよらなかったのだろう。

艦を旋回させていると、またバンバンという音と、何か大きな音がした。Uボートの艦長は潜舵の修理をあきらめ、浮上して徹底抗戦することにしたのだろう。〈ドッジ〉の舷側近距離に浮上したUボートの乗組員たちは、波の打ち寄せる甲板上を走り、砲に飛びついたにちがいない。Uボートの砲は〈ドッジ〉の砲より海面に近い位置にあるので、高所にある〈ドッジ〉の舷側を狙えるが、〈ドッジ〉の砲の俯角はそこまでさげられない。華奢な小型艦にUボートの四インチ砲が命中したらどうなるだろうか？

両者はたちまちのうちに――クラウスにはそう思えた――半円を描き、〈ドッジ〉の艦首とUボートの艦尾がクラウスの視界に入ってきた。が、Uボートはすでに〈ドッジ〉の反対側の陰に入ろうとしていた。

「面舵いっぱい！」クラウスは言った。この光景に眼を奪われてしまったせいで、〈キーリング〉は戦場からまっすぐに遠ざかりつつあった。「取舵に当て！　ようそろ！」

「現在、針路――」

「よろしい。艦長より射撃指揮所へ。射線を確保できるまで待機しろ」

突然、〈ドッジ〉の前部から炎があがり、艦橋下部から煙が噴き出した。Uボートが少なくとも一発、砲撃を命中させたのだ。交戦中の〈ドッジ〉とUボートはまた旋回を始めたが、〈キーリング〉は逆方向に旋回していた。飼い犬がほかの犬と喧嘩をしているにもかかわらず、それを遠巻きに見ながらおろおろすることしかできない老婦人のように。

「射撃指揮所より、アイアイサーと返答ありました」

いったんここを離れ、舵を切り、もう一度突っ込まなければならない。冷静に判断し、正確にタイミングを計れば、この戦闘に割って入れるはずだ。ダニをむしるようにUボートを〈ドッジ〉の側面から引きはがすには、思いきって突っ込む必要がある。厄介な仕事だ。下手をしたら〈キーリング〉の艦底に大穴があいてしまうかもしれない。が、やってみる価値はある。〈ドッジ〉とUボートは反時計まわりに旋回している。〈キーリング〉も反時計まわりに旋回させたほうがチャンスがある。

「取舵！　面舵に当て！　ようそろ！」

〈キーリング〉がこの戦闘を離脱してから、永遠とも思える時間が経っていた。突入のタイミングを計るため、ぐっとこらえて充分に距離を取ることにした。クラウスは距離がひらいていくのを見つめた。双眼鏡をかざし、旋回しながら戻ってくると、Uボートの甲板上に人影が見えた。そのうちのふたりが弾丸を受け、不意に力なく崩れ落ちた。

「取舵いっぱい！」やきもきするほど緩慢に〈キーリング〉が旋回するあいだの、長い長い時間。

「面舵に当て！」

突入しようと心を決めた瞬間、状況が一変した。双眼鏡を覗きながら自らを鼓舞し、行動を起こすタイミングを見計らっていると、〈ドッジ〉を包む煙のなかでその艦首が揺らめいたように見えた。〈ドッジ〉は左への旋回をやめていた。コンプトン＝クロウズが舵を逆に切っているにちがいない。その推測が、雪崩を打ったようなクラウスの反応を引き起こした。

「面舵！　艦長より射撃指揮所へ。左舷正横の目標にそなえて待機。取舵に当て！　ようそろ！　針路そのまま！」

右に変針したので、〈キーリング〉は〈ドッジ〉とUボートに対し、左舷側全体を見せる格好になった。艦の回頭に合わせて五門の五インチ砲すべてが旋回していた。時を同じくして、舵をめいっぱい切っていた潜水艦は〈ドッジ〉の急な転舵に不意を突かれ、〈ドッジ〉と二手に分かれた。十メートル、二十メートル、五十メートル。透明な水が二隻の距離を隔てていく。Uボートが〈ドッジ〉の陰に身を隠すより早く、五インチ砲が火を噴き、隣室に雷が落ちたような轟音が響くと、咳の発作を起こした人間が体を震わせるように、〈キーリング〉が身を震わせた。灰色のUボートの周囲で海が突然盛りあがったように見えた。Uボートの眼と鼻の先に次から次へと水柱があがり、水でできた小高い丘のようになった。その中心に、ガラスのペーパーウェイト内部に埋め込まれた物体さながら、潜水艦の四角い灰色の艦橋がほの見えた。そして、またその中心に、砲弾が炸裂するたびにオレンジ色の閃光が輝いた。鮮やかな赤い円盤も一瞬だけ見えた。砲声と砲の反動の振動越しに何かが裂けるような音が聞こえ、〈キーリング〉が暴力的な衝撃を受けたのを感じた。艦橋にいた誰もがよろめき、突風にも似た衝撃波が操舵室を吹き抜けた。彼らが体勢を立て直すまえに砲が沈黙し、砲火が唐突に消えたため、クラウスはこの瞬間の異様な静けさに気づいた。なんらかの理由で主砲が使えなくなったのではないかと恐怖を抱くのに充分な時間だった。が、ひと目見て安堵（あんど）した。Uボートはいなくなっていた。あそこには泡立っている海面のほかは何もない。もう一度双眼鏡をかざしたが、接眼レンズにまつ毛がぶつかってしまい、手の震えを鎮めなければならなかった。何もないと思ったが、海面に浮かんでいるものがある。それから何かが現われ、消えた。また現われ、また消えた。あれは変わった形の波頭ではない。大きな気泡がふたつ、続けざまに海面にあがって弾けたのだ。

そのとき、異様な静けさが消えうせ、すぐそばで物音がすることに気づいた。何かが鳴る音、打ちつけられる音、人の声。ブリッジウィングから艦尾を見おろすと、煙の向こうにうっすらと、鳥の巣のようにねじれた鉄塊が見えた。自分が眼にしているものがなんなのか、すぐには思い出せなかった。煙突の真裏にあった左舷側の二十ミリ機関砲が銃座ごと、跡形もなく消えうせているのだ。それがあった場所の真下の甲板は裂け、ねじれ、そこから煙が渦を巻いていた。青白い陽射しの下、煙の根元でちらちらと炎が揺れているのが見える。そしてそのすぐ向こう側に、四連装魚雷の真鍮の弾頭が。開戦直前におこなわれたダールグレンでの実験が脳裏をよぎった。あの実験の結果には犠牲者以外の全員が納得していた。そこで証明されたのは、TNT爆薬は数分間加熱されると爆発するということだった。

応急長のペティが帽子もかぶらず、息せき切って現場に急行し、部下たちがそのあとに続いた。ペティは中央の指揮所を離れてはいけないはずなのに、現場に出て全員でホースを引っぱっていた。そこに何が格納されているのか、クラウスは雷に打たれたように思い出した。

「ホースはよせ！」クラウスは怒鳴った。「燃えているのはガソリンだ！　泡を使え！」

二百リットルのドラム缶二本分、合計四百リットルのガソリン。〈キーリング〉に積んであるモーターボート用のものだ。クラウスは苦い思いで誓った。今後はディーゼルエンジンのボートを使おう。さもなければボートなど要らない。とにかくガソリンは駄目だ。

このドラム缶二本が破裂したらしく、拡散した炎が魚雷めがけていっさんに走っていた。

「魚雷を捨てろ！」クラウスは叫んだ。

「アイアイサー」ペティがクラウスのほうを見あげて答えたが、言われたことを理解しているかどうか怪しかった。炎はますますうなりをあげていた。海軍予備役から召集されたフリントという老齢の上等兵曹もその場にいた。この男のほうが分別がありそうだ。

船団が近すぎるため、魚雷をそのまま発射するのは危険だ。クラウスは軍人としてのキャリアの大半を駆逐艦乗りとして過ごしてきた。魚雷が使用されるありとあらゆる局面を想定しながら、長い年月を魚雷とともに過ごしてきた。けれどこんな状況は想定外だ。ずらりと並ぶ戦艦に突っ込んで雷撃を仕掛けるのが積年の夢だったが、今はそんなことを考えている場合ではない。それでも、クラウスは少なくとも魚雷の扱いについては一から十まで知っていた。

「フリント！」クラウスが叫ぶとフリントが顔をあげた。「魚雷を捨てろ！　海に捨てるんだ！　無害にしてから発射しろ！　発動装置のかけ金を先に起こせ！」

フリントは理解した。自分の頭で考えることはできずとも、誰かが代わりに考えてくれれば動けるのだ。フリントは炎の縁を走り抜け、魚雷に近づき、発射管から発射管へと移動しながら指示を実行していった。発動装置のかけ金を起こしておけば、発射管を使っても魚雷の起動レバーは引かれないはずだ。トンク！　鈍い音とひと噴きの煙。プールに飛び込む水泳選手のように、一発目の魚雷が舷側から海に飛び込み、そのまま海底に向かってまっすぐに沈んでいった。トンク！　二本目。三本目。四本目。これで全部なくなった。五万ドル相当の魚雷が大西洋の底にむざむざと捨てられた。

「よくやった！」クラウスは言った。

甲板にあいた穴からまだ炎があがっていたが、ひとりの若い水兵が泡消火薬剤のノズルを両手に一本ずつ持ち、炎すれすれのところで消火に励んでいた。防寒着に身を包んでいるせいで階級まではわからないが、見覚えはあるので、誰なのかはあとで思い出せるだろう。ほかにもノズルを持った者が現われた。どうやら鎮火できそうだ。三番砲塔の操作室と距離が近いのが気がかりだが、大丈夫だろう。考えるべきことはほかにも山ほどある。砲声がやんでから三分半しか経っていないのに、ダメージコントロールを担当する応急長の仕事にまで口出ししてしまったのは、褒められたことではない。クラウスは〈ドッジ〉と船団を見渡すと、操舵室に引っ込んだ。

「ディッキーが無線通話機で呼んでいます」ナイストロムが言った。

ナイストロムが落ち着いているとか、眼を見ひらいているとか、そういったことに気づくだけの時間があった。それでもその態度にはどこか弁解がましいところがあり、ナイストロムの特徴といえるこうした雰囲気が、この男に対する偏見を助長しているのかもしれないと思った。

「ジョージよりディッキーへ。どうぞ」

「生存者の捜索許可を願います」無線通話機が言った。

「よろしい。許可する。貴艦の損害はどれくらいだ？」

「砲を失いました。四インチ砲です。死者七名、負傷者数名。砲座に直撃を食らいました」

「そのほかは？」

「深刻な損害はありません。敵の砲弾はほとんどが炸裂せずに貫通しました」

二十メートルの距離だ。ドイツの四インチ砲はほぼ初速のまま命中したのだろう。だとすると、砲座のように頑丈なものにぶつからないかぎり、貫通するのがふつうだ。

「火災はなんとかなりそうです。のちほど鎮火のご報告ができると思います」

「航行には支障ないか？」

「ええ。天候が穏やかなら、とくに問題はありません。あいた穴はすみやかにふさいでおきます」

「航行はできても、戦闘は厳しいだろうな」

これがクラウスの平坦な声で発せられた言葉でなければ、大げさな、悲愴な響きを帯びていただろう。

「まだボフォース機関砲もありますし、爆雷も二発残っています」

「よろしい」

「本艦は油のなかに入ります。巨大な油のプールです。すぐにそちらにも流れていくと思われます」

「ああ、こちらからも見える」確かに見えた。てらてらと光る丸い一帯があり、そのあたりは波頭が白くなかった。

「敵潜の残骸は？」

「落水した敵兵が一名います。すぐに捕まえられるでしょう。ああ、それから、何かの破片が浮いています。なんの破片なのか、ここからではわかりませんが、回収しておきましょう。すべて証拠になります。見事に撃沈したのですから」

「確かに撃沈だ」

「命令はありますか？」

命令。ひとつ戦いが終われば、また次の手筈をととのえなければならない。十秒後にはまた新たな戦いに身を投じているかもしれない。

「貴艦の任を解き、先行させたいと思うのだが」クラウスは言った。

「指揮官！」無線通話機から非難がましい返答があった。

クラウスもこのところ集中的に経験を積んでいたとはいえ、船団護衛に関してコンプトン＝クロウズはクラウスと同等か、もしかしたらそれ以上の知識を持っている。そして、たとえボフォース機関砲と爆雷二発しか持たない満身創痍の小型艦であっても、替えは利かない。

「わかった。証拠を回収でき次第、所定の護衛位置に就くように」

「アイアイサー。今、落水者にロープをおろしているところです」

「よろしい。捕虜の扱いについてはわかるな」

「は」

Uボートの生き残りの処遇についてはきわめて詳細な指示が出されていた。海軍情報部は敵兵から引き出せるどんな些細な情報も必要としている。所持品は紙切れ一枚にいたるまで、隠滅されてしまうまえに生存者のポケットから没収すべきとされており、自発的に提供されたあらゆる情報が慎重に記録される。

「以上だ」クラウスは言った。

油の一帯が〈キーリング〉に迫っていた。その生々しいにおいは誰の鼻にもはっきりと嗅ぎ取れた。Uボートを撃沈したことについて、疑念を差し挟む余地はない。Uボートは沈み、四、五十人のドイツ兵を道連れにした。ナチスの艦長はひとりの男として死んだ。たとえ潜航できなくなった原因がたんなる機械的な故障（そのように思える）で、それについて艦長として責任を負うべきだったとしても。こちらに与えられるかぎりの損害を与え、最期まで戦い抜いた。もっとましな大義のためがいいにしろ、どうせ死ぬなら自分もあんなふうに死にたいという思いが、無意識のうちに頭をよぎった。が、今はそんなことを考えて時間を無駄にすることは許されない。浮上してからのUボートは善戦した。操艦も海中にいたときよりずっとうまかった。これは海軍情報部にとって証拠と呼べるほどのものではないだろうが、あのUボート艦長はもともと海上の船乗りで、海中での大した訓練も経験もなしに潜水艦の指揮を任されたのかもしれない。Uボートの規律は最後まで守られていた。最後に放たれた一発、〈キーリング〉に命中した一発は、冷徹な頭と鉄の神経を持つ者によって放たれた。砲弾が雨あられと飛んでくるなか、おそらく砲を旋回させる機構も壊れていただろうに、旋回するUボートの上で〈キーリング〉を照準に捉えつづけ、この世における最後の行動として、射撃ペダルを踏んだ。自らの命と引き換えに殺した人間の数は、それまでに殺してきた数より多かったにちがいない。

〈キーリング〉の乗組員たちも殺された。やるべきことはいくつもあったが、クラウスは数秒間、呆然と立ち尽くしていた。ブリッジウィングに出て損傷個所を見おろした。火はもう鎮まっていて、消火薬剤の泡が艦の動きに合わせて甲板上を行きつ戻りつしていた。

ペティはまだそこにいた。

「ペティ応急長、持ち場に戻るように。報告書を出してくれ」

「アイアイサー」

〈キーリング〉のダメージコントロール体制は実戦では通用しなかった。何かしら手を打たないと駄目だろう。二名の乗組員が担架を担ぎ、破壊された甲板の上を歩いていた。ぐったりした兵士が担架にくくりつけられている。あれは三等水兵のメイヤーだ。クラウスはラウドスピーカーのまえに行った。

「こちらは艦長だ。本艦はUボートを撃沈した。現在、Uボートから漏れ出した油が艦の周囲に広がっている。ドッジが敵兵一名を収容した。本艦の五インチ砲は十数発命中したが、敵もこちらに当てた。乗組員を数名失った。重傷を負った者もいる」こうして次から次へと言葉を重ねていたのは、ふさわしい言葉を見つけられずにいたからだった。「任務中に起きたことだ。この償いは次のUボートにさせてやろう。まだ先は長い。気を抜くな」

いい訓示とは言えなかった。クラウスは弁の立つ男ではなかったし、今はなおさらそうだった。自分では気づかなかったが、戦いで極度に緊張した直後の反動のまっただなかにいたし、疲労がその反動に追い打ちをかけていた。服の内側は冷えているのに、汗をかいていた。ちょっとでも気を抜いたら、鳥肌が立つどころか、ぶるぶる震え出してしまいそうだった。ラウドスピーカーの脇の隔壁に小さな鏡がかかっていた。平和な日々の名残(なごり)だ。そこに映っているのが誰なのかわからなかった。鏡にもう一度眼をやったのは、そういう理由からだった。

大きな眼がこちらをにらみつけている。眼の縁は赤い。ボタンを外したフードが頬の横に垂れ、頬にひげが生えはじめている。片方の鼻孔の下に小さな汚れがついているのを見つけるまで、自分の顔とは思えなかった。それはずっとつきっぱなしになっていたマヨネーズのしみだった。あごに卵の黄身もついていた。手袋をした手で拭った。無精ひげに覆われた口のまわり全体が汚れていた。顔を洗わなくては。シャワーを浴び、ひげを剃らなくては。それから――いちいち挙げていけばきりがないし、今はそんなことを考えている場合ではない。足を引きずって操舵室に戻り、スツールに座り込むと、もう一度、疲れた体に震えるなと命じた。さて、次は？　まだ先へ進まなくてはならない。ソナーがピーンピーンと鳴っている。大西洋はまだ敵で埋め尽くされている。

「ナイストロムくん、操艦指揮を執れ」

「アイアイサー」

「艦を護衛位置に就けて船団前方を哨戒しろ」

「アイアイサー」

ペティが損害報告にやってきた。話しているペティの顔をじっと見つめ、注意を集中した。ペティが実戦で試されるのはこれが初めてだ。だから今回のことだけで決めつけるのはフェアではない。訓戒を与えるべきだが、操舵室内の全員に聞こえてしまうから、よく言葉を選ばなければ。

「ありがとう、ペティ応急長。事前に手配したものが実地でどうなるかを目の当たりにできたわけだから、どこをどう改善すればいいかはわかるな？」

「は」

「よろしい」

フィプラー砲術長が戦闘用回線で射撃結果を報告してきた。発射した五十発あまりのうち、はっきり命中と認められたのは七発ということだった。

「もっと当たっていたと思ったが」

「そうかもしれません。見えないところで何発も命中していた可能性はあります」

「しかし射撃は申し分なかった。よくやった、フィプラー砲術長」

「ありがとうございます。四番砲にまだ砲弾が装塡されたままです。砲口から出す許可を願います」

要するに射撃許可を求めているのだ。高温の砲身内に残った弾を通常の手順で取り出すのは危険が大きく、熱によって引き起こされる化学変化のせいで、実戦で使うには心もとない。クラウスは周囲を見まわした。なんの前触れもなく射撃したりすれば、船団が戸惑うかもしれない。といっても、すでに敵に驚かされているのだから、今さら驚くこともあるまい。

「砲術長、射撃を許可する」すべてを考えに入れろ。どんな小さなことも見逃さぬよう集中しろ。「先に誰かをラウドスピーカーまでやらせて、艦内に通達してから実行するように」

「アイアイサー。ありがとうございます」

いきなり砲声が響けば、船団だけでなく、〈キーリング〉の乗組員も動揺するだろう。乗組員の注意力を鈍らせる恐れがあるので、戦闘行為と誤解されるようなことは可能なかぎり避けるべきだ。

さて、これで便所に行ける。念のために用を足しておこうと考えてから、いったい何時間が経っただろうか。今やそれは最優先かつ喫緊の重要案件となっていた。階段をおりているあいだにラウドスピーカーからフィプラーの警告が聞こえてきたが、クラウスは別の問題に気を取られていたため、頭に入ってこなかった。護衛艦隊は今、急速に力を失いつつある。無線封止を破ってロンドンに知らせるべきだろうか。これはよくよく考えなければならない問題だったので、ほかのことにはいっさい気がまわらなくなっていた。おかげでついさっきフィプラーと話したことも忘れ、トイレにいるあいだに四番砲の砲声が聞こえて仰天した。体に緊張が走り、その反動で今何が起きているかを思い出した。よくもまあ、こんなにあっさりと忘れられたものだ。自分自身に対する苛立ちで、また体がわなわなと震えた。艦橋に戻るのをわざと二分遅らせ、顔と手を洗った。石鹸をつけて入念にこすった。それでずっと気分がよくなり、フードと手袋を忘れずに手に取ると、艦橋に向かってよろよろと階段をのぼりはじめた。

木曜日　第一・第二折半直　一六〇〇～二〇〇〇

　上から下まで痛む脚で階段をのぼっていると、当直の交替が始まった。階段はのぼっていく者とおりていく者であふれていた。誰もが休み時間の男子生徒のように声を弾ませ、雑談を交わしていた。先ほどの刺激的な経験で気持ちがたかぶっているのだろう。疲労感をにじませている者はいなかった。

「クラウトの話、聞いてたか？」若い乗組員が大声で誰かに尋ねていた。「あいつが言うには――」

　ほかの誰かが階段にいるクラウスを見つけ、話している男を肘でつついて黙らせると、艦長に道を譲った。

「ありがとう」クラウスは言いながら、男たちを押しのけて通った。

　下甲板で自分が〝クラウト〟と呼ばれていることには薄々勘づいていたが、これではっきりした。ドイツ人への蔑称、〝塩漬けキャベツ（ザウアークラウト）〟が転じたものだ。そんなあだ名をつけられるのも当然といえば当然だった。士官たちのあいだで、クラウスは海軍兵学校時代のあだ名、やはりドイツ人を意味する〝うすのろ（スクエアヘッド）〟という名で知られていたのだ。

　操舵室に入ると、ふたりの男が振り向いてクラウスに敬礼した。ひとりはもちろんチャーリー・コールで、もうひとりは艦医のテムだった。

「艦長、見事撃沈しましたね」チャーリーが言った。

「ああ。見事だった」

「死傷者を報告します」テムが言い、手にしている紙切れに眼を落とした。「三名死亡。ピサニ三等掌砲兵、マークス二等水兵、ホワイト二等給仕兵。三名とも四肢飛散。それからボナー二等水兵とメイヤー三等水兵が負傷。二名とも入院が必要です。メイヤーは両腿に重傷を負っています」

「よろしい」クラウスは振り返ってナイストロムの敬礼に応え、現在の当直士官はハーバットだと報告を受けた。「よろしい、ナイストロムくん」

「艦長のために処方しておいたものがあります」とチャーリー。「艦医と相談しまして」

　クラウスは少し間の抜けた顔をしてチャーリーを見た。

「トレーの上に置いてあります」

「ありがとう」クラウスは心から感謝して言った。コーヒーだ。その考えが朝陽のように頭のなかを昇ってきた。しかしチャーリーはまだ何か言いたそうにしており、艦医もチャーリーに口添えしようと待っているようだった。

「それで、葬儀についてですが」チャーリーが言った。

死者の葬儀をどうするかについて、確かにクラウスはこれっぽっちも考えていなかった。

「艦医の意見では――」そう言って、チャーリーは身振りでテムを会話に引き入れた。

「早ければ早いほどいいでしょう」テムが話を引き継いだ。「下には遺体を置いておく場所がありません。覚えておいででしょうが、安静を要する者がほかにも四名います。火災を起こした船から救助した者たちです」

「またいつ戦闘になるかもわかりません」チャーリーが言った。

どちらの意見もまったくもってそのとおりだった。乗組員だけでいっぱいの駆逐艦に、ばらばらになった遺体を置いておく余裕はない。それにテムは今後、何十人もの死傷者に対処しなければならなくなるかもしれない。

「副長は港に着くまでに三日以上かかると言っています」とテム。

「そのとおりだ」

「伝令、そこだ、海図台の上に置いておけ」チャーリーが言った。

ふたりが処方してくれた〝トレーの上に置いたもの〟が届いたのだ。三人は海図台のまえに移動した。チャーリーが手を払い、操舵員と伝令を声が届かない距離までさがらせた。

クラウスはナプキンを持ちあげた。きちんとした食事がのっていた。コーヒーポットの横にプレートがあり、そこに薄切りの冷製肉がきれいに盛りつけられていた。パンにはバターが塗られている。それからポテトサラダ。アイスクリームの皿まである。クラウスは狐につままれたような気持ちで、よくわからないままそれらを眺めた。コーヒー以外はよくわからなかった。

「さあ、ぜひ。お時間があるうちに召しあがってください」

クラウスは自分でコーヒーを注いで飲み、機械的にナイフとフォークを取って食べはじめた。

「葬儀の手配を進めてもよろしいでしょうか?」

葬儀。ピサニ、マークス、ホワイトが死んだと聞かされたときにはなんの感慨も抱かなかった。さっきはほかの諸々の問題で頭がいっぱいで、気がそぞろになっていて、彼らの死の報に接しても何も感じなかったのだ。今は食事をしながらこの話をしている。ピサニはまだ若く、黒髪のハンサムで、威勢がよかった。ピサニのことはありありと覚えていた。だが、船団は先に進まなければならない。

「あと二時間ほどで日没です。準備は十分もあればととのいます。そのあいだ、艦長は夕食を召しあがっていてください。今を逃すともう次の機会はないかもしれません」

クラウスは口いっぱいに冷製肉を頬張りながら眼をむいた。クラウスも自分の艦を持つようになるまえ、まだ部門長だったころ、必要な命令を出してもらおうと、ぐずな艦長をせっついたり、水を向けたりしたものだ。それと同じことが今自分の身に起きている。こんな状況でそう気づいたことが、死んだ乗組員たちへの思い以上にクラウスに影響を与え、余計に強情になった。

「葬儀は私が執りおこなう」クラウスは冷たく言った。

「もちろんです」

艦の戦死者の葬儀を副長に任せ、自分は操舵室のスツールにゆったり腰かけているなど、艦長にあるまじき行為だ。祖国に一命を捧げた乗組員たちの亡骸(なきがら)には心からの敬意を払わなければならない。

「よろしい。ではな、少佐」これは正式な言葉だった。チャーリーは艦長の手綱が緩んでいると思っているかもしれないが、この言葉をもって、クラウスは手綱をしっかりと握り直した。「テム、必要な命令は君が出してくれ。報告ありがとう」

「アイアイサー」

ナイフとフォークを手にしていたので返礼できず、クラウスは斜めに首を振ってみせた。今この瞬間は眼のまえにある食事こそが重大な関心事だった。猛烈に腹が減っていた。冷製肉、パン、サラダを平らげ、アイスクリームに取りかかろうとすると、ラウドスピーカーからチャーリーの声が聞こえてきた。戦死者が上甲板後部から水葬に付されることと、各戦死者の所属部門から参列すべき者の氏名が告げられた。最後に、よく選び抜かれた短い言葉で、ほかの乗組員たちも持ち場で哀悼の意を捧げるようにとつけ加えられた。クラウスはコーヒーポットのお代わりのことを考えていた。男たちは死んだ。自分の指揮下から出た初めての死者だ。戦争では人は死に、船は沈む。

実のところ、クラウスは疲れ果て、ほかの問題に悩まされていたので、乗組員たちの迎えた運命に少しも心を動かされていなかった。自分自身、死ぬ覚悟はできている。しかし同時に、この恐ろしい悟りの瞬間、自らの冷酷で無関心な性格を自覚した。この冷酷さと無関心が心やさしいイヴリンをどんなに傷つけたかと思うと、稲妻に貫かれたような痛みを感じた。

「すべてととのいました」敬礼しながらチャーリーが言った。

「ありがとう、チャーリー。私が甲板におりているあいだ、ここを頼む」

また階段を下へ。イヴリンのことを頭から振り払い、足の痛みを振り払い、無線封止の問題について考えるのをやめ、これから話さなければならない言葉を頭のなかで組み立てながら。舷側に担架が三台。いずれも国旗で覆われている。一日が終わりに近づき、西の水平線から青白い太陽の光が細く射している。クラウスが話しているあいだ、ソナーがピーンピーンと単調に繰り返していた。男たちが屈み、海に面していない側から担架を持ちあげると、スクリューの音が数秒間やんだ。そのあいだに担架が傾けられ、布で巻かれた遺体が国旗の下を滑り落ちていった。チャーリーが見事な差配をしてくれたのだ。きっとこの光景を艦橋から見ていて、適切なタイミングで合図を出しているにちがいない。クラウスが帽子を脱いで立っていると、短く刈り込まれた髪を風が吹き抜けた。シルヴェストリーニ少尉の号令で、ライフルを手にした三人の男たちがまえに進み出て、茫洋とした海に向かって三発の弔銃を撃った。踵を返し、一段一段踏みしめながらやっとの思いで階段をのぼり、体を引きずるようにしてまた操舵室へ。

「チャーリー、ありがとう。よくやった」

クラウスはすぐに双眼鏡をかざして周囲を見渡し、指揮下のものの状況を確認した。自分がこれまでにやってきたこと、今やっていることは、職務としてやっている。それはまちがいのないところだが、もっとうまいやり方があったのではないか。具体的にどうと訊かれると答えに窮するが、なんだか落ち着かない気持ちになった。艦尾側の水平線に沿って双眼鏡を動かした。視界が徐々によくなってきている。指揮船は相も変わらず〝煙をあまり立てるな〟の信号旗を掲げているが、船団の秩序はそこそこ保たれているようだ。〈ドッジ〉と〈ジェイムズ〉は護衛位置に就き、両側面の先頭を進んでいる。〈ヴィクター〉は船団後方のどこかにいるはずだ。あいだに船団を挟んでいるため、姿が見えるかどうかまではわからないが、この青白い夕陽を背に、あの特徴的な前部マストがちらちらと垣間見えるような気がした。天気予報は実に正確だった。風力は三に落ち、南西の風になった。コルヴェット艦の深刻な燃料不足を思えば、これはかなり重要なことだ。運が向けば、明日は航空支援を期待できる。これだけ雲が高ければ、航空機による支援の効果は絶大だろう。こちらが助けを必要としていることをロンドンが察してくれているといいが。

夜の帳がおりるのは昨日よりもだいぶ遅かった。空を覆う雲の量が少ないからだ。明朝の日の出はかなり早まるだろう。そうであってほしい。〝あなたは夕には「ああ朝であればいいのに」と言うだろう〟 西の空に弱々しく輝くあのふたつの光、あれは星ではない。あれは――

「船団が信号弾を発射！」後部の見張り員が叫んだ。「正艦尾に白色信号弾二発！」

クラウスは緩みかけていた気を引き締めた。信号弾。その意味するところはトラブルだ。慌てた船長が誤って打ちあげたのでないかぎり、白色信号弾二発は雷撃を受けた合図だ。長い瞬間が流れた。そのあいだ、クラウスは何かのまちがいであってほしいと願っていた。信号弾があがったあたりには〈ヴィクター〉がいる。〈キーリング〉を反転させて〈ヴィクター〉を助けに行くべきだろうか？　燃料残量を考えれば、ほかの二隻のコルヴェット艦を向かわせるのは論外だ。

「指揮船が非常警報を発令しています」上の信号艦橋から報告があった。

「よろしい」

引き返すにしても大きな問題があった。〈キーリング〉が現場に駆けつけるまえに夜になってしまうのだ。ふたたび船団の後方に出れば、船団に追いつくまでにまた遅れが出てしまう。とりわけ、船団がまたひどい混乱に陥った場合には。Uボートが今度はどんなちょっかいを出してきたのであれ、それによる損害はすでに与えられていて、クラウスにはどうすることもできない。爆雷がこう残り少なくては雪辱を晴らすことも望めない。生存者は救えるかもしれない。しかし現場にはすでに〈カデナ〉と〈ヴィクター〉がいるし、〈キーリング〉が到着するには三十分かかる。そうはいっても、後方で仲間たちが命を落としているのに、〈キーリング〉が平然と船団前方を航行していたら、船乗りたちはどう思うだろうか？　クラウスは無線通話機に近づいた。〈ドッジ〉と〈ジェイムズ〉からはそれなりにすぐに応答があった。二隻は船団内のトラブルに気づいていて、命令を求めていた。護衛位置に留まるように、としかクラウスには言えなかった。が、〈ヴィクター〉からはいっこうに応答がなかった。「ジョージよりイーグルへ。ジョージよりイーグルへ。聞こえるか？」応答なし。〈ヴィクター〉とは二十キロ近く離れている。今ごろもっと離れているかもしれない。無線の圏外ということも充分に考えられる。手いっぱいで応答している余裕がないという可能性も、ごくわずかにだがある。いや、それはほぼありえないだろう。あのつっけんどんなイギリス英語でいいから、せめてひと言でも声を聞きたい。筆舌に尽くしがたい思いを抱えながら、クラウスは受話器を握りしめていた。指揮船からちかちかと光が放たれていた。光はまっすぐ〈キーリング〉に向けられている。クラウス宛ての信号だ。緊急事態にちがいない。かなり暗くなっていて、ライトでモールス信号を打てば敵に見つかってしまう恐れがあるというのに、船団指揮官はそれでも危ない橋を渡ろうとしている。そういう種類の人間ではないはずなのに。

信号用箋を手に、信号艦橋を駆けおりてくる者があった。

〝船団指揮官ヨリ護衛艦隊指揮官へ・カデナヨリ報告・ヴィクターニ魚雷命中〟

「よろしい」

これ以上ぐずぐずしてはいられない。

「ハーバットくん、私が操艦指揮を執る」

「アイアイサー」

「現在の針路は？」

「〇九三度です」

「面舵いっぱい。針路二七三度。ハーバットくん、ヴィクターが雷撃を受けたと船団指揮官から連絡があった。ヴィクターは船団後方のどこかにいる。これより現場に向かう」

「針路二七三度、ようそろ」

「よろしい。両舷前進いっぱい。機関室、両舷前進いっぱい」

「両舷前進いっぱいを了解しました」

「よろしい」

今のうちに〈ドッジ〉と〈ジェイムズ〉にも無線通話機でこちらの意図を伝えておこう。

「貴艦らは船団側面だけでなく前面も守ってくれ」それからこうつけ加えた。「燃料は節約しろ」

「アイアイサー」

船団と〈キーリング〉はお互いに向かって進んでいた。西の空にはまだ、空を背景に船団のシルエットを浮かびあがらせるだけの光が残っていた。が、〈キーリング〉の背後、東の空はもう真っ暗だから、船団のほうからは近づいてくる〈キーリング〉の姿が見えていないかもしれない。それに船団は混乱している。複数の船が所定の位置を外れ、隙間を無理なくすり抜けられそうな列はひとつもない。船は危険回避や所定位置への復帰のために予測不能な動きをするだろう。それでも行かなくてはならない。〈ヴィクター〉が魚雷を食らった。それを思うと、こうして両足でバランスを取り、覚悟を決め、自分を鼓舞しているあいだも、やり場のない悲しみに襲われた。が、その悲しみも、目前に迫った危機によって数秒のうちに脇に投げ出されるだろう。その昔、ナポレオンは戦いのさなかに目をかけていた部下の死を知らされ、「あいつのために涙を流す暇もないのか？」と言ったという。クラウスも悲しんでいられたのは十五秒のあいだだけだった。そして――

「面舵。取舵に当て。取舵。面舵に当て」

〈キーリング〉は指揮船の隣の隙間に鼻先を突っ込んでいた。蛇行して脇をすり抜ける。隙間が広がっていく。

「面舵いっぱい！」

後続船が急に針路から外れ、〈キーリング〉のまえに立ちはだかろうとしていた。クラウスは遠くに見えるその暗い船影までの距離をすばやく計算した。〈キーリング〉は回頭に合わせて大きく傾いた。

「取舵に当て！　ようそろ！　静かに取舵。面舵に当て。取舵。面舵に当て」

〈キーリング〉は商船の船首を高速で横切っては、また別の商船の船尾を横切り、暗い影の脇を通過した。そうやって船団のあいだを通り抜けた。

「両舷前進原速」

「両舷前進原速。機関室、両舷前進原速を了解しました」

「よろしい」

一分一分が貴重だが、ソナーを使うために、そろそろ〈キーリング〉を減速させなければならない。

「ソナーによる捜索を再開しろ」

「右艦首に何かある！　近い！」

何か？　潜望鏡か？　クラウスはブリッジウィングに飛び出て双眼鏡をかざした。薄明かりの最後の残滓(ざんし)のなか、その何かが見えた。救命ボートの破片だ。一メートル前後の砕けた船首部分がほぼ海に浸かり、その上に男がひとり横たわっている。仰向けになり、両腕をだらりと広げているが、まだ生きている。男は接近してきているものの正体を確かめようと、顔を起こそうとしていた。次の瞬間、その顔が〈キーリング〉の高い艦首波をかぶった。艦が男の脇を通過するときにまた顔が見えた。また波をかぶった。あそこのぼんやりした影は〈カデナ〉にちがいない。波に洗われ、見えるか見えないかの顔のことは忘れよう。

「艦長、イーグルが無線通話機で呼んでいます」ハーバットが言った。

イーグル？〈ヴィクター〉と無線が通じたのか？　期待に胸が高鳴った。クラウスは受話器を取った。

「ジョージよりイーグルへ。どうぞ」

「機関室に魚雷を食らいました」イギリス人士官の力ない声が聞こえた。「カデナが待機しています。本艦を曳航してもらいます」

「カデナはこちらからも見えている」クラウスは言った。

「そうですか、本艦はカデナのすぐ隣にいます。機関室に浸水し、全電源を喪失しました。たった今、この無線通話のために非常用バッテリー回路につないだところです」

「ちょっと待っていてくれ。ハーバットくん！　あそこでカデナがヴィクターを曳航しようとしている。一キロ離れて周囲を旋回しろ」

「アイアイサー」

ふたたび無線通話機に向かって、

「本艦は一キロ離れた地点から貴艦らの周囲を哨戒する」

「ありがとうございます。我々はヴィクターを救うべく全力を尽くしています」

「もちろんそうだろう」

「隔壁はよく持ちこたえていて、補強しているところです。問題は別の区画にもかなりの量の水が入ってきていることです。こちらも同じく対応中です」

「ああ」

「余剰人員はカデナに収容ずみで、百名ほどの乗組員を移しました。機関室で三十名が死亡しました」

「ああ」

「艦が右斜めに五度傾き、艦尾もさがっていますが、曳航には支障なさそうです」

「ああ。カデナは曳航索をうまくつなげそうか？」

「はい。あと十五分もすれば曳航を開始すると思われます」

「よし」

「手動操舵が使えるので、ある程度は操艦できそうです」

「よし」

「本艦の艦長より指揮官にご報告するようにとのことです。本艦に魚雷が命中する直前、コング・グスタフも魚雷の直撃を受けました。艦長の考えでは、短時間のうちに三発命中したとのこと。魚雷は近距離から開進射法で扇状に放たれたようです」

「そのようだな」

「コング・グスタフは五分ともたずに沈没。船長以下、船員数名がカデナに収容されました」

「ああ」

「同船沈没中に本艦にも魚雷が命中しました。干渉音が非常に多く、アスディックでは聴こえませんでした」

「ああ」

「本艦には爆雷が一発だけ残っていましたが、安全装置をかけて海中に投下しました」

「よし」

沈没していく艦の内部で爆雷が爆発し、落水者が死亡する例は数多い。そうでなければ助かっていたはずの命だ。

「艦長より、指揮官のなさったことすべてについてお礼を申しあげるようにとのことです。見事な狩りだったと言っております」

「もっとやれたらよかったんだが」クラウスは言った。

まるで墓から聞こえてくる声と話しているようだった。

「それから艦長より、もうお目にかかれないことも考え、指揮官にお別れを申しあげるようにとのことです」

「よろしい」海軍ならではのこの言いまわしが、今この瞬間以上に役に立ったことはなかった。だが、だとしても、これだけでは足りない。これはただのつなぎの言葉だ。「ロンドンデリーでお会いするのを楽しみにしていると艦長に伝えてほしい」

「アイアイサー。たった今、曳航索が伸ばされました。まもなくぴんと張られると思います」

「よろしい。結果を報告してくれ。以上だ」

空からすべての光が消えていた。暗いが、どっしりした暗さではない。右舷正横に〈カデナ〉と〈ヴィクター〉の黒いシルエットが見える。〈キーリング〉はそのまわりを旋回しながら、ソナーで水中を、レーダーで水上を捜索していた。クラウスの脳はまた計算をしていた。半径一キロの円の円周は六キロ超。〈キーリング〉が一周するのに二十分かかる。〈キーリング〉のソナーのはるか範囲外、四キロほど先の地点にUボートがいたとして、〈キーリング〉が一周して戻ってくるまでのあいだに六ノットの速力でそれだけの距離を詰め、一キロという近距離から必殺の魚雷を扇状に発射するには、やはり二十分かかる。〈キーリング〉は今、可能なかぎり効率よくこの二隻を守っていた。守ることが何よりも重要だった。駆逐艦は貴重だ。〈ヴィクター〉をどうにかして港まで運べるなら、そうしなければならない。艦を新造するのにかかる時間の十分の一もあれば、〈ヴィクター〉はまた海に出られるようになる。それも貴重でかけがえのない兵装とともに。〈カデナ〉にも無数の兵が乗っている。この航海で〈カデナ〉は実に多くの人命を救助した。あいった遠洋曳船は数が少なく、駆逐艦と同じくらい貴重といっていい。〈ヴィクター〉と〈カデナ〉を守り抜くことが自分の使命であることはまちがいない。船団の護衛は二隻のコルヴェット艦に任せるしかない。この件については複数の可能性を秤にかけるという難しいジレンマの板挟みにならなくてすみ、そこに慰めにもならない慰めを見出すこともできた。無線通話機がまたクラウスを呼んでいた。

「本艦は前進を始めました。現在三ノットで曳航されています。五ノットまであげるつもりですが、艦長は隔壁がもつか心配しています。操舵はできています。とりあえずは、ですが」

「よろしい。針路〇八五度」

「〇八五度、アイアイサー」

木曜日　初夜直　二〇〇〇～二四〇〇

ハーバットが暗闇のなかで敬礼していた。

「当直を外れたことを報告にまいりました」それに続くいつもどおりの報告。「現在の当直士官はカーリング大尉です」

「よろしい。おやすみ、ハーバットくん」

無線通話機。

「四ノットが限界です。スピードを出すと艦の傾きがひどくなります。これは想像ですが、穴のあいた装甲が外側に突き出していて、波をすくってしまい、後部隔壁に悪影響を与えているものと思われます」

「わかった」

「うまく舵を取る方法をものにしようとしているところです」

「わかった」

〈キーリング〉の艦内は墓場のように静まり返っていた。あそこの黒い一帯のどこかで、男たちが一心不乱に仕事を進めている。真っ暗闇のなか、懐中電灯の弱々しい光だけを頼りに、隔壁を補強している。周囲が泡立ち、ごぼごぼと恐ろしい音をたてるなか、浸水箇所をふさごうとしている。前触れもなく艦が左右にうねり、いつ曳航索が外れてもおかしくない状況で、艦橋からの操舵命令を人海戦術で伝達しながら、手動操舵でどうにか舵を切ろうとしている。

「カーリングくん！」

「は！」

クラウスは現在の状況、〈カデナ〉の針路と速度、その周囲を絶えずソナーで警戒する必要があることを念入りに説明した。〈キーリング〉は四ノットでゆっくりと進む〈カデナ〉の周囲をまわり、何度も楕円を描かなければならない。楕円をひとつ描くたびに、ほんのわずかに、取るに足りないほどわずかに、安全な海域に近づく。四ノットで航行する〈カデナ〉の周囲を十二ノットで旋回するには手際のよさが問われるが、簡単なことだ。

問題はほかにもあり、そちらはそう簡単ではない。船団は一時間ごとに八から九キロ遠ざかっていく。〈ヴィクター〉を港まで運ぶには何日もかかるだろう。いずれ〈キーリング〉の燃料残量も厳しくなってくる。無線封止を破ってロンドンに救援を要請しなければならない。苦渋の決断だが、それはいい。そうせざるを得ないからだ。しかし……ドイツには方向探知局があり、Uボート部隊も洋上に出ている。デーニッツも今ごろは船団の位置、針路はおろか、編成すら完璧に把握しているだろう。そうした情報がUボート部隊からデーニッツのもとに送られているはずだ。だとすると、無線封止を破っても深刻な問題はないように思える。ところが、あるのだ。船団が通信文を送信したという報告を受けたら、デーニッツはその理由を突き止めようとするだろう。考えられる理由はひとつしかない。船団が窮地に陥っていて、至急の救援を必要としているということだ。無線封止を破るというたったそれだけの事実をもって、デーニッツはありったけの潜水艦を船団に向かわせるだろう。〈ヴィクター〉を狙った潜水艦の艦長も、魚雷が命中したことや、もう〈ヴィクター〉を相手にする必要がないことに気づくかもしれない。船団が沈黙を守って進めば、デーニッツとUボート艦長たちにはこちらが反撃できない状況かどうかを確かめるすべがない。これは非常に重要なポイントだ。

　とはいえ、船団が無防備も同然で、〈ヴィクター〉も港までかなりかかるとなれば、救援はなんとしても必要だ。〈ドッジ〉と〈ジェイムズ〉にロンドンデリーまでの燃料が残っているかどうかも怪しい。敵が〈ヴィクター〉と〈カデナ〉に決死の攻撃を仕掛けてきたら、〈キーリング〉にできることは実のところ皆無だ。救援を要請しなければならない。プライドを呑み込み、リスクを冒さなくてはならない。プライドについては問題ないとして、リスクのほうは最小限に抑えられる。今すぐ通信文を送ってしまえば、デーニッツはまるひと晩を使って指揮下の潜水艦に攻撃を仕掛けさせることができる。あと七、八時間は暗闇が続く。その間、クラウスを助けるためにロンドンにできることはほとんどない。通信文を打つのはもっと遅くなってから、午前一時か二時ごろがいいだろう。それでもイギリス海軍省が夜明けと同時に航空支援を到着させるための猶予はたっぷりあるし、デーニッツが戦力を集結させる時間を可能なかぎり短くできる。午前二時でも充分に余裕があるだろう。通信文はまっすぐ最高司令官のもとに届けられるはずだ。そこまでに三十分。イギリス海軍省が命令をくだすまでに三十分。準備に一時間。飛行時間が二時間。夜明けには航空支援部隊が到着しているはずだ。午前二時に通信文を送ろう。一時半でもいいかもしれない。

クラウスは操舵室内に立ったまま、この結論にいたった。操艦はカーリングが指揮し、〈カデナ〉と〈ヴィクター〉の周囲を警戒していた。クラウスが立っていたのは、座ったら眠ってしまうとわかっていたからだ。すでに一度、気づいたら足がふらついていた。クラウスは動乱ただなかの一九一七年のメキシコにいた悪党の話を聞いたことがあった。その悪党は自分に敵対する者たちをある方法で処刑し、地元住民を恐怖に陥れた。まず、処刑する相手を道端の電柱に登らせる。電柱一本につきひとり。うしろ手にしばられた彼らは、電柱のてっぺんあたりの足場の上に立たされ、首にロープをかけられる。ロープは電柱のてっぺんに結ばれている。ひとりずつそこに立たされ、立っているかぎり、彼らは生きている。疲れて足を滑らせるとロープで首が絞まる。数日間立ちつづける者もいて、近隣の人々に対する見せしめになった。クラウスの状況も同じようなものだった。座れば眠ってしまう。立っていると、今そうしているように立っていると、耐えられなくなる。足、筋肉、関節、すべてが痛みに悲鳴をあげている。耐えられない？　いや、耐えなければならない。この問題についてそれ以上言うべきことはない。〝主を待ち望む者は新たなる力を得る〟

なんとしても眠ってはならなかった。だからそのまま立ちつづけた。これから送る通信文の文面を考えることだけに集中しようとした。通信には必要な情報をすべて含める必要がある。となると、伝えるべきは〈ヴィクター〉が行動不能に陥ったこと、船団が無防備になっていること、〈キーリング〉がはるか後方で後れを取っていること、燃料が不足していること――馬鹿馬鹿しい。窮状をいちいち報告していたら、それだけで夜が明けてしまう。たとえば〝至急救援乞ウ〟とでも伝えれば足りる。ロンドンの連中にはこちらがそれ以上の通信を送るつもりがないとわかるはずだ。彼らのそれまでの経験から、クラウスの窮状を推測できる。それなら〝至急〟と言う必要はない。至急でなければそんな要請はしないのだから。ならば〝乞ウ〟はなぜ必要なのか？　ひと言〝救援〟と送れば、それが送られたという事実だけで何もかも言い表わせるのではないか？　それにひと言だけなら、ドイツの監視体制をすり抜けられるかもしれない。ごくわずかにしろ、その可能性もある。待て。そんな期待を抱くのはあまりに愚かだ。しかし、通信文が短ければ、その分ドイツの暗号解読班の負担が大きくなる。駄目だ、忘れていた。どんどん頭がまわらなくなってきている。暗号規則により、短い通信文には無関係の文言を加えて最低限の長さまで〝引き伸ばす〟ことが定められている。これについては通信長のドーソンが詳しいはずだ。暗号の専門家が決めたことだから違反はできない。いずれにしても、達しつつある結論の要点はそれなりに理にかなっている。救援要請を出さなければならないこと。明日の〇一四五時に〝救援〟のひと言だけの通信文を送り、引き伸ばしはドーソンに任せること。

そう結論し、この問題に専念するのをやめると、また足がふらついた。そんなおかしなことがあるものか。ずっと起きているといっても四十八時間も経っていないし、一昨日の夜は二、三時間ぐっすり眠った。自分は弱く、卑しい存在だ。ただ突っ立っているだけでなく、考えつづけていなければ負けてしまう。奇妙なことに、もっと戦闘をと望んでいる自分がいた。もう一度己を奮い立たせるために、すばやい思考と迅速な決断が必要な状況を、と。だが、これ以上戦っても大惨事が待っているだけだ。指揮下の部隊はもはや何ものにも立ち向かえない。クラウスはくたびれた脚で、混み合った操舵室内を行ったり来たりした。またコーヒーを取りに行かせようかとも考えたが、習慣の奴隷となって自分を甘やかすのはやめ、眼を覚ましているために必要な行動を取るべきだと自分に言い聞かせた。それはともかく、まずは便所に行かなくてはならない。クラウスは赤いサングラスをかけて階段をおりた。初めて海に出た陸の男のように、床の縁材につまずいてしまった。この鉛のような体で階段をのぼることは二度とできそうになかった。が、それでもなんとかあがった。これしきの疲労に負けるわけにはいかない。操舵室にたどり着くと、もう一度歩いた。顔をあげ、あごを引き、胸を張り、肩を引いて。海軍兵学校時代のパレードでそうしたように。気をしっかり持てるようになるまでコーヒーはお預けだ。

無線通話機が鳴っていた。またこうして呼び出されて、心底ほっとするような気がした。

「イーグルよりジョージへ。聞こえますか？」

「ジョージよりイーグルへ。聞こえる。どうぞ」

「総員退去の許可を願います」イギリス人連絡士官の皮肉交じりの声に皮肉は交じっていなかった。その声は沈んでいた。少しの間があって、次の言葉が続いた。「実に無念です」

「ほかに手はないのか？」

「防水マットの大きさが足りませんでした。緊急用の小型ポンプでは間に合いません。だんだん水かさが増してきていて、食い止められません。浸水速度も増すばかりです」

それはそうだろう。穴だらけの船体は沈むほどに水面下の穴の数が多くなり、水が流れ込む力も大きくなる。

「現在、艦の傾斜は一五度です。艦橋より後方は主甲板まで水没しています」

「最大限の努力をしてくれたものと思う。総員退去を許可する。艦長に伝えてくれ、艦を救うためにできるかぎりのことをしてくれたと信じていると。それから、今回の不運を遺憾に思うと」

連合軍の一員にかけるふさわしい言葉を慎重に選ぶために、疲れた脳が正常に回転を始めていた。

「アイアイサー」イギリス人連絡士官の声がした。それから、懐かしいあのつっけんどんな調子が戻ってきた。「では、これにて失礼いたします。楽しいパーティをありがとうございました」

クラウスは浮かない気持ちで無線通話機のまえを離れた。最初にあの声を聞いたときは、声の持ち主に対して愛着にも似た感情を抱くようになるとは、夢にも思っていなかった。

金曜日　深夜直　二四〇〇～〇四〇〇

　当直が交替し、電話連絡員たちがヘッドフォンの受け渡しをしていた。操舵員が当直を外れ、カーリングが敬礼していた。操舵室内はそうした様子がわかる程度の明るさだった。

「現在の当直士官はミスター・ナイストロムです」とカーリング。

「よろしい」

「失礼します」

「おやすみ、カーリングくん。ナイストロムくん、私が操艦指揮を執る」

「アイアイサー」

　クラウスは二、三の操舵命令を出して〈キーリング〉を少しずつ動かし、黒い塊に近づけた。〈ヴィクター〉に横づけしている〈カデナ〉だ。一瞬、誰かの声がはっきりと聞こえた。拡声器の声が風に乗り、海を渡って届いたのだ。

「ソナーより報告。大きな破壊音」電話連絡員が言った。

「よろしい」

それは勇敢な艦の鎮魂歌だった。〈ヴィクター〉がドイツ空軍の圧倒的な戦力に抗ってポーランドのグディニャを出港し、ドイツ海軍の包囲網をかいくぐってバルト海を脱出してから、二年と半年が経っていた。その二年半のあいだ、彼女は必死に戦い、故郷を追われた乗組員たちに残されたたったひとつの祖国でありつづけた。それが今沈んだ。

〈カデナ〉が鳴らした四度の警笛が夜の闇にけたたましく響いた。フォックスのF。〝救助完了〟

「静かに面舵。まだだ。取舵に当て。ようそろ」

クラウスは鷹のような眼で〈キーリング〉の旋回を監視しながら、艦を声が届く距離まで〈カデナ〉に近づけ、拡声器に向かった。

「カデナ！　こちらは護衛艦隊指揮官だ」

拡声器から返事があった。

「全員救助したか？」

「はい、しました」

そう聞いて胸を撫でおろした。イギリス人連絡士官が無頓着のあまり〈ヴィクター〉と〈カデナ〉のあいだに落ち、船体と船体に挟まれ、波をかぶりながら骨を砕かれている光景が脳裏に浮かんでいたからだ。

「針路〇八七度だ」

「八七度」拡声器が答えた。

「全速力で船団に合流するように」

「出せるようなら十二ノット出します」

「本艦が前方で護衛する。変形ジグザグ航行をおこなえ。七番だ」

「変形ジグザグ航行ですか？　しかし――」

「これは命令だ。変形ジグザグ航行、七番。ただちに開始しろ」

「そうですか、わかりました」拡声器から不承不承の返事が聞こえた。商船の船長がおしなべてジグザグ航行に否定的なのは驚くべきことだ。危険地帯から一刻も早く抜け出したいというのは、人間の普遍的な心情といっていいだろう。しかし、運動盤と平行定規を使って五分も考えてみれば、ジグザグ運動によって潜水艦が攻撃を仕掛けるのが格段に難しくなり、魚雷到達までの時間が長くなることは、誰の眼にも明らかなはずだ。それに、魚雷発射の瞬間に不意に変針できれば、だいたいはものの見事に外れる。ジグザグ運動は魚雷の命中率を確実にさげるのだ。クラウスは対潜学校で潜水艦の司令塔に何分か籠もり、この問題について考えたことがあった。が、ちょっとでもものを考える頭があるなら、そこまでせずともわかることだ。

「ナイストロムくん、今のやり取りを聞いていたな？」

「は」

「では操艦指揮を執れ。カデナの前方五百メートルで護衛に就くんだ」

「アイアイサー」

「伝令！　コーヒーをポットで頼む」

〈ヴィクター〉が沈んだ今、救援要請を出すかどうかは再考の必要がある。今の速力なら、夜明けには〈キーリング〉も〈カデナ〉も船団にだいぶ追いついているだろうから、状況は先刻とは大幅に異なる。とはいえ、〈ジェイムズ〉の燃料が残り少なく、護衛艦隊の全艦艇が力を失っていることに変わりはない。〈ヴィクター〉のためにこれ以上の遅れが出ることはないにしても、明日は長い一日になりそうだ。航空支援があれば話はだいぶちがってくる——だいぶどころか、まったくちがってくる。が、要請を出そうが出すまいが、ロンドンはおそらく航空支援部隊を派遣してくるだろう。今のこの状況で無線封止を破る価値はあるだろうか？　そうすることで発生するリスクについてはすでに検討ずみだ。おそらくをまちがいなくにするために、そのリスクを冒す価値はあるだろうか？　操舵室内を歩きまわろうとしたが、上から下まで痛む脚は暴動を起こしたかのようで、それを鎮圧するようにして歩かなくてはならなかった。頭のほうは嫌々ながらも言うことを聞いてくれた。クラウスは無線封止を破ることとの是非を天秤にかけようとした。コーヒーがきっと助けになってくれるだろう。

「伝令、テーブルの上に置いてくれ」

手元が見えるほど明るくはなかったが、クラウスは暗闇でコーヒーを注ぐのに慣れていた。いつもどおり、最初の一杯は甘露の味だった。最初の一杯の最後のひと口は、最初のひと口よりうまい気がする。まだ二杯目を楽しめるとわかっているからだ。クラウスは二杯目の最後のひと口を、恋人のもとを去りがたい男のように、うしろ髪を引かれる思いで飲み干した。〝我々は食い、かつ飲もう。明日は――〟あと一時間以内に決断しなければならない。

「伝令、トレーを士官室に戻しておけ」クラウスは言った。

個人的な事情に左右されてはならない。自分がワシントンとロンドンの連中にどう思われようと、そんなことには少しも心を乱されてはならない。船団のことだけを、この戦争のことだけを考えろ。それが義務だ。まともな理由もなく泣きついていると思われないようにするにはどうすればいいかと思い悩むような時間は、一秒たりともあってはならない。

〝名声は大いなる富にまさる〟クラウスの名声とは、その生涯と同じく、祖国に仕えることだった。〝高くあげる（プロモーション）ことは、東から来るのでも、西から来るのでもない〟――昇進（プロモーション）がなんだというのだ？　〝戦いには免除はない〟考えをめぐらせていると、聖句が次々と浮かんできて、振り払うことができなかった。

改めて考えてみる。助けを呼ぼうとしているのは、たんに自分が弱いからか？　無意識のうちに責任を免れようとしているのか？　顔をあげろ、肩を引け。クラウスは厳しい眼でざっと自己評価をくだし、渋々ながら自分に及第点をつけた。同時に、やはり同じくらい渋々ながら、もうひとつの罪状についても無罪とした。無線封止を破りたくないのは、自分のキャリアへの影響を気にしているからではないかという罪状だ。〝適格なるも保留〟。イヴリンの思い出と同じくらいつらいものだが、どんなにいまいましい否定の言葉であっても、そんなものに自分の決断を左右されるつもりはなかった。

伝声管のベルが鳴った。クラウスは脚の痛みも無線封止の問題も忘れて飛びついた。

「艦長だ」

「前方に複数の輝点が表示されました」

「複数の輝点？」

「複数もしくはひとつです。レーダー画面がずっと不鮮明なままで、距離もよくわかりません」

「なんだと思う？」

「〝何か〟としか言えません。輝点がふたつだと思ったのですが、今はよくわかりません。しかし、眼のまえにいます。方位はおおよそ〇八四度……〇八八度のときもあります」

「船団ではないのか？」

「ちがいます。船団はレーダーの届かない距離にいます。この輝点はぎりぎり測定可能な距離に位置しています」

「よろしい」

もちろん、あまりよろしくはない。輝点。正面の海上に何かがいる。船団に追いつこうと全速力で航行しているUボートか？　その可能性は高い。船団の落伍船か？　充分にありえる。対処しなければならない。「ナイストロムくん、私が操艦指揮を執る」

「アイアイサー」カデナは十二ノットでついてきています」

「ありがとう。面舵。針路二四〇度」

「面舵。針路二四〇度」操舵室の静寂のなか、操舵員が言った。クラウスは〈キーリング〉が回頭を終えるまでのあいだに、今後三分間、〈カデナ〉がジグザグ運動のどちらの針路を取っているかを導き出した。「針路二四〇度、ようそろ」

「よろしい」〈カデナ〉の暗い船影を見定めるには、右舷側のブリッジウィングに出なければならなかった。「静かに面舵」

〈カデナ〉の次のジグザグ運動の予定時刻になった。向かってくる〈カデナ〉に眼を凝らしていると、舵を切った〈カデナ〉の船影の形が変わっていくのがわかった。「取舵に当て。取舵。面舵に当て。ようそろ」

この暗闇のなかをジグザグ航行している船に呼びかけられる距離まで近づくには、細心の注意を払って操舵する必要があった。二隻は少しずつ少しずつ距離を詰めていった。向こうで一瞬光が点滅した。〈キーリング〉が何をしようとしているのかわからず、〈カデナ〉が不安を募らせているのだ。誰かが懐中電灯を点け、〈キーリング〉に向けていた。

「左舷側の見張り員より報告、カデナから光」電話連絡員が言った。

「よろしい。面舵、取舵に当て」

クラウスが拡声器に手を伸ばしたちょうどそのとき、〈カデナ〉の拡声器が不安げに訴えた。

「キーリング!」

「護衛艦隊指揮官だ。本艦はこれより先行する。数キロ先、真方位約八六度に未確認の目標を発見した」

「なんなんです?」

「わからない。それをこれから確かめてくる。貴船は現在の基準針路を維持し、前方をよく見張れ」それから数秒考えて、「危険があるようなら警告する。本艦が発砲しているのが見えたら基準針路を大幅に変更し、真針路〇四二度としろ」

「了解」

「その針路を三十分維持したあとも本艦からの連絡がない場合、〇八七度に復帰しろ」

「了解」

〈カデナ〉がちゃんと理解してくれていることを願った。が、〈カデナ〉にはあのポーランド人艦長とイギリス人連絡士官が乗っていることを思い出した。たぶん今このときは

〈カデナ〉の船橋にいるだろう。あのふたりが今の話を聞いていたら、〈カデナ〉の船長をうまく導いてくれるはずだ。

「さようなら。面舵いっぱい。針路〇八六度。両舷前進いっぱい」

クラウスの命令が静かに復唱された。今何が起きているか、操舵室内の誰もが気づいている。下の機関室では誰も気づいていないだろう。〈キーリング〉が旋回していることはわかっているだろうが、今度はどんな危機的状況に陥って全速力を出すことになったのかは想像もついていないはずだ。だとしても、そんなことは些細な問題だ。彼らはただ命令に従っていればいい。クラウスは機関室の乗組員のことを頭から消し去ることにした。沈みゆく船がつかの間の渦を残すように、クラウスの心にもつかの間の嫉妬のうずきが残った。今から数分のうちに、未知の危険に向かって突き進んでいくあいだに、無線封止を破るかどうかについてもう一度考えなければならない。

「艦長、時計を進める許可を願います」ナイストロムがいつの間にか脇に立っていた。

時計を進める？　馬鹿みたいにおうむ返ししそうになるのをこらえた。すっかり忘れていた。覚えているべきだったのに忘れていた。〈キーリング〉はついさっきタイムゾーンをまたいだのだ。夜明けにさらに一時間近づいたということだ。

「ワトソン大尉の指示か？」

「は」

ワトソンは航海長として、最も都合のいいときに艦の時間を変更するようクラウスから命じられていた。

「許可する」クラウスは言った。

ナイストロムは自分が重大な問題に関する艦長の思考の流れを中断させてしまったことなど知る由(よし)もないが、彼の要請はクラウスの頭にあった問題と直結していた。救援要請を出そうと決めていた刻限をもうとっくに過ぎているのだ。タイムゾーンにまで考えがいたらなかったのは浅はかだった。たとえそれが形式上の手続きで、実際に何かが変わるわけではないとしても。時間が変わったわけではないのだから、実時間で本来よりも夜明けが近づいたわけではないとしても。だとしても、精神的な影響は絶大だった。それだけではない。クラウスも今では思い出していたが、針路が東向きで、日の出に向かって進んでいる場合、夜はかなり短くなる。それはともかく〈キーリング〉は今、日の出だけでなく、未確認の目標に向かって全速力で進んでいる。クラウスはもう一度伝声管に向かって呼びかけた。

「輝点は現在どうなっている？」

「まだ表示されています」

「大きいか小さいか、見当はつかないか？」

「大きいと思います。先ほどお伝えしたように、輝点はおそらくふたつ。しかも動いているようです。本艦と同じ針路を進んでいます」

「それでもこちらが追いついてきてはいるんだな?」

「は、表示からわかるかぎりでは」

次の行動に移るまえに目標の正体を識別しなくてはならないが、暗闇のなかではそう簡単なことではない。十中八九はただの落伍船だ。クラウスは無線通話で〈ドッジ〉と〈ジェイムズ〉に呼びかけたが、憤慨交じりの失意のうちにあきらめることになった。二隻とも無線の範囲外にいるのだ。でなければ――でなければ。そう考えるのは恐ろしいことだった。いずれにしろ、それについては考えなくてもよさそうだ。もし二隻とも撃沈されたのなら、この夜の闇のなか、爆発が高い雲に反射するのを見張り員が目撃しているはずだ。

「輝点の距離はわかったか?」

「いえ、艦長。わかるとは言えません」

満足のいかないこの返答の直後、伝声管から別の声が聞こえてきた。チャーリー・コールだ。眠らなかったにちがいない。きっと艦内のあちこちを見まわっていたのだろう。

「方位、変わりません」チャーリーが言った。「それに、輝点は確かにふたつと思われます」

「ありがとう、チャーリー」

「急速に追いついてきているようです」

「よろしい」

急速に追いついてきているということは、落伍船以外に考えられない。それなら差し当たって心配は無用だ。そう結論して気が緩んだ直後、意識を失ってまえのめりに倒れそうになった。半分野生で半分飼いならされた獣のように、こちらが警戒を解いた瞬間に飛びかかろうと、眠りが待ちかまえていた。一睡もしないまま、まる二日が経とうとしている。緊張と重圧続きの二日間だった。ほぼ立ちっぱなしの二日間だった。そう考えずにすませることはできそうになかった。またベルが鳴り、クラウスは安堵した。

「ちょうど今、一瞬だけ調整できました。輝点はまちがいなくふたつ。距離は七・五キロ。かなり正確なはずです。方位〇八六度」

「よろしい」

あまり早く近づかないほうがいい。ソナーが動いてからのほうがいい。五分待とう。

「両舷前進原速。ソナーによる捜索を再開しろ」

「機関室、両舷前進原速を了解しました」

振動が急激に減少し、〈キーリング〉の水切り音が小さくなったのがわかった。それと同時に、ソナーのピーンという絶え間ない音が再開したことも。

「ソナーより報告。計器が混乱中」

〈キーリング〉のスピードが十二ノットまで落ちれば、すぐに正常に戻るだろう。

「前方の見張り員より報告、正艦首に何かあります」

「よろしい」

チャーリーの見積もった距離が正しければ、今ごろは五・五キロほど前方のはずだ。こんな夜にそれだけ遠くにある何かを見つけるとは、見張り員はいい仕事をしている。

「艦長より前方の見張り員へ。見えているものについて報告を続けろ」

金曜日　朝直　〇四〇〇～〇八〇〇

クラウス自身は正面をじっと見つめて立っていた。今のところ、この闇のなかに何も見えない。ナイストロムも傍らで同じように正面を見据えている。その隣にもうひとつ人影があるのが視界の隅に入った——若手のハーバット。当直交替の時間になったのだ。

「前方の見張り員より報告、前方にあるものは二隻の船舶と思われるとのことです」

「よろしい」

「確かに船です」ハーバットが言った。

今ではクラウスにも見えていた。闇のなかに形を結ぶ塊以上の何かが。ただの船、船団の落伍船だ。そんなもののために緊張を強いられていたかと思うと、なんだか怒りが湧いてくる。

「前方の見張り員より報告。二隻の商船、正艦首約四キロ、互いのそばを航行しています」

「よろしい。艦長より前方の見張り員へ。艦橋からもその二隻は見えている」

って先を続けた。

「当直を外れたことを報告にまいりました」ナイストロムが言い、由緒ある形式にのっとって先を続けた。

「よろしい、ナイストロムくん」

「艦長」ハーバットが言った。「今朝の総員戦闘配置について、何かご命令はありますか?」

それもすっかり忘れていた。昨日そうしたように、自分の定めた規則を撤回しないかぎり、あと一時間もしないうちに総員戦闘配置が発令され、〈キーリング〉の乗組員全員が起床する。昨日命令を取り消した理由は、今日についてもそのまま当てはまる。乗組員たちは四時間の当直、四時間の非番を繰り返している。休めるときにちゃんと休ませておいたほうがいい。それを覚えているべきだった。

「実際に戦闘にならないかぎり、今朝も出さない。ラウドスピーカーでその旨を周知してくれ」

「アイアイサー」

二隻の暗い船に近づいていくうちに、今の命令が通達されるのが聞こえてきた。

「全員聞け。今朝の総員戦闘配置はなしとの――」

あるアメリカの艦は数年前に〝なしなし艦〟とあだ名をつけられたことがある。同じようになしの通達がラウドスピーカーで数多く出されたからだ。が、内容としては〝午後の上陸許可はなし〟とか、そういった類いのうれしくないものだった。今回のこれはちがう。〈キーリング〉はより近いほうの商船に迫っていた。船がかきまぜた航跡が見えた。

「取舵。面舵に当て。ようそろ」

見覚えのある船だった。船橋とエンジンが後部にあるタイプのタンカー。〈ヘンドリクソン〉だ。すでに乗組員が船橋からメガホンで呼ばわっていた。クラウスは拡声器のもとに向かったが、その途中で横から急に飛び出してきた人影と勢いよく衝突した。

「イギリス海軍省からの通信文です」人影が言った。ドーソンの声だった。

「ちょっと待て」クラウスは言った。イギリス海軍省からと聞いて、動かなくなった体に活力と興奮が戻ったが、まずは拡声器に向かって声を張りあげた。「護衛艦隊指揮官だ。こんなところで何をしている？」

「あそこであの野郎とぶつかったんでさ」返答があった。「船首のプレートがひん曲がっちまったんで、てめえでなんとかしてたとこです。あんにゃろう、うちの会社が黙っちゃいねえぜ」

「大した損害が出ているようには見えない。相手の船の損害はどうか？」

「しこたま食らわしてやったはずです」

「そちらは針路と速度を維持できるか？」

「へえ」

〈キーリング〉はあっという間に〈ヘンドリクソン〉を追い抜いていた。もう声はほとんど届かない。

「現針路を維持しろ。変形ジグザグ航行、七番を使え。後方からやってくるカデナに注意しろ」

「へえ」

「ハーバットくん、操艦指揮を執れ。もう一隻の船に呼びかけて損害状況を聞け。問題ないようなら〈ヘンドリクソン〉の後方に就かせて、二隻とも護衛しろ」

「アイアイサー」

「さて、ドーソン通信長」

ドーソンはクリップボードを手にしており、海図台から持ってきた暗い赤色懐中電灯で通信文を照らしていた。クラウスはクリップボードと懐中電灯を受け取った。

「暗号化がうまくいっていない箇所がいくつかありまして」ドーソンが詫びた。「できるかぎり復号したのですが」

いくつかの言葉はたんなる文字の羅列だった。かすかな赤い光に照らされた残りの部分を読み進めると、はっとするような内容が眼に飛び込んできた。

〝救援ヲ派遣セリ〟それから支離滅裂な文字列。〝救援艦隊指揮官・海軍大佐アール・オブ・バンフSNO〟さらに支離滅裂な文字列。〝エアクラフトヲ期待セヨ・OP ORD

・278-42・付表・太平洋艦隊無線局（HYPO）〟また支離滅裂な文字列。

「この部分については確信が持てます」ドーソンが〝作戦指示（OPORD）〟の部分を指さしながら言った。「これです」

クリップボードには通信文のほかに参照表が挟まっていた。〝誰何（すいか）UW。応答BD〟

「それは何よりだ」クラウスは言った。「伝令！」

「は」

「艦橋に来るよう副長に伝えてくれ」クラウスは少しためらったのちにそう言った。頭にあった言葉は「艦橋までご足労いただけるよう、副長によろしくお願い申しあげたい」というものだったのだが、馬鹿馬鹿しいほどに気取っていて、平時に戦艦の上でおこなわれていた古い習慣を彷彿（ほうふつ）とさせる。それを戦時の駆逐艦に当てはめ直さなければならなかった。

もう一度通信文に丹念に眼を通した。送信されてから十二時間近くが経過している。高い優先度を与えられていたひとつまえの通信文に比べて、届くまでにかなり時間がかかっている。通信は混み合っているが、イギリス海軍省には、クラウスが必要な行動を取るのに間に合う時間に届くとわかっていたにちがいない。それにしても、救援艦隊が向かっているというのはすばらしいニュースだ。SNOはイギリス海軍で使われる用語で、〝海軍上級士官〟の意味だ。たんなるお飾りの殊勲従軍勲章（DSO）や五等勲爵士（MBE）といったおかしな文字の寄せ集めとはわけがちがう。そして、この海軍上級士官は大佐だ。つまり、中佐であるクラウスは指揮官を更迭され、船団に対するクラウスの責任は終わる。それを猛烈に悔しいと思っている自分がいた。安堵の気持ちは一片も交じっていなかった。この任務は自分の手で完遂したかった。その悔しさの渦にぼんやりとした疲労感が加わった。

「この暗号化された箇所については推測もできません。数字がいくつかありますが——」

「よろしい、ドーソン通信長」

このアール・オブ・バンフというのは、英国式にしてもちょっと妙だ。指揮官を引き継ぐ海軍大佐アールなる人物がバンフという地の出身だとわざわざ知らせてくるとは。バンフといえば、カナダにもカナディアン・ロッキーやルイーズ湖で有名なバンフという街がある。たぶんイギリスにも同じ地名があるのだろう。イギリスにもボストンやニューポートがあるように。だとしても、なぜそんなことをいちいち伝えてきた？　アール大佐がカナダ人というなら、それなりに意味があるかもしれないが——そこまで考えたところで、はたとひらめいた。少しだけ愉快な気分になり、苛立ちと腹立たしさが和らいだ。これはイギリスの爵位、海軍大佐バンフ伯爵（アール・オブ・バンフ）のことだ。それにイギリスでは航空機のことを〝エアクラフト〟と呼ぶのがふつうで、〝プレーン〟の変わった言いまわしというわけではない。

「艦長、お呼びでしょうか」チャーリー・コールがやってきた。

「これを読んでくれ」クラウスは言い、クリップボードと懐中電灯を渡した。

チャーリーは身を折り曲げ、懐中電灯を紙から数センチの距離に近づけて通信文を読んだ。こうした重大な知らせは指揮系統の直下にいる副長にも知らせておくのがクラウスの義務だった。

「これは何よりです。艦長もようやく休めますね」

暗いせいでクラウスの表情が見えていなかったのだろう。でなければもっとちがう言い方をしたはずだ。

「そうだな」クラウスは無愛想に言った。

「送信されたのはグリニッジ標準時で一八〇〇時ですね。それに、救援艦隊はすでに派遣されたとあります。合流までにさほど時間はかからないでしょう。向こうはジグザグをやらずに高速で航行してくるでしょうから。まあ、それでも遅すぎたくらいですが」

「そうだな」

「この海軍大佐アールという人物はご存じですか？」

「アールは名前じゃない」クラウスは込みあげる優越感を抑え切れずに言った。「貴族だよ。バンフ伯爵だ」

「伯爵？　でも会ったことはないんですよね？」

「ない。覚えていない。もとい、会ったことはない」

最後の言葉は〝覚えていない〟と言ってしまったことに対するやましさから口を衝いて出た言葉だった。クラウスは何人ものイギリス海軍士官と会ったことがあるが、バンフ伯爵と会ったことがあれば、絶対に覚えているはずだ。それをうっかり忘れることもあるとでも言いたげな口ぶりは不誠実だ。

「ドーソン、この暗号部分に見当をつけることはできないのか？」チャーリーが尋ねた。

「できません。艦長にもそう申しあげました。数字が含まれているせいでお手あげです」

「数字のことはもちろんそうだろうな。合流時間も地点も示されていません。しかし、航空機は日の出から一時間以内にここにやってくる。それはまちがいのないところです」

「だろうな」とクラウス。

「今まで生きてきたなかで一番うれしい知らせです。お知らせくださり、ありがとうございました」

指揮官の交代をクラウスが苦々しく感じていることについて、チャーリーは少しも気づいていないようだ。

「艦長」ハーバットが言った。

チャーリーたちと話しているあいだ、ハーバットが拡声器越しにがなり、操舵命令を出し、たまに悪態をついていたことに、クラウスは気づいていた。

「ハーバットくん、どうした？」

「もう一隻は貨物船のサウスランドでした。右舷後部がかなり陥没しているそうです。しかし損傷の大部分は喫水線より上なので、浸水には対処できるとのことです。ヘンドリクソンも損傷はすべて喫水線より上でした。今はサウスランドを先頭にして縦列を組ませています。サウスランドのほうは十・五ノット、ヘンドリクソンは十一ノット出せるとのことでした。それから、後方にカデナが見えてきました」

「船団までの距離はあとどれくらいだ？」

「レーダー画面上では七・五キロですが、まだ視認はできません」

「よろしい、ハーバットくん。カデナも縦列に加えて、この三隻の前方を守れ」

「アイアイサー」

ハーバットがさがると、チャーリーがドーソンに訊いた。

「この〝誰何と応答〟はまちがいないんだな？」

「絶対に確かです」

ドーソンの能力と精神状態を慎重に見きわめなければならない。これまで、この男の説明が大げさすぎたり、逆に不充分だったりしたことはなかった。

「それは何よりだ」と、チャーリーはさっきクラウスが言った言葉をそっくりそのまま繰り返した。「救援艦隊は二時間後には到着するはずです」

「なぜそんなことがわかるんだ、チャーリー？」クラウスは訊いた。驚きの声をあげそうになったが、すんでのところで踏みとどまった。

「我々は現在、グリニッジ標準時間帯にいます。今朝の日の出は〇六三五時でしょう。今は〇五二〇時です。もう明るくなりはじめています」

確かにそうだった。どう見てもそうだった。チャーリーとドーソンの姿はもはや黒い影ではなくなっていた。ふたりの白い顔がぼんやりと見えた。あと二時間！　ほんとうに信じられない。

「我々は予定どおりに進んでいる」クラウスは言った。

「海軍省が把握している予定地点より先行しています」チャーリーが補足した。

イギリス海軍省は船団の正確な位置までは把握していないはずだ。二日前のあの大幅な変針勧告——二日前？　二週間以上もまえのことのように感じる。それから、彼らがＵボート部隊に対して何度となくおこなっているであろう方位測定。このふたつを考慮に入れれば、海軍省は船団が予定よりはるかに遅れていると思っているかもしれない。が、実際にはほとんど遅滞なく、着々と進んでいる。

「ドッジとジェイムズにも知らせておくべきだな」クラウスは手袋をはめたままの手でクリップボードをこんこんと叩いて言った。「私から伝えておこう。昨晩は交信できなかった。二隻とも遠すぎて」

「私もおそばにいさせてください」妙に申し訳なさそうな声で、ドーソンが申し出た。

「おそらくですが、その……」

クラウスと一緒に無線通話機に向かって歩いていくうちに、ドーソンの言葉はどんどん尻すぼみに、支離滅裂になっていった。ドーソンは通信長というのがどういう人種か、多少は知っている。指揮官というのがどういう人種かも知っている。それはクラウスも同じだった。イギリス海軍省の通信文は護衛艦隊指揮官宛てになっていたが、〈ドッジ〉と〈ジェイムズ〉も受信しているだろう。それだけでなく、軽度の規則違反になるものの、復号もしている可能性が高い。この時点、この状況で、規律が好奇心を抑えるのは難しい。

クラウスは二隻の艦と交信を始めた。無線通話機を通すと声の表情があらかた消えてしまうにもかかわらず、滑稽なことに、彼らの返答はドーソンの弁解がましい口調そのままだった。

「は」〈ドッジ〉が言った。それから少しためらったあと、「我々もその信号を受信しました」

「だろうな」クラウスは言った。「合言葉は解読したか?」

「は」

「数字についてはどうか?」

「あれは数字ではありませんでした。〝T地点〟です。あの部分は〝予想合流地点・T地点〟と読めました」

「T地点といえば、もうすぐじゃないか」

「は」

ということは、救援はかなり近くまで来ている。そして、それはクラウスが要請したわけではない。

「我々は別の部分を解読しました」今度は〈ジェイムズ〉が言った。「〝五七度以北ナラバ位置ヲ報告セヨ〟です」

今いるのは北緯五七度よりもずっと南だ。

「ありがとう」些細な違反を公然と咎めるつもりはなかった。夜間の戦闘でクラウスが戦死していたら、どのみち彼らは自分たちでこの通信文を解読しなくてはならなかったのだ。クラウスが生きているかどうか、判断がつかなかったのだろう。それでまた別のことを思い出した。すべてを覚えておくのは難しい。たとえ今クラウスの頭にあるような、苦い事実であっても。

「ヴィクターは昨晩沈没した」

「まさか！」無線通話機から驚きの声があがった。

「ほんとうだ。ちょうど日暮れどきに魚雷を受け、真夜中に沈んだ」

「助かった者はいますか？」無線通話機の声は冷静さを取り戻していた。

「全員救助したと思う。爆発で死んだ者は別だが」

「タビーは無事ですか？」

「イギリス人連絡士官のことか？」

「はい」

「だと思う」

「よかった」一方の声が言い、もう一方の声がこう言った。「あのでぶ（タビー）がそう簡単に沈むもんか」

クラウスはあのつっけんどんな声の持ち主は長身痩軀だろうと想像していたが、どうやらちがうらしい。

「さて、諸君」クラウスは言った。また疲れた頭で慎重に言葉を選ばなくてはならない。改まって挨拶（あいさつ）する時間が近づいていたし、相手は連合軍の一員だ。「あと少しだ」

「は」

「私が指揮官でいられるのも、あと少しのあいだだけだ」クラウスは落ち着き払い、完全に無関心を装ってこの言葉を言わなくてはならなかった。無線通話機は同情のこもった沈黙でそれに応え、続きを待っていた。「貴艦らには、これまでにしてくれたことすべてについて礼を言わなくてはならない」

「こちらこそありがとうございました」一方の声が言った。

「ええ」ともう一方の声。「お礼を言わなくてはならないのはこちらのほうです」

「どういたしまして」クラウスは陳腐で間抜けな返事をした。「私からは以上だ。あとは、ひとまずお別れを言っておく」

「さようなら、指揮官。さようなら」

クラウスは寂しい気持ちで無線通話機から離れた。

「さあ、次は艦長ご自身のことですよ」とチャーリー。「最後にお食事をなさったのは何時のことですか？」

クラウスはこの質問にすっかり面食らった。いつかの時点で冷製肉とサラダを食べたのは確かだが、何時かと問われると、まったく覚えていなかった。思い返してみれば、当直が次々に交替していて、そのあまりの早さに何がなんだかわからなくなっていた。

「コーヒーなら飲んだ」クラウスは消え入るような声で言った。

「私が夕食を運ばせてからは何も食べていないんですね？」

「そうだ」と答えはしたものの、自分のプライベートまで副長に管理させるつもりはなかった。たとえそれが生涯の友人であっても。「腹は減っていない」

「最後のお食事から十四時間が経っています」

「私がしたいのは」自分のことは自分でできるとばかりにクラウスは言った。「便所に行くことだ。食事はしたくない」

自分が駄々っ子で、チャーリーが肝の据わった乳母という、腹立たしいイメージが頭に浮かんだ。今のはまるで子供の言い分だ。

「いいでしょう。艦長が下に行っているあいだに朝食を用意させておきます。航空機が到着するまで、お休みになる時間はないでしょうから」

「もちろんない」

この航海はクラウスにとって初陣だった。これを教訓に、少なくとも今後の戦いでは、もぎ取れる時間はたとえ一分でももぎ取ろうとするだろう。が、今のところはチャーリーの言葉を言下に否定することで自尊心を慰めた。

「そうでしょうね」チャーリーは言った。「伝令!」

チャーリーはいくつか命令を出し、給仕兵を探し出して、艦長用のベーコンエッグを用意させにかかった。クラウスはというと、〝瓢簞（ひょうたん）から駒〟そのままの状況になっていた。便所に行きたいと言ったら、ほんとうに行っておいたほうがいいような気がして落ち着かなくなったのだ。それもびっくりするくらい強烈に催していた。もう一分も我慢できない。とはいえ、足を引きずりながら階段に向かい、下へおりるのは、とてつもない難事だった。一段目に足をかけたところで赤いサングラスを忘れたことに気づいたが、上甲板に光が広がりつつある今となってはもう必要ないだろうと思い直してほっとした。どうにかこうにか階段をおり、艦内の冷たい光と寒々とした静寂のなかを進んだ。頭がふらふらし、全身が痛んだ。後頭部に鬱陶（うっとう）しい鈍痛があり、一歩ごとに片足から片足へ重心を移すのが苦痛だった。クラウスはよろめきながらトイレに入った。鏡で自分の姿を見ようとは思わなかった。よろめきながらまた外に出た。艦橋は果てしなく遠かったが、もうじき本土と連絡が取れるという思いが疲れた脳裏をよぎり、肉体が少し活力を取り戻した。多少なりとも元気を取り戻すと、倒れ込むようにして階段をあがった。操舵室に戻るとチャーリーが敬礼してきた。

「砲手と見張り員の様子を見まわってきます」

「よろしい。ありがとう、チャーリー」

座らなくてはならない。ただただ座らなくてはならない。スツールのまえに行き、そこに沈み込んだ。こうして座り、無事に用を足せたことの安堵感は大きかった――足の痛みを別にすれば。両足は苦痛で赤熱しているようだった。邪な思いつきが鎌首をもたげてきた。だいぶまえに一度捨てた思いつき、しつこく忌まわしい思いつきが、また甦ってきたのだ。重石の足りない死体が腐敗によって深みから浮上してくるように。靴を脱いでしまえばいい。しきたりなんか破ってしまえばいい。大胆になればいい。乗組員が眼にする艦長がつねにきちんとした装いをしていることは確かに重要かもしれないが、今このときにかぎっては、この足の悲惨な状態よりも重要であるはずがない。それ以上に重要なものはない。囚われのインディアンのように拷問にかけられているのだ。どうあっても、何がなんでもやらなくてはならない。もしかしたら、これはモラル完全崩壊まっしぐらの道を滑り落ちる最初の一歩なのかもしれない。だとしても自分を抑えられなかった。痛みにあえぎながら体を折り曲げ、靴ひもをほどき、穴に通してある靴ひもを緩めた。それから、ままよと踵に手をかけ、靴をぐいと押した。靴はしばらく頑なに抵抗していたが、やがて――靴が脱げたときの激痛と天国の入り混じった気分は、言葉では言い表わせなかった。そのせいで、ほんの一瞬ではあったが、イヴリンを思い出した。彼女に対しても同じような気持ちを抱いたことがある。足の指を動かし、足首から下を伸ばすと、分厚い防寒用の靴下の内側にじわじわと生気が戻ってくるのを感じ、イヴリンのことはすぐに忘れた。反対側の靴を脱ぐのにかかる数秒がひどくもどかしかった。これで両足とも自由になった。十本の足指が喜びに身もだえした。自由になった足裏を冷たい鋼鉄の床の上にのせると、分厚い靴下を通してひんやりした感触が伝わってきた。その感覚があまりに官能的だったため、すっかり警戒を緩めてしまった。脚全体を伸ばすと、筋肉のあちこちにふたたび血がかよいはじめるのを感じた。ゆったりとストレッチをしたその瞬間――あるいはちょっと経ってからかもしれない。どのくらいの時間が流れたかはわからないが、クラウスは眠りに落ち、次に気づいたときには上半身がまえのめりになっていた。気づくのがあと一秒遅ければ、床に鼻をぶつけていただろう。

　それで至福は終わった。ふたたび戦いの世界へ、鋼鉄の世界へ、揺らめく青灰色の海の上へ。この鋼鉄の艦、自分の艦は、いつ雷と炎に引き裂かれ、亀裂から灰色の海が流れ込み、ボイラーが爆発し、呆然としている乗組員たちを溺れさせてもおかしくないのだ。ソナーのピーンという音が、海中深くに潜む敵に対する不寝番が続けられていることを思い出させてくれた。前方の水平線上にぼんやりとした影がいくつも並んでいるのが見えた。クラウスが守るべき無力な船たちだ。クラウスが船団に合流させようとしているほかの三隻の船を見るには、ただスツールの上でうしろを振り返りさえすればよかった。

「無線通話です」ハーバットが言った。「ハリーからです」

靴を脱いだことをすっかり忘れていた。自分が靴下姿で歩きまわっているのに気づいて愕然(がくぜん)としたが、今さらどうにもならなかった。

「ジョージよりハリーへ。どうぞ」

〈ジェイムズ〉の艦長であるロード少佐が慎重かつ几帳面な口調で話しかけてきた。

「接近中の航空機が一機、本艦のレーダー画面に表示されています。距離百十キロ、方位〇九〇度です」

「ありがとう、艦長。我々の目当ての航空機かもしれないな」

「その可能性はあります」その口ぶりから、ロードはこれまでに何度となく空爆を受けたことがあり、思い込みは避けるべきだと考えていることが伝わってきた。続く言葉がその印象を裏づけた。「陸地からこれくらい離れたところでＦｗ２００(コンドル)を見たこともあります。いずれにしろ、すぐに判明するでしょう」

「だろうな」

「確認でき次第、またご報告します」

「よろしい、艦長。ありがとう」

受話器を置いたとき、自分でもはっきりわかるくらい鼓動が速くなっていた。敵にしろ味方にしろ、今の報告が意味するのは、自分たちがこの大海原の反対側に到達しつつあるということだ。

「艦長、朝食です」

トレーが置かれていた。そこにかけられた白いナプキンが、下に置かれたものの形に沿って起伏をつくっていた。クラウスは眼をやることはやったが、なんの興味も抱かなかった。航空機が〈ジェイムズ〉から百十キロ離れた地点にいるということは、〈キーリング〉からは百四十キロ離れているということだ。十五分以内にこちらの視界に入り、三十分以内に頭上を通過するだろう。常識に従えば、食事は時間があるうちに、温かいうちに摂っておくべきだが、疲労と興奮のせいで食欲が湧かなかった。

「ああ、よろしい。海図台の上に置いてくれ」

靴下のまま歩きまわっていたのをまた忘れていた。おまけに靴はあそこに、床の上にだらしなく脱ぎ散らかしてある。この刹那(せつな)、クラウスは靴を脱いだときの快感の十倍の報いを受けた。

「伝令！　そこの靴を私の部屋に持っていき、代わりにスリッパを持ってきてくれ」

「アイアイサー」

そんな雑用を命じられても、伝令が気にしている様子はなかった。気にしていたのはむしろクラウスのほうだった。クラウスは自分が耐えなければならない苦しみのすべてを味わった。自分に仕える者たちの尊厳に敏感になっていて、伝令の感情を害さないようにと必要以上に気を揉んでいた。靴を持っていけという命令より、死の淵へ飛び込めという命令のほうがまだ気安く出せただろう。靴を脱がざるを得なくなったあの激痛のことなどすっかり忘れ、二度とあんなだらけた真似はすまいと心に誓った。おかげで食欲はますます遠のいた。それでも海図台までとぼとぼと歩き、無造作にナプキンを持ちあげた。黄金と白の目玉焼きがクラウスを見あげていた。細長いベーコンのうまそうなにおいが鼻腔をくすぐった。そしてコーヒー！　コーヒー！　注いだときのこの香りたるや。クラウスは飲み、食べはじめた。

「艦長、お持ちしました」そう言って、伝令がクラウスの脇の床の上にスリッパを置いた。

「ありがとう」クラウスは口いっぱいに頬張ったまま答えた。

チャーリー・コールが操舵室に入ってくるのと同時に、無線通話がまたクラウスを呼んだ。

「カタリナが見えました」〈ジェイムズ〉からだった。

「よし」クラウスは答えた。このときになってようやく、これが味方機ではなくフォッケウルフFw200だったらどうすべきかと考えていたことを思い出した。「向こうの合言葉は正しいか？」

「は。すでに応答を送信しました」

「航空機が見えました！　正艦首！」〈キーリング〉の見張り員が興奮して叫んだ。

「よろしい。ありがとう、艦長」クラウスは無線通話機に向かって言った。

「PBY（カタリナ）です」明るくなりつつある東の水平線に向かって双眼鏡をかざしながら、チャーリーが言った。それから大声で、「よろしい、君たち。あれは味方だ」

二十ミリ機関砲の砲手たちはすでに前方上方に狙いを定めようとしていた。船団上空の黒い点は急速に接近し、〈キーリング〉に向けて熱に浮かされたように光を点滅させていた。トン・トン・ツー、トン・ツー・ツー。

「航空機より信号、U‐W」信号艦橋から声がした。

「よろしい。B‐Dと送れ」

U‐W‐U‐W。あの航空機の操縦士はこれまでに何度も味方艦から攻撃を受けたことがあって、それで必死になって自分は味方だと訴えているのだろう。今では航空機の細部まではっきり見えるようになっていた。不格好だがどこか愛嬌のある、象のような輪郭とともに。

「あれはアメリカ軍機です。イギリス軍のものではありません」とチャーリー。

確かに、両翼に星のマークが見える。カタリナはクラウスたちの頭上で轟音をたてた。四十ミリ機関砲に就いていた乗組員たちが歓声をあげ、腕を振りまわした。飛行機は艦尾側に飛び去った。クラウスとチャーリーは振り返り、機を見送った。視界から消える寸前、機体は左に、南に向かって旋回した。

「船団がどれくらい広がっているか調べているんだろう」クラウスは言った。

「でしょうね。そう見えます。ついでに五十キロ圏内の潜水艦を威嚇するつもりでしょう」

きっとそうだ。この澄みきった陽光の下、航空機が頭上を旋回している状況では、潜水艦もあえて浮上したままではいないだろう。海面下に潜ったUボートはなかば視力を奪われ、動きも鈍くなる。たまたま船団の針路と交差しないかぎり、脅威ではなくなる。カタリナは半円を描くと船団右列を追い抜き、東に戻る針路を取った。クラウスとチャーリーは徐々に小さくなっていく機影を飽くことなく眺めていた。

「我々を護衛しないつもりでしょうか？」

「あれはな、救援艦隊をこっちに誘導しているんだ」

〝空の鳥はあなたの声を伝え、翼のあるものはことを告げる〟バンフ伯爵率いる救援艦隊はすでに洋上をかなり進んできていて、カタリナは救援艦隊に船団の方位を知らせるつもりなのだ。

「カタリナの針路はほぼ真東、あまり南には寄っていませんね」双眼鏡を覗きながらチャーリーが言った。「救援艦隊はこちらのほぼ正艦首にいるのでしょう」

ほぼ正艦首、そしておそらく十四ノットで航行している。救援艦隊と船団は合算すると二十三ノット以上の速力で、お互いに向かって接近している。あと一、二時間で相手の姿が見えてくるはずだ。もしかしたらもっと早いかもしれない。クラウスは前方を見た。水平線上に船団の最後尾が見えていた。〈キーリング〉は迷える羊たちを群れに連れ帰ったのだ。

「見えなくなりました」双眼鏡をおろし、チャーリーが言った。

これでカタリナがどれくらい遠くまで飛んでいくのかを知るすべはなくなった。

「朝食はどうされましたか？」

クラウスはトレーをどんな状態で置いてきたか覚えていなかったが、そう白状するつもりはなかった。トレーのまえまで戻ると、大皿の上に冷めた目玉焼きと固くなったベーコンが見えた。

「もう少し持ってこさせましょう」

「いや、結構だ。食べたいだけ食べた」

「コーヒーならお飲みになるでしょう。これは冷めています」

「それは——」

「伝令！　艦長にコーヒーのお代わりをポットでお持ちしろ」

「ありがとう」

「ちょうど当直交替の時間です。私は海図室にいます」

「よろしい、チャーリー」

チャーリーの姿が見えなくなると、クラウスはもう一度トレーに視線を落とした。勝手に手が伸びて、トーストをひと切れつまみ、食べはじめた。冷めていて革のように固かったが、びっくりするくらいの速さでなくなった。残るひと切れにバターとジャムを塗りたくり、また食べた。気がつくと、固くなったベーコンを指でつまみ、それも食べていた。

金曜日　午前直　〇八〇〇～一二〇〇

ハーバットが敬礼し、当直を外れたことを報告した。

「よろしい、ハーバットくん。カーリングくん！　機関室から燃料報告をもらいたい」

「アイアイサー」

クラウスはもう一度前方の船団と後方の三隻の船を眺めた。救援艦隊が到着した暁には、せめて指揮下の船団の先頭にいたい。そう思うのは感傷的に過ぎるだろうか？

「失礼します」トレーにのせたコーヒーポットをクラウスのまえに置きながら、伝令が言った。

「信号用箋と鉛筆をくれ」

クラウスは通信文を書いた。

〝護衛艦隊指揮官ヨリ後続船へ・船団ノ所定位置ニ復帰セヨ〟

「これを信号艦橋に。ゆっくり送信するように言っておけ」

「アイアイサー」

「艦長、無線通信です」カーリングが言った。

〈ジェイムズ〉からだった。

「カタリナが六十五キロ先で我々の針路と交差しました。救援艦隊はそう遠くないようです。指揮官もお知りになりたいだろうと思いまして」

「そうだな。どうもありがとう」

コーヒーのまえに戻ろうとすると、伝令が敬礼した。

「後続船が通信文を了解しました」

「よろしい」

手書きの燃料報告を手に、イプセンが機関室からあがってきた。経済速力なら五十七時間はゆうに走れる。充分だ。

「ありがとう、機関長。よろしい」

「ありがとうございます、艦長」

前方の船団はまずまず規則正しく整列していた。船と船のあいだを進んでも問題なさそうだ。

「カーリングくん、私が操艦指揮を執る」

「アイアイサー」

〈キーリング〉は後続の三隻を引き離し、船と船のあいだに割って入った。四方八方に船。

老朽船、新造されたばかりの船。色とりどりの塗装に、形もとりどり。クラウスが護衛任務を引き継いだとき、船は三十七隻あった。今は三十隻。七隻が失われた。ひどい損失にはちがいないが、一般的にいって、船団はもっとひどい損失を被るものだと考えられている。クラウスは三十隻の船をここまで送り届けた。護衛艦隊からは駆逐艦一隻を失った。実に重大な損失だが、戦果としては潜水艦二隻が撃沈確実、一隻が撃沈見込みだ。〝あなたは秤にかけられて〟――秤にかけられて――そこまで考えて、はっと意識を取り戻した。操艦指揮を執っているというのに、立ったまま眠ってしまうとは。それも船団の船と船のあいだという、危険に満ちた状況で。〝思いつづけるほどに火が燃えた〟こんなに疲れを感じたのは初めてだ。

コーヒーが役に立つかもしれない。そのときになってようやく、コーヒーポットが届いていたことを思い出した。冷めかけていたが、それを飲んだ。二杯目を飲み終えると、〈キーリング〉は船団の前方に出た。

「カーリングくん！　操艦指揮を執れ」

「アイアイサー」

「指揮船の前方五・五キロに就けろ」

「アイアイサー」

「前方の見張り員より報告。正艦首に航空機」

カタリナが戻ってきたのだ。クラウスは機影が旋回するのを眺めた。船団の針路の両翼いっぱいをゆったりとジグザグに哨戒していた。〝どうか、鳩のように翼を持ちたいものだ〟視界は良好、海は穏やかだった。

「前方の見張り員より報告。正艦首に何かあります」

クラウスは双眼鏡を手に取った。視界には何も見えない。何も？　何も？　遠く水平線上に、小さな小さな点が見える。

「前方の見張り員より報告。正艦首に見えるのは船です」

ついにそのときが来た。ちか、ちか、ちか。ちか、ちか、ちか。すでに向こうで光が点滅していた。頭上から〈キーリング〉の信号灯を遮るかしゃかしゃという音が聞こえてきた。ちか、ちか、ちか。クラウスは鼓動の高鳴りを、手がわずかに震えるのを抑えられなかった。

「やりましたね」横にいたチャーリーが言った。

「ああ、やった」クラウスは答えた。喉がからからで、自分の声がかすれているのがわかった。

伝令が駆け込んできた。

〝SNOヨリ護衛艦隊指揮官へ・歓迎スル・口頭ニテ・ダイヤモンドニ報告サレタシ〟

続けて周波数が書かれていた。クラウスは信号用箋をチャーリーに渡し、無線通話機に向かった。それだけの距離を歩くのは簡単なことではなかった。

「ジョージよりダイヤモンドへ。聞こえますか？」

「ダイヤモンドよりジョージへ。聞こえます」これまたイギリス人の声。「ずいぶん大変な目に遭われましたね」

「いえ、それほどでは。船団の七隻が沈没、二隻が小破しました」

「七隻だけ？」

「は。キングズ・ラングレー、ヘンリエッタ――」

「今は船名はよろしい」

それを聞いてほっとした。どうにか思い出せたのがその二隻だけだったからだ。

「イーグルも失いました」

「イーグルも？　それは運が悪かったですな」

「は。昨夜、機関室に魚雷を受けまして」――昨夜？　あれからたったひと晩しか経っていないとは、にわかには信じられなかった。くらくらする頭を落ち着かせ、続けた。「イーグルは深更（しんこう）に沈みました。どうにか救おうと手は尽くしたのですが」

「でしょうな、中佐。それで、護衛艦隊の状況は？」

「本艦には経済速力で五十六時間分の燃料が残っています。主甲板後部に四インチ砲を受けましたが、損傷は軽微です。戦死者三名、負傷者二名です」

「四インチ砲？」

「潜水艦が浮上して決死の攻撃を仕掛けてきたのです。それは撃沈しました。ほかにも二隻を撃沈したものと思われます。ほかの艦の働きも見事なものでした」

「潜水艦を三隻とは！　お見事！　爆雷はさすがに残っていないでしょうな」

「二発残っています」

「ふむ」曖昧な、何か考え込んでいるような返事だった。「で、残る二隻の護衛艦はどうなりました？　コールサインは？」

「ハリーとディッキーです」

「その二隻には本艦に直接報告するよう、私から要請しておきましょう」

クラウスも〈ジェイムズ〉と〈ドッジ〉の報告を聞いた。〈ドッジ〉は砲が使用不能になり、爆雷は一発も残っていなかった。艦前部に深刻な損害を受けていたが、適切に応急修繕されており、三十七時間分の燃料が残っていた。〈ジェイムズ〉には爆雷三発と三十一時間分の燃料が残っていた。

「貴艦らがロンドンデリーまでたどり着けるかどうかは判断の難しいところだ」〈ダイヤモンド〉が言った。これが海軍大佐のバンフ伯爵にちがいない。

「やれるだけやってみます」〈ジェイムズ〉が言った。

「どうだろうな」

〈ダイヤモンド〉の返答を聞いているうちに、また眠気の波が押し寄せてきた。眠りを求める気持ちは満ち潮のように高まるばかりで、こうして睡魔に襲われるたびに意識が飛ぶ時間が長くなっていた。クラウスは気を引き締め直した。新しい護衛艦隊はすでに水平線上に姿を現わし、四隻の艦艇が整然と縦列を組んでいた。先頭が駆逐艦の〈ダイヤモンド〉で、そのうしろに三隻の護衛艦が続いている。

「貴艦ら三隻の任を解き、先行させる」〈ダイヤモンド〉が言った。「それならどうにかロンドンデリーに到達できるだろう」

「大佐」クラウスはそう言ってから、適切な言葉をひねり出そうとした。「こちらはジョージです。このまま船団に同行する許可を願います。燃料には余裕がありますので」

「いや、すまないが認められない。貴艦にはこの二隻を無事に本国まで送り届けてもらいたい。二隻だけでは心もとないですからな」

飄々(ひょうひょう)とした口ぶりだったが、抗えない響きがあった。フェンシングの試合で、対戦相手の剣が自分の剣の切っ先から柄まで滑ってくるのが手首に伝わってきたときのような。

「アイアイサー」

「船団左側面で隊列を組んでくれ。我々は右側面に入る」

「アイアイサー」

「中佐、あなたはほんとうによくやってくれた。私たちはみな、あなたを案じていた」

「ありがとうございます」

「さようなら。幸運を祈る」

「ありがとうございます。さようなら。ジョージよりハリーへ。ジョージよりディッキーへ。本艦の艦尾に整列しろ。速力十三ノット、針路〇八七度」

クラウスは疲労とともに真っ黒な憂鬱に取り憑かれていた。何かが終わった。終わってしまった。〈ダイヤモンド〉からの最後のねぎらいの言葉は、とてもうれしいもののはずだった。預かっていたものをイギリスの眼と鼻の先まで運び、救援艦隊に引き渡した。自分に課せられた義務を果たした。それはまちがいない。俺は精いっぱい戦った。航海の目的を果たした。そう言えるだろうか？　たぶん。なのに、この言いようのない悲しみはなんだ？　こんなにも長く守ってきた船団から離脱するための命令を淡々と出しているあいだも、ずっとそう感じていた。クラウスは船団を振り返った。この先、長い長い戦争がクラウスを待っている。彼は戦うだろう。苦痛と危険を知るだろう。しかし、たとえ生きながらえたとしても、ここにいる船たちの姿を眼にすることは二度とないだろう。果たすべき最後の義務があった。国際協定上やらなくてはならない最後の手順があった。

「伝令！　信号用箋と鉛筆を持て」

出だしの言葉を書くのがためらわれた。いや、もう一度、最後のこの瞬間、もう一度だけこの言葉を使おう。〝護衛艦隊指揮官（コムエスコート）ヨリ船団指揮官（コムコンボイ）へ・サヨウナラ・貴船ノスバラシイゴ協力ニ・心ヨリオ礼申シアゲル・航海ノ無事ト幸運ヲ祈ル〟

「これを信号艦橋へ」クラウスは言った。「カーリングくん、面舵、針路〇八七度」

操舵員がカーリングの命令を復唱するのが聞こえた。

「面舵、針路〇八七度。〇八七度、ようそろ」

通信文が送信されるあいだ、頭上で信号灯が音をたてた。〈ジェイムズ〉と〈ドッジ〉が旋回し、〈キーリング〉の後方にまわろうとしていた。救援艦隊が白いイギリス軍艦旗をなびかせ、護衛位置に向かって移動していた。〝恐るべきこと、旗を立てた軍勢のように〝――また足がふらついてきた。〈キーリング〉の星条旗のあとをカナダ軍艦旗とイギリス軍艦旗がついてきた。が、そこにポーランド軍艦旗はない。指揮船が信号を返していた。クラウスはもう一度疲労を押し戻し、待った。

伝令が信号用箋を持ってきた。〝船団指揮官ヨリ護衛艦隊指揮官へ・比類ナキ仕事ブリ・船団一同ヨリ深謝申シアゲル・心ヨリゴ武運ヲ〟

これでひとまず終わった。終わったのだ。

「よろしい」クラウスは伝令に言った。「カーリングくん、用があれば、私は自室にいる」

「アイアイサー」

チャーリー・コールがこちらをしげしげと見つめながら立っていたが、そんな彼と言葉を交わす力さえ残っていなかった。〝しばらく眠り、しばらくまどろみ、手をこまぬいて、またしばらく休む〟もうまぶたをあけていることもかなわず、クラウスは手探りで自室に向かった。

第三章

それは顔のまわりで揺れていた。ずいぶんまえからボタンが外れたまま垂れさがっていたフードを、指でまさぐった。何度か引っぱっているうちにうまいこと脱げた。シープスキンのコートのボタンに両手をかけたが、外せなかった。眠りたかった。寝台の傍らに膝を落とし、顔のまえで両手を組んだ。

「親愛なるイエスよ」

この姿勢とこの言葉は、クラウスがまだ小さかったころ、今ではおぼろげにしか覚えていない最愛の母が、小さな男の子は心やさしい幼子イエスにどんな悩みでも打ち明けられると教えてくれたときに使っていたものだ。今、子供時代の陽光がクラウスの周囲にあふれていた。幼かったころはいつも太陽が輝いていた。愛情に包まれていた。大好きだった母がクラウスの人生からゆっくりと姿を消していくと、敬愛する父がふたり分愛してくれた。父の寂しげな口元は、クラウスのためならいつでもほほえみに変わった。親愛なる父。ふたりで釣りに行くと、いつも太陽が照っていた——太陽がふたりの幸せと興奮を輝かせていた。一緒にバス釣りをしようとカーキーネス海峡行きの列車に乗ったときにも、ごくたまの忘れがたい機会、フェリーでサンフランシスコ湾を渡り、ボートでゴールデンゲート海峡を抜け、黄金の太陽の下、時化(しけ)た海に乗り出したときにも。釣りのためにクラウスは聖書の言葉を学び、聖書を読んだ。聖句を覚えれば、そのときは、そのときだけは釣りに行けたからだ。ちゃんと覚えていないと父は悲しんだ。

クラウスはその陽光を忘れていた。鋼鉄の床で膝が落ち着かず、寝台の上に置いた両手に顔を埋(うず)めていた。意識が戻るとすぐ、まえへ、上へと身をよじって寝台にあがり、胸を下にして顔を横に向けた。クラウスは今、翼を広げた鷲(わし)のように四肢を広げ、汚れた顔を無精ひげでいっそう汚くし、口を半びらきにして、死んだように眠っている。

家で聖句を学び、ハイスクールで数学を学んだ。義務と名誉という、分かちがたいふたつのものについて学んだ。太陽に照らされているあいだも思いやりと親切を学び、他者を認め、自分をえこひいきしないことを学んだ。父が死ぬとその太陽が輝きを失った。ハイスクールを卒業したばかりで天涯孤独の身となり、アメリカは戦争になだれ込もうとしていた。誰からも愛された牧師の忘れ形見を、ある上院議員がアナポリスの海軍兵学校に推薦した。議員にとって政治的な利益もなければ、政党の結束を深めるものでもなく、こうした推薦は当時としては珍しかった。学業に最も秀でた者を選出するための努力がいっさいなされなかったという点では、珍しくもなんともなかったのだが。

三百ドル。それが死んだ父の遺したものだった。父の蔵書と家具を売ってクラウスが手にした額だった。それをアナポリスまでの旅費に充てた。貯金は切り崩さず、士官候補生としての俸給だけでやりくりした。一九二二年卒業予定の同期は戦争の余波を受けて一九二一年に卒業した。クラウスもそこで卒業した。成績は中の上。思いがけずフェンシングの才能が人並み以上だったことを除けば、特記すべきことは何もなかった。幼少期のしつけに加えて、規律、服従、自制について何がしかを学んだ。上院議員の推薦は、クラウスが自分では絶対に選ばなかったはずの方向への可能性を大きく広げた。それは国家の命運を変えるかもしれない偶然のいたずらのひとつだった。海軍兵学校で訓練を受けなかったとしても、クラウスは今とあまり変わらない男に育っていただろう。だが、その人となりを堅苦しいものにしている厳格な現実主義には染まっていなかったかもしれない。兵学校で刷り込まれた非情で論理的な規律が、すでに妥協をほとんど許さなくなっていた一貫したキリスト教精神を強化し、奇妙な効果をもたらしたのだ。

アメリカ海軍がクラウスの家であり、それから何年ものあいだ、ほかに家を知らなかった。家族をつくらず、世界と交わることもなかった。幼少期を過ごした地を軍務で訪れることがあっても、そこで起きていた変化がまるでナイフで切るようにクラウスを過去から切り離した。オークランドは喧噪に満ち、様変わりしていた。バークレー・ヒルズには建物が立ち並んでいた。幸せな思い出が詰まったカーキーネス海峡には巨大で醜悪な鋼鉄の橋が架けられ、耳障りな音をたてる車があふれ返っていた。それから間もなく、湾を渡るフェリーもほかの橋に取って代わられ、そうした橋の上を、無慈悲にひた走るだけの車が行き交った。クラウスの記憶にある景色とは全然ちがっていた。太陽の輝きは昔ほど温もりを持たず、親切や思いやりは消えうせてしまったようだった。

何もかもが一変していた。自分が一度もここに住んだことがないように思えた。かつてここに住み、母親に手を引かれてよちよちと食料品店まで歩き、サーカスに夢中になり、すっかり面影をなくしたそこの角を曲がって学校にかよったのは、どこかよその少年だった。クラウスはその少年の身の上話を聞かされただけだった。それはクラウスではなかった。彼には過去がなかった。根が生えていなかった。クラウスの知る我が家は四枚の鋼鉄の隔壁に囲まれていた。クラウスが知る家庭生活は士官室と艦内法廷で営まれた。中尉、大尉、少佐と昇進し、経験とともに責任も大きくなった。十八歳から三十五歳までの十七年間を義務だけのために生きた。だからこそあの忌まわしい言葉、〝適格なるも保留〟に大きな痛手を受けた。自分の就いている軍務では、少佐のうち十人にひとりしか中佐になれないとわかってはいても。

昇進が見送られたのはイヴリンと出会ったあとのことだった。そのせいで傷はいっそう深くなった。一途な男だけが女性を愛しうる愛し方で、クラウスはイヴリンを愛した。三十五にして初めての恋。イヴリンは二十代前半、聡明で美しい女性だった。クラウスはそう思っていたし、大事なのはそれだけだった。が、そんな彼女の聡明さをもってしても、〝適格なるも保留〟の悲劇的なニュアンスは理解されなかった。クラウスはイヴリンが冷たい人間だとは、ましてや愚かだとは思いたくなかった。だから原因は自分自身にあるのだと思い、なおさら深く傷ついた。クラウスは彼女を熱烈に、狂おしいほど愛していた。ほかのどんな経験ともまったくちがう酩酊感を、あふれんばかりの幸福を味わっていた。それはあまりに圧倒的だったため、自分にこんな幸せはふさわしくないとか、ひとりの人間がこれほど自制心を失ってよいものかと不安を感じる余裕すらなかった。至上のひとときだった。家はコロナドにあった。そこで数週間を過ごすうちに根が生えはじめた。太陽に灼かれたビーチと不毛な丘陵の南カリフォルニアが〝我が家〟になろうとしていた。

そこへあの〝適格なるも保留〟。イヴリンの理解のなさ。自分が崇拝する対象に重大な欠点があるのではないかという、下劣でおぞましい猜疑心。任務に対する使命感にイヴリンが思いやりを示さなかったことで、猜疑心はいっそう強くなった。〝適格なるも保留〟で表現された軍部の評価に対して意固地になることで、使命感はいっそう大きくなった。口論が始まった。苦い、苦い口論が。すべてがひとつになったとき、クラウスは常軌を逸した怒りに駆り立てられた。その怒りが黒い悔恨につながった。いったいなぜイヴリンにあんなことが言えたのか、そもそもなぜ女性に向かって言えたのか、なぜベッドの上で我を忘れているときのように、恐ろしいまでに自制心を失うことができたのか――良心に責めさいなまれた。

それだけ苦しんだからといって、イヴリンがあの黒髪の弁護士の話を持ち出してきたときの痛みがほんの少しでも和らいだわけではなかった。それはひとりの人間が味わうことがあるとは思えない痛みだった。イヴリンからその話を聞かされたときの恐ろしい痛み。終わることのない不幸。誇りさえもクラウスを救えなかった。その痛みは必要な手続きを進めているあいだもうずき、手続きのさなか、ときおり新たな頂（いただき）にまでのぼりつめ、そのたびにクラウスは一歩も引き返すことのできない現実に直面した。なぜ引き返したかったかといえば、それは法的な手続きを中断させるためではなく、やってしまったことをやらなかったことにし、言ってしまったことを言わなかったことにするためだった。結婚式の日、そしてその夜、痛みは絶頂に達した。

それでもまだ果たすべき義務があり、生きるべき生があった。海軍人事局に大西洋沿岸での任務を志願し、コロナドの家と南カリフォルニアを離れること。ようやく生えてきたばかりの細い根を引きちぎること。任務を唯一の伴侶として残りの生をまっとうすること。そういったことは義務と衝突しなかった。偶然が――誇大妄想の男をドイツで絶対権力の座に押しあげ、日本で軍部を権力の座に就かせた偶然が、手遅れではあったものの、願ってやまなかった中佐への昇進を決めた。もしそれを偶然と呼べるのなら。偶然がクラウスを孤児にした。偶然が上院議員の推薦をもたらした。偶然が彼を船団の護衛艦隊指揮官にした。偶然がクラウスをクラウスたらしめ、果たすべき義務をその男に与えた。

今、クラウスは眠っている。手足を大きく広げ、寝台に顔を埋め、夢もうつつもなく眠っている今は、幸せといっていいだろう。

解説

軍事評論家
岡部いさく

『駆逐艦キーリング』は、セシル・スコット・フォレスターの一九五五年の作品である。イギリス人のフォレスターは、十八〜十九世紀の帆船時代を舞台に、フランス革命戦争〜ナポレオン戦争を戦うイギリス海軍士官ホレイショ・ホーンブロワーを主人公としたシリーズを始め、数々の海洋戦争小説や冒険小説で名高い。

『駆逐艦キーリング』の原題、***The Good Shepherd*** は直訳すれば「良い羊飼い」で、聖書のヨハネによる福音書第十章第十一節にある「わたしは良い羊飼いである。良い羊飼いは羊のために命を捨てる」から来ているのだろう。身を守るすべのない輸送船団という羊たちを、Uボートの「狼群」から守るために戦うアメリカ軍駆逐艦〈キーリング〉と、荒波と寒さ、つのる疲労と不確かな戦況の中、初めての実戦任務を果たそうとする艦長クラウス中佐を表すのに、ふさわしい題名だ。題名だけでなく、この小説ではクラウス艦長の心情や決断の描写にはおりおりに聖書が引用されている。おそらくキリスト教圏の読者ならば、聖書からの数々の引用によって艦長の思考や感情に深く共感できるのだろう。『駆逐艦キーリング』の船団護衛がいつのことかは明示されていない。しかしポーランド海軍駆逐艦〈ヴィクター〉について三五七ページに「バルト海を脱出してから」二年と半年が経っていたと書かれている。第二次大戦が始まってポーランドがドイツ軍の侵攻を受けたのが一九三九年九月のことだから、それから二年六カ月の後とすると、この船団護衛戦は一九四二年の三月ごろということになるだろうか。一九四二年三月は、ドイツのUボートと連合軍の輸送船団護衛部隊の攻防、いわゆる「大西洋の戦い」が、連合軍にとってますます厳しいものとなりつつある時期だ。

第二次大戦の開戦時、ドイツ海軍はイギリス海軍に対して弱体で、わずかばかりの戦艦や巡洋艦などの水上艦戦力ではイギリス海軍に正面から挑むことはできず、ドイツ海軍はイギリスの弱点である海上輸送路を断つことで、イギリスの戦争遂行能力を殺ごうとした。島国のイギリスは、食料や石油、戦時生産に必要なさまざまな資源をイギリス連邦諸国や世界各地の植民地から海路輸入しなければならず、一九四一年一二月に参戦したアメリカからの兵器や兵員も大西洋を横断して輸送する必要があった。ドイツ海軍にとってイギリスの海上輸送路を脅かす最大の武器となったのは潜水艦、いわゆる「Uボート」だった。一九四〇年六月にフランスがドイツに降伏したことで、ドイツ海軍はフランス大西洋岸に

Uボートの基地を設け、大西洋に出撃させた。

イギリスは、第一次大戦でもドイツの潜水艦作戦に海上輸送路を攻撃され苦しんだ経験があり、Uボートの脅威を認識していなかったわけではなかった。一九四〇年夏からは貨物船に船団を組ませ、それを護衛艦艇で守る方式を採用したものの、護衛にあたる艦艇の数も性能も装備も不十分で、戦術も未熟だった。一方のドイツ海軍は、Uボートを連携させて、船団を発見するとその位置や針路を互いに通報し、集団で攻撃して手薄な護衛部隊を圧倒する「狼群（ウルフパック）」戦術を用い、さらにはやはりフランス北部の基地から発進する長距離哨戒爆撃機フォッケウルフFw200コンドルも輸送船団を攻撃、あるいはその位置をUボートに通報して「狼群」を誘導した。そのため一九四〇年夏から一九四一年夏にかけて、イギリス西方の北大西洋を中心に多くの艦船が沈められ、イギリスは苦境に立たされることとなった。

しかしイギリスは護衛艦艇の増強を急ぎ、高速で武装に優れた駆逐艦も船団護衛に投入、長距離洋上哨戒機の数も次第に増えていった。とくに洋上哨戒機の行動範囲内では、Uボートは浮上して航行することが危険となり、潜航を余儀なくされ、Uボートの索敵能力も行動も大きく妨げられることとなった。潜ってしまうとUボートの水中での最大速力は7ノット程度となり、船団を追跡できなくなる。対潜部隊としてはUボートを潜航させるだけでも、ある程度の成果となったのである。また当時は極秘とされていたが、一九四一年五月にイギリス海軍は沈没寸前のUボートからドイツ軍の暗号装置「エニグマ」を手に入れ、九月ごろからはドイツ海軍の暗号を解読することでUボートの動向を把握し、船団に「狼群」を回避させて、損害を減らすことができるようになった。

一九四一年十二月にアメリカが参戦すると、Uボートはアメリカ東海岸やメキシコ湾にまで進出して、アメリカの沿岸航路の船舶を攻撃して大きな戦果を挙げた。アメリカは潜水艦戦に対する備えが全く足りず、船団方式も採用していなかった。海軍の護衛戦力も手薄なうえに装備も戦術も訓練も不十分なものだった。

ちなみに実はアメリカ海軍は正式な参戦より前から、すでに大西洋の戦いに参加していた。一九四一年七月にアメリカ軍がイギリス軍に代わってアイスランドに駐留し、そのアイスランドへの輸送船団の警護を口実として、アメリカ海軍は大西洋の西側で船団護衛に艦艇を参加させていた。そのアイスランドの近海で九月にはアメリカ駆逐艦〈グリーア〉がUボートの魚雷攻撃を受け、魚雷を回避した〈グリーア〉は爆雷で反撃している。その後も十月には船団護衛の支援にあたった駆逐艦〈カーニー〉がUボートの魚雷で大破、しばらく後には駆逐艦〈ルーベン・ジェイムズ〉がUボートの雷撃で撃沈されている。

『駆逐艦キーリング』はアメリカが正式に参戦してからまだ三カ月ほどしか経っていない時期を背景に描かれている。この時期には実際に寄せ集めの護衛艦艇四、五隻だけで守られて航行する船団も多くあった。またこのころにはイギリスやカナダ、アメリカの洋上哨戒機がカナダ北東部とアイスランド、北アイルランドに配備され、大西洋の東西をカバーして船団を空から守ることができたが、その航続距離の限界から、大西洋の中央部には哨戒機の届かない海域ができてしまった。船団は空からの掩護なしにこの海域を航行しなければならず、そこがUボートの「狼群」の狩場となり、護衛部隊にとっては正念場であった。

一九四二年も七月になるとアメリカ海軍も近海の航路で護送船団を組むようになり、対潜能力も強化され、Uボートのアメリカ沿岸での活動は下火となっていく。イギリス近海でもアメリカ近海でも行動を制約されたことで、Uボートの活動海域は一九四三年には北大西洋の中部、哨戒機の行動範囲の空隙（くうげき）に集中し、Uボートと船団護衛部隊との激戦の場となった。その戦いが最高潮に達したのは、本作の設定のほぼ一年後の一九四三年三月で、連合国の輸送船団は一二〇隻を沈められるという大きな損害を受け、一時は護送船団方式は結局無力なのではないか、という声も上がった。これを大西洋の戦いで最も連合軍が追い詰められた時期と評した連合軍高官もいる。

しかしまもなくイギリス海軍とアメリカ海軍は護衛用の小型空母を大西洋の戦いに投入する。この護衛空母の参入で大西洋中部の航空哨戒の空隙は埋まり、船団を付け狙うFw200偵察機は撃退されるようになる。作中にも描かれるHFDF（ハフダフ）の活用や、新型で高精度のSGレーダーの配備も進み、護衛艦艇の装備も強化され、新型の護衛艦が続々と建造されて護衛兵力は急速に充実していく。さらに更新されたエニグマ暗号も解読されて、大西洋の戦いは一挙に連合軍側の有利に傾き、一九四三年五月にはドイツ海軍は四十一隻ものUボートを撃沈され、ドイツ海軍総司令官デーニッツ元帥も大西洋での船団攻撃作戦の敗北を認め、以後Uボートの攻撃は散発的なものとなっていく。

駆逐艦〈キーリング〉はマハン級の一艦とされている。マハン級は一九三四年から一九三七年にかけて十六隻が建造されたもので、一九四二年当時としては旧式とはいえないにしても新鋭艦ではない。排水量は約千五百トン、主武装は口径五インチ（約一二・七センチメートル）砲が前部に二門、後部に三門装備されているが、前部の砲も全周を覆う砲塔ではなく、背面が開いた「シールド」で守られるだけで、後部の三門はシールドもないむき出しのままだ。〈キーリング〉の砲手は北大西洋の荒波の中でむき出しの五インチ砲を撃つのだ。とここまで書いたが、実はマハン級は全艦が太平洋方面に配備され、実際には大西洋で戦った艦はない。

護衛部隊のイギリス艦〈ジェイムズ〉とカナダ艦〈ドッジ〉は、おそらくフラワー級コルヴェットだろう。フラワー級コルヴェットは船団護衛用に捕鯨船のキャッチャーボートの設計を基に、イギリス海軍が一九三九年から三百隻近くを急拠建造したもので、イギリス海軍の他にもカナダ海軍などで使われた。排水量は一千トンに満たず、速力は十六ノットと遅く、武装も四インチ（約一〇・五センチメートル）砲一門と機関銃もしくは機関砲しかないが、爆雷は四十発を搭載した。イギリス海軍ではこのクラスの艦名に花の名をつけたので、フラワー級と呼ばれる。亡命ポーランド海軍の〈ヴィクター〉のモデルは確定できない。第二次大戦開戦時のポーランド海軍の主力だった駆逐艦四隻はイギリスに逃れ、そのうち二隻が沈没しているが、大西洋での船団護衛で失われた艦はない。

『駆逐艦キーリング』を始め、大西洋の戦いを描いた小説や映画は数多くある。自身もフラワー級コルヴェットの士官だったイギリスのニコラス・モンサラットの大作『非情の海』は、一九五三年に「怒りの海」のタイトルでジャック・ホーキンス主演で映画化されている。やはり海軍士官で大西洋の戦いを戦ったイギリスのデニス・レイナーが、イギリス駆逐艦〈ヘカテ〉とUボートの一対一の駆け引きを描いた『眼下の敵』は、一九五七年にアメリカ海軍護衛駆逐艦〈ヘインズ〉に置き換えられて、ロバート・ミッチャム主演で映画化された。逆にUボートの側から描かれたのが、ドイツの作家ロータル＝ギュンター・ブーフハイムの『Uボート』で、早川書房から邦訳が出版されており、これも一九八一年にユルゲン・プロホノフ主演で映画化されている。

『駆逐艦キーリング』もトム・ハンクスの脚本と主演で映画化され、公開される予定となっている。トム・ハンクスがもちろん艦長クラウス中佐を演じるが、駆逐艦〈キーリング〉はマハン級駆逐艦ではなく、第二次大戦後期に多数が建造されたフレッチャー級駆逐艦が演じるようだ。

本書は、一九八〇年四月にハヤカワ文庫より刊行された作品の新訳版です。

Stand By,Stand By

クリス・ライアン

伏見威蕃訳

湾岸戦争での苛酷な体験により、帰還後悪夢に悩まされているＳＡＳ軍曹ジョーディ・シャープ。ＩＲＡの爆弾テロに巻き込まれて妻が死亡した時、彼は首謀者を自ら処刑する決意をした。北アイルランドの荒野から南米を舞台に展開する復讐戦。元ＳＡＳ隊員の著者が豊富な経験と知識を駆使して描く冒険小説の話題作

不屈の弾道

Kill Zone

ジャック・コグリン＆ドナルド・A・デイヴィス

公手成幸訳

アメリカ海兵隊の准将が謎の傭兵たちに誘拐され、即座に海兵隊チームが救出に赴いた。第一級のスナイパー、カイル・スワンソン海兵隊一等軍曹は「救出失敗の際、准将を射殺せよ」との密命を帯びて同行する。だが彼はその時から巨大な陰謀の渦中に。元アメリカ海兵隊スナイパーが放つ、臨場感溢れる冒険アクション

不屈の弾道

KILL ZONE

ジャック・コグリン

&ドナルド・A・デイヴィス

公手成幸＝訳

早川書房

暗殺者グレイマン

The Gray Man

マーク・グリーニー
伏見威蕃訳

身を隠すのが巧みで、〝グレイマン（人目につかない男）〟と呼ばれる凄腕の暗殺者ジェントリー。ＣＩＡを突然解雇され、命を狙われ始めた彼はプロの暗殺者となった。だがナイジェリアの大臣を暗殺したため、兄の大統領が復讐を決意、様々な国の暗殺チームが彼に襲いかかる。熾烈な戦闘が連続する冒険アクション

ハヤカワ文庫

ティンカー、テイラー、ソルジャー、スパイ〔新訳版〕

Tinker, Tailor, Soldier, Spy

ジョン・ル・カレ
村上博基訳

英国情報部の中枢に潜むソ連のスパイを探せ。引退生活から呼び戻された元情報部員スマイリーは、かつての仇敵、ソ連情報部のカーラが操る裏切者を暴くべく調査を始める。二人の宿命の対決を描き、スパイ小説の頂点を極めた三部作の第一弾。著者の序文を新たに付す。映画化名『裏切りのサーカス』解説／池上冬樹

地下道の鳩
ジョン・ル・カレ回想録

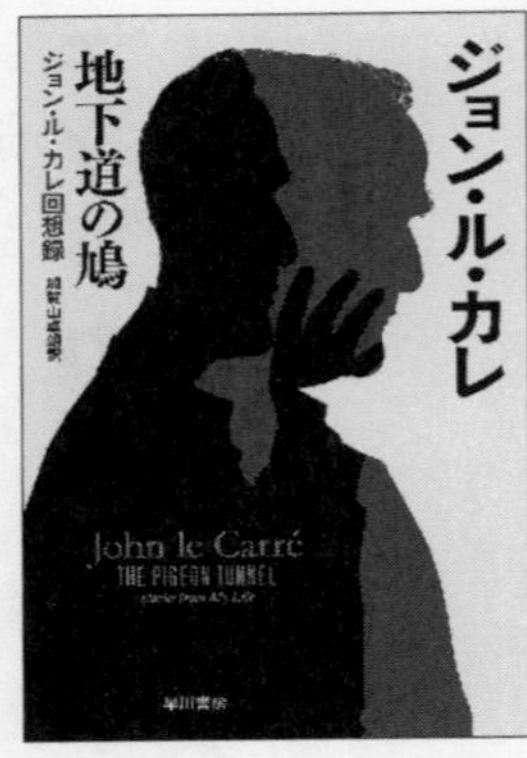

英国二大諜報機関に在籍していたスパイ時代、詐欺師の父親の奇想天外な生涯、スマイリーを始めとする小説の登場人物のモデル、グレアム・グリーンやキューブリック、コッポラとの交流、二重スパイ、キム・フィルビーへの思い……。スパイ小説の巨匠が初めてその人生を振り返る、待望の回想録！　解説／手嶋龍一

The Pigeon Tunnel
ジョン・ル・カレ
加賀山卓朗訳

ハヤカワ文庫

ピルグリム

〔1〕名前のない男たち
〔2〕ダーク・ウィンター
〔3〕遠くの敵

I am Pilgrim

テリー・ヘイズ
山中朝晶訳

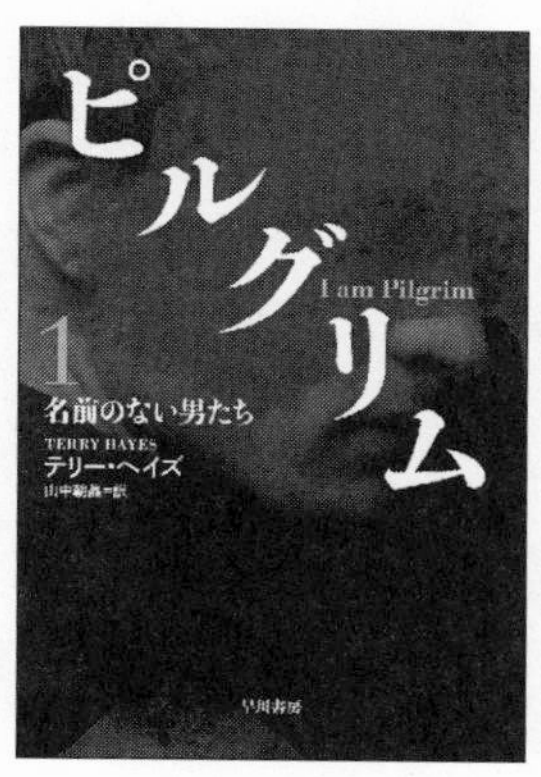

アメリカの諜報組織に属するすべての諜報員を監視する任務に就いていた男は、あの九月十一日を機に引退していた。だが〈サラセン〉と呼ばれるテロリストが伝説のスパイを闇の世界へと引き戻す。彼が立案したテロ計画が動きはじめた時アメリカは名前のない男に命運を託した。巨大なスケールで放つ超大作の開幕

ハヤカワ文庫

窓際のスパイ

Slow Horses

ミック・ヘロン
田村義進訳

ミスをした情報部員が送り込まれるその部署は〈泥沼の家〉と呼ばれている。若き部員カートライトもここで、ゴミ漁りのような仕事をしていた。もう俺に明日はないのか？　だが英国を揺るがす大事件で状況は一変。一か八か、返り咲きを賭けて〈泥沼の家〉が動き出す！　英国スパイ小説の伝統を継ぐ新シリーズ開幕

ハヤカワ文庫

ファイト・クラブ〔新版〕

Fight Club

チャック・パラニューク

池田真紀子訳

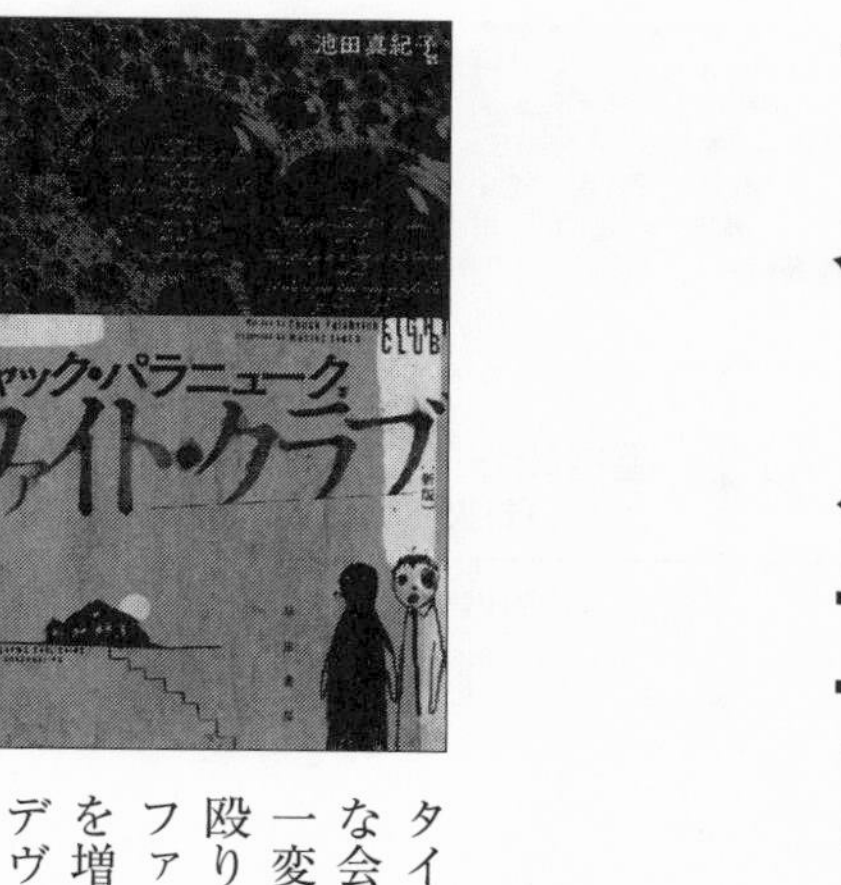

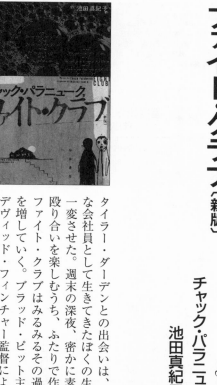

タイラー・ダーデンとの出会いは、平凡な会社員として生きてきたぼくの生活を一変させた。週末の深夜、密かに素手の殴り合いを楽しむうち、ふたりで作ったファイト・クラブはみるみるその過激さを増していく。ブラッド・ピット主演、デヴィッド・フィンチャー監督による映画化で全世界を熱狂させた衝撃の物語！

ハヤカワ文庫

訳者略歴　英米文学・ゲーム翻訳家　訳書『アイル・ビー・ゴーン』マッキンティ，『ポクスル・ウェスト最後の飛行』トーデイ，『アサシン クリード〔公式ノヴェライズ〕』ゴールデン（以上早川書房刊）他多数

HM=Hayakawa Mystery
SF=Science Fiction
JA=Japanese Author
NV=Novel
NF=Nonfiction
FT=Fantasy

駆逐艦キーリング
〔新訳版〕

〈NV1466〉

二〇二〇年五月二十五日　発行
二〇二一年二月二十五日　二刷

（定価はカバーに表示してあります）

著者　セシル・スコット・フォレスター
訳者　武藤陽生
発行者　早川浩
発行所　株式会社 早川書房
郵便番号　一〇一 - 〇〇四六
東京都千代田区神田多町二ノ二
電話　〇三 - 三二五二 - 三一一一
振替　〇〇一六〇 - 三 - 四七七九九
https://www.hayakawa-online.co.jp

乱丁・落丁本は小社制作部宛お送り下さい。
送料小社負担にてお取りかえいたします。

印刷・株式会社亨有堂印刷所　製本・株式会社フォーネット社
Printed and bound in Japan
ISBN978-4-15-041466-5 C0197

本書は活字が大きく読みやすい〈トールサイズ〉です。